U0670851

guide

导读
巴赫金

Mikhail Bakhtin

阿拉斯泰尔·伦弗鲁（Alastair Renfrew） 著

田延 译

重庆大学出版社

目　录

我们今天为什么需要导读书?　　/iii

丛书编者前言　/ix

致　谢　/xiii

书(篇)名缩写　/xv

1　为什么是巴赫金?　　/1

2　谁是巴赫金?　　/7

3　自我和他者　　/27

4　作者和主人公　　/49

5　超语言学　　/69

6　对话主义　　/91

7　杂语和小说　　/113

8　时空体　　/137

9　狂欢节　　/157

10　体裁　　/177

11　巴赫金之后　　/193

进阶阅读书目　/211

索　引　/221

米哈伊尔·巴赫金思想源流简图　/233

译后记　/234

我们今天
为什么需要导读书？

这批来自"劳特利奇批判思想家"（Routledge Critical Thinkers）系列的小书，构成了"思想家和思想导读"丛书的基石。早在丛书策划之初，我们就在豆瓣那个"藏龙卧虎"之地结识了一群志同道合的朋友。我们之间的对话从一个提问开始——"我们今天为什么需要导读书？"

> 我们今天对西学的译介，依然有一些是盲目跟进式的译介，而缺乏系统、深入的相关性研究。[1]

面对有识之士发出的这句尖锐批评，我们试图借助这一发问所引发的一系列思考，探寻专业性导读对于中国学界，特别是初入门者，意味着什么。呈现在我们面前的这套译作，是加入这次"探寻之旅"的朋友们，用他们的精彩译笔所作的回应。然而，在文本之外，一些智慧之果还散落在他们的言说之中，需要显现。

1　王晓路.序论:词语背后的思想轨迹[M]//王晓路,等.文化批评关键词研究.北京:北京大学出版社,2007:5.

豆瓣 id：フ

"地图书"（将导读书视为探索思想的地图。）这个说法很不错，和弗雷德里克·詹姆逊（Fredric Jameson）的认知地图（cognitive mapping）有异曲同工之妙。

如果让我来定位入门书的意义的话，我会借用詹姆逊提出的另一个概念，即消逝的中介（vanishing mediator）。在一个辩证扬弃的过程中，一个"消逝的中介"发挥这样的作用：它施力于前一个状态从而引导出后一个状态，这个过程完成的同时它即消逝。

如果把入门书比作一个"消逝的中介"的话，它不怕当初的读者回过头来觉得它有种种缺陷和不足，因为这恰恰是它所想要达成的。如果一套入门书能发挥这样一个作用，我觉得它的编撰者就应该没有遗憾了。

豆瓣 id：剧旁

（李三达，湖南大学文学院讲师）

目前，很多中国学生读书进入了误区，就是认为读原典才是正道，解读的书一概不读，生怕这些人家咀嚼过的内容会影响他们对原典的认知。这真是再荒谬不过了，而我导师一再强调要规避这种误区，不要总摆出一副不世奇才的心态，别人苦心经营的研究成果只能是明灯，与原典相辅相成，待到你学力足够方知深浅和漏洞，彼时再别出心裁不迟。我深以为然。

豆瓣 id：坏卡超

二手文献或导读性文献确实很有必要。并且也应该重视英语世界的二手文献。尽管英语世界不是欧陆哲学的发源地，但英语作者一般都会比较注重用清晰易懂的语言来解释深邃的道理。

豆瓣 id：**近视眼女郎**

（**路程，上海外国语大学文学研究院助理研究员，《导读阿多诺》译者**）

我个人以为，无论从学术还是知识普及的角度来说，系统引进导读类的书都是多多益善的。当我想了解某位思想家，首先会做的，也是去寻找一些靠谱的导读书来看。

豆瓣 id：**年方十八发如雪**

国内许多入门级、导论级著作，往往都是引了过多的原文，而非对文本本身的解读。换言之，本来是要作者来解释文本，结果成了作者从原著中摘了几句话，让读者自行领会。或者直接就是由作者的一些论文拼凑出来。这样的后果自然是让初学者一头雾水，完全起不到导论的功能。

相比而言，Critical Thinkers 这套书的一个优点就是由作者带领读者读文本，其次就是每本书后面的文献相对来说都比较齐全，有助于进一步的研究，最后是该系列的很多思想家都是国内很少涉及的，比如阿甘本等，引进来也有开拓作用。总之，老少咸宜。

豆瓣 id：**Igitur**

（**于长恺，爱好阅读法国当代哲学书籍**）

毕竟从原著开始着手，需要忍受其本身的拧巴语言风格，西式的语法结构，不同的文化背景、语境。能够有可靠、系统的介绍文本为后续的阅读指引道路，可以节省许多绕弯路的时间，减少初学者的挫折感，增强学习兴趣。

豆瓣 id：H.弗

（卢毅，复旦大学哲学学院）

这些著作就成了维特根斯坦所说的"梯子"，特别是初学者在很大程度上需要借助它们来对某位思想家基本的思想观点先有个大致的把握和了解，这样，一方面可以帮助人们铺平一些道路、消除一些畏难心理，另一方面可以作为一个引子更好地激发起人们的学习兴趣而不只是无助感与挫败感。

豆瓣 id：Gawiel

（马景超，美国维拉诺瓦大学[Villanova University]哲学系博士在读，《导读波伏瓦》译者）

我以前在国内读书的时候，也经常感到这样的不便，尽管黑格尔、康德和海德格尔等寥寥几位有一些不错的入手读物，但是大部分人还是缺乏类似的读物来引荐。我也非常希望能够通过"地图书"来改变大家的读法，否则，对于很多学科和很多学者都只是停留在泛泛了解一点的程度上，很难进行有建设性的学术研究。比如，人人都知道福柯谈"权力"，然而什么是权力，则需要深入阅读福柯的几本作品，并且能够将不同作品里面的理念联系起来，才能有所了解，否则只是在用我们日常语言中的"权力"去套用福柯的牙慧。如果没有导读性质的作品，读者（尤其是本来就没有精读压力的人）就很容易停留在套用牙慧这个地方，而对于真正有意思的书望而却步。

还有像巴特勒（Butler）这样的作家，作品中有一些话看上去很有力（"性别是一种操演"），但是理解前后文就需要知识背景（"主体由操演建构"）了。那么，如果没有导读类的书，一般读者很容易就理解为：一个人可以自由决定自己扮演男性还是女性，而这恰恰是巴特勒(作为反人文主义[anti-humanism]传统的继承)最不可能持有的观点,她想说的恰恰是自我的形成过程中,性别作为一种操演已经参与了这一形成,因此没有性别之外、语言之外的"无性别"、"前性别"的主体。

这些都是我常见到的误解,我觉得也许导读类书的引介可以改变这种"好读书不求甚解"的现状,尤其是对于并非哲学专业,但是需要运用到哲学理论的人,导读类的书更可以起到介绍理论背景和避免断章取义的作用。

豆瓣 id:迷迭香

(李素军,中国社会科学院文学所博士研究生)

作为一个理论专业的学生,我深知直接读原著的个中艰辛。理论难读的原因之一是翻译,抛却误译等人为因素,西方思想转换到中文语境里所带来的语言的晦涩也是一个很大的问题;其二,每个思想家都有自己的理论语境,他在继承什么,反对什么都不是短时间内可以看明白的,换言之,我们得摸清楚他的理论轨迹。

豆瓣 id:霍拉旭的复仇

(汪海,中国人民大学文学院讲师)

从学生过来的我,也经历过一个阶段,听到很多老师强调直接阅读原典,生怕受二手资料的影响。但实际上,若没有一个导读的阶段做宏观把握,直接读原典的结果就是不知所云,看了就忘。

我个人从来不相信"白板说",以为学生在不读二手书之前是纯洁的、不受污染的、具有反思力的"白板"。没有大量的阅读,根本培养不出反思力,导读是必需的,最好是有多重不同看法和角度的导读。

极其要不得的是对原典的态度——面对"名著"没有一颗平常心：或者极其功利地想要推翻它，从而证明自己的高明；或者直接拜倒，因为它是"典"，是权威。好的读书方法就是培养好的民主政治素质，要学会听不同的意见，"名著"之所以是名著，不是因为它是"典"，是权威（虽然它有权威性），而在于它是一个伟大的空间，容得下太多的探讨、太多的声音，不断激发更多的思考、更多的创造，所以才有那么多人前赴后继地走进来。

导读不妨把它看作是一个邀请、一个好客的举动，带我们进入原著的空间，而不是助教，不是训导，不是"原著"这个白胡子老头打算教训弟子之前的开场白或者清清嗓子。

导读也是前人外出探险之后留下来的攻略，不可能事事准确、面面俱到，它邀请你历险，最后写出自己的攻略。

前面说过，我不相信白板——没有单纯的读者。没有导读的读者，他会用从前未经反思的有限阅读经验当导读。如果他自以为此前完全没有受过二手思想的影响，他反而缺乏对自我的反省和批判。

丛书编者前言[1]

本丛书提供对影响文学研究和人文学科的主要批判思想家的介绍。当在研究中遇到一个新的名字或概念时，本丛书中的某本可以成为你阅读的首选著作。

丛书收录的每一本著作都将通过解释一位重要思想家的核心观念，把这些观念置入语境并且——也许，最重要的是——向你展示为什么这位思想家被认为是重要的，来帮助你进入她或他的原始文本。这是一套不需要专门知识的简明、清晰的导读系列。尽管聚焦于特定的人物，本丛书也强调，没有一位批判思想家是在真空中存在的。相反，这样的思想家是从更广泛的智识的、文化的和社会的历史中出现的。最后，这些著作将在你和思想家之间搭建一座桥梁：不是取代原文，而是补充她或他的作品。

编写和出版这些著作是非常必要的。在 1997 年出版的自传《无题》(*Not Entitled*) 中，文学批评家弗兰克·克默德 (Frank Kermode) 描写了发生在 20 世纪 60 年代的这样一段时间：

---

1 本前言由王立秋(豆瓣 id：Levis)翻译。——编者注

在美丽的夏日草地上,年轻人整夜地躺在一起,从白天的劳顿中恢复过来,聆听着巴厘音乐家的巡回演出。在毛毯和睡袋下,他们懒洋洋地谈论着当时的大师们……他们重复的大多是传闻;因此我在午休时,非常即兴地提议,做一套简短、廉价的丛书,提供对这些人物的权威而易懂的导读。

对"权威而易懂的导读"的需要依然存在。但本丛书反映的却是一个不同于 20 世纪 60 年代的世界。随着新的研究的发展,新的思想家出现了,而其他思想家的声誉则盛衰不一。新的方法论和挑战性的观念在艺术和人文学科中传播开来。文学研究不再——倘若它从前如此的话——仅仅是对诗歌、小说和戏剧的研究与评价。它也是对在一切文学文本和对这些文本的阐释中出现的观念、问题和疑难的研究。别的艺术和人文学科也发生了类似的变化。

新的问题也随之出现。在人文学科的这些剧变背后的观念和问题,经常被不以更广泛的语境为参照地呈现出来,或被呈现为你可以简单地"加"在你阅读的文本上的理论。当然,有选择地挑出某些观念,或使用手头现成的东西并没有什么错,而且确实有一些思想家认为事实上我们能做的就是这些。然而,有时人们会忘记,每一个新观念都是出自于某个人的思想的底样及其发展,而研究他们的观念的范围和语境是重要的。与"浮于空中的"理论相反,本丛书贯之始终的是把这些重要思想家和他们的观念放回它们原本的语境中去。

不仅如此,本丛书收录的著作还反映了回归思想家自己的文本和观念的需要。一切对某个观念的阐释,甚至是看起来最为单纯的阐释,也会或隐或现地给出它自己的"有倾向性的陈述

(spin)"。只阅读论述某位思想家的著作,而不读该位思想家的文本,就是不给你自己作决定的机会。有时,使一位重要人物的作品难以进入的,与其说是它的风格或内容,不如说是(读者)不知道从哪里开始的那种感觉。本丛书的目的,就是通过为这些思想家的观念和著作提供一个容易理解的概述,通过引导你从每位思想家自己的文本开始进行进一步的阅读,来给你一个"入口"。用哲学家路德维希·维特根斯坦(1889—1951)的比喻来说,这些书是梯子,是在你爬到下一层楼后要扔掉的东西。因此,它们不仅帮助你进入新的观念,也会通过把你领回理论家自己的文本,并鼓励你发展你自己的有依据的意见,来给你力量。

最后,这些书之所以是必要的,是因为,就像智识的需要已经发生变化那样,全世界的教育系统——通常导读就是在这个语境中被阅读的——也发生了根本的变化。适合20世纪60年代的精英型高等教育系统的东西,不再适合21世纪更大、更广、更多样的高科技教育系统了。这些变化不仅要求新的、与时俱进的导读,也要求新的介绍方法。本丛书的介绍方式,就是着眼于今天的学生而发展出来的。

丛书收录的每本书都有类似的结构。它们一开始的部分,都提供对每位思想家的生平和观念的概述,并解释为什么她或他重要。每本书的核心部分,都讨论了该思想家的核心观念,这些观念的语境、演化和接受(情况)。每本书也都以对该思想家之影响的审视——概述他们的观念如何被其他思想家接纳和阐发——作结。此外,每本书的书末,都附有一个建议和描述进阶阅读书目的部分。这不是一个"附加的"内容,而是全书不可或缺的组成。在这个部分的第一部分,你会发现对书中所涉及思想家的核心著作的简述;此后,是关于最有用的批评著作的信息,有时候也有一些相关网站。这个部分将引导你的阅读，使你能够跟随你的兴趣并发展出你自己的计划。丛书中的注释是按所谓的哈佛系统（在文本中给出作者的姓名和参引著作的出版日期，你可以在书后的参考文献中查到完整的信息）给出的。这种注释方式在极小的空间中提供了大量的信息。丛书也会对技术性术语加以解释，并用方框插入对一些事件或观念的更加细节性的描述。有时，方框也用于强调一些该思想家惯用或新创的术语的定义。这样，方框在某种程度上也起到了术语表的作用，在快速浏览全书时很容易找到它们。

　　丛书收入的思想家是"批判的"，出于三个原因。首先，我们按照涉及批评的主题来考察他们：主要是文学研究或者说英语和文化研究，但也涉及其他依靠对书本、观念、理论和未受质疑的假设进行批判的学科。其次，他们是"批判的"，因为研究他们的作品将为你提供一个"工具箱"，这个"工具箱"将服务于你自己的有理据的批判的阅读和思考，而这一阅读和思考，将使你成为"批判的"。再次，这些思想家之所以是批判的，因为他们至关重要：他们与观念和问题打交道，这些东西能够颠覆我们对世界、对文本、对那些想当然地接受的一切的常规理解，给我们对我们已经知道的东西一种更加深刻的理解，给我们新的观念。

　　没有导读能告诉你一切。然而，通过提供一条进入批判思考的道路，本丛书希望让你开始参与这样一种生产性的、建设性的、可能改变你一生的活动。

致　谢

　　像所有的书一样，这本书是某种对话的产物。因此，我要感谢对巴赫金进行写作的每一个人，从最简单的只言片语到最全面的研究，从那些引致当下承认的人到那些引起强烈不满的人；他们全都致力于"对话"，尽管会有某些相反的情况，但这种对话远远没有结束。还有许许多多同事和朋友，他们虽对巴赫金没什么兴趣，却以许多各种各样的方式帮助我写成了这本书。还有一小部分人与我意气相投，他们积极地参与到了这本书的写作方式中去。

　　我要特别感谢约翰（John）、莫伊拉老兄（big Moira）、小莫伊拉（wee Moira）、安娜（Anna）、埃利（Ellie）、亚历克斯（Alex）和金（Kim）。最后，我还要由衷地感谢丛书编辑罗伯特·伊格尔斯通（Robert Eaglestone）——他使读者免去了大量不必要的痛苦——还有劳特利奇出版社的波利·多德森（Polly Dodson）、鲁斯·希尔斯顿（Ruth Hilsdon）和利兹·莱文（Liz Levine），他们所有人都证实了：耐心是一种美德——而美德总是对它自己的奖赏。

书（篇）名缩写

AH　　《审美活动中的作者和主人公》（Author and Hero in Aesthetic Activity），收录于《艺术与责任》（Art and Answerability），第 5-256 页。

BSHR　《教育小说及其在现实主义历史中的意义（论一种小说的历史类型学）》（The Bildungsroman and its Significance in the History of Realism（Toward a Historical Typology of the Novel）），收录于《言语体裁及其他晚期文选》（Speech Genres and Other Late Essays），第 10-59 页。

DLDP　《生活话语和诗歌话语》（Discourse in Life and Discourse in Poetry），收录于《巴赫金学术论文》（Bakhtin School Papers），安·舒赫曼（Ann Shukman）编（约翰·里士满［John Richmond］译）（《俄语诗学翻译》，卷 10，牛津：RTP 出版社，1983 年），第 5-30 页。

DN　　《小说话语》（Discourse in the Novel），收录于《对话的想象》（The Dialogic Imagination），第 259-422 页。

EN　　《史诗和小说》（Epic and Novel），收录于《对话的想象》

（*The Dialogic Imagination*），第 3-41 页。

F 伏罗希洛夫，《弗洛伊德主义》（*Freudianism*）。

FM 梅德韦杰夫/巴赫金，《文艺学中的形式主义方法：社会学诗学批判导论》（*The Formal Method in Literary Scholarship*：*A Critical Introduction to Sociological Poetics*）。

FTC 《小说中的时间形式和时空体形式：历史诗学笔记》（Forms of Time and of the Chronotope in the Novel：Notes toward a Historical Poetics），收录于《对话的想象》（*The Dialogic Imagination*），第 84-258 页。

MPL 伏罗希洛夫，《马克思主义和语言哲学》（*Marxism and the Philosophy of Language*）。

N70 《1970—1971 年笔记》（Notes Made in 1970—71），收录于《言语体裁及其他晚期文选》（*Speech Genres and Other Late Essays*），第 132-158 页。

PCMF 《言语艺术中的内容、材料和形式问题》（The Problem of Content，Material and Form in Verbal Art），收录于《艺术与责任》（*Art and Answerability*），第 257-325 页。

PDP 《陀思妥耶夫斯基诗学问题》（*Problems of Dostoevsky's Poetics*）。

PND 《从小说话语的前史谈起》（From the Prehistory of Novelistic Discourse），收录于《对话的想象》（*The Dialogic Imagination*），第 41-83 页。

PSG 《言语体裁问题》（The Problem of Speech Genres），收录于《言语体裁及其他晚期文选》（*Speech Genres and Other Late Essays*），第 60-102 页。

PT 《语言学、语文学和人文科学中的文本问题：哲学分析中一项实验》(The Problem of the Text in Linguistics, Philology, and the Human Sciences: An Experiment in Philosophical Analysis)，收录于《言语体裁及其他晚期文选》(*Speech Genres and Other Late Essays*)，第 103-131 页。

R Q　　《答〈新世界〉编辑部问》(Response to a Question from the Editorial Staff of *Novyi mir*)，收录于《言语体裁及其他晚期文选》(*Speech Genres and Other Late Essays*)，第 1-9 页。

R W　　《拉伯雷和他的世界》(*Rabelais and His World*)。

TMHS　《人文科学方法论》(Toward a Methodology for the Human Sciences)，收录于《言语体裁及其他晚期文选》(*Speech Genres and Other Late Essays*)，第 159-177 页。

TPA　　《论行为哲学》(*Toward a Philosophy of the Act*)。

为什么是巴赫金？

毫无疑问，米哈伊尔·米哈伊洛维奇·巴赫金（1895—1975）是苏维埃俄国产生的最令人惊叹的具有独创性的思想家，以及20世纪最重要的一位文学理论家。本书不仅将展示巴赫金那些对于文学研究来说仍然十分重要的思想，还会展示他处理文学的方法，的确，这些方法对于整个当代人文科学来说仍是十分富有创造性的。巴赫金是这样一位思想家，他不仅重新构想了文学和其他学科之间的关系，而且最终能够论证所有人文学科——书写位于其概念及方法论核心的所有学科——必不可少的共同基础。随着苏维埃的时代背景和20世纪本身退入历史，他已经成为21世纪人文科学中最重要的思想家之一。

实际上，对于当代人文科学而言，巴赫金是一位具有典范性的思想者，这有许多原因：因为他那深厚的哲学根底和深刻的伦理学关怀并未和他的文学观念相冲突，反而加强了这种观念；因为他对集体性思想的投入并未和他对个体意识的持久承诺相矛盾；因为

从他对小说形式的毕生钻研中产生了他最著名的思想——对话、

杂语、时空体、狂欢节——而且他找到了超出纯文学领域之外的重

建的力量和正当的理由。

　　巴赫金的吸引力的根源,某种程度上在于这样一种事实,即尽

管他是在1970、1980和1990年代西方对文学及文化理论产生巨大

兴趣的时期为人所知的,但他的思想却并不与那些重要的理论范

式——如结构主义、马克思主义、精神分析和解构——共享那种主

导的倾向。这些范式通过各种各样曲折的方式彼此背离,甚至互

相矛盾,但它们还是被一个共性联系在一起,即它们大体上都是解

释学的,也就是说,它们在文本的表层之下,或在文本的缝隙之中,

或在解释背后的话语之中,全都暗示着另一个"文本"的存在。一

切言语的意义渐渐被认为存在于它的言说者或作者表面意图之下

的,或者超越了这意图的某个地方——也就是某部文学作品的作

者或者话语"主体"的特定存在成为问题的地方。然而,对于巴赫

金来说,言说主体(有些时候确乎是一个作者)的存在以及自我建

构位于一切人类理解过程的中心;这是他思想中不可剥夺的内核。

因此,在不与粗陋的、单一维度的意向性理论共谋的情况下,他提

供了一种在人类主体(或诸主体)之存在的基础上来理解文本和世

界之间的复杂关系的方式。巴赫金从未脱离居于核心的人文主义

立场,而是通过对鲜活的言说主体的各种存在及表达模式——文

学和非文学——进行理论化,从而把"理论之后"的人文主义可能

性的条件理论化(或重新的理论化)。对于巴赫金而言,意义不可

化约地存在于文本之中,但它又不能被简化为文本;这就是哲学家

所谓"内在的"(immanent)。这就是文本(和言语)最终的目的。

内在性

内在性(immanence)这一概念是经由哲学的方式从神学那里借用来的,它描述的是一种方式,某个既定的概念或现象——比如,从最根本上说,即上帝——的属性据说就是通过这种方式天生地内在于这个概念或现象本身。在文学研究中,内在性思想打开了关于文本限度的问题:文本是按照自身的条件自足、自治并且完美无缺的吗? 文本的意义就是显现在纸页上的文字吗? 它需要在社会和历史语境或者作者生平的背景中被阅读吗? 这些态度是互相排斥的吗? 巴赫金的工作中有一个基本的常量,那就是希望打破文学文本的内在性理论(形式主义方法)和文学文本由外部环境所决定的理论(语境化的、社会学的、历史学的方法)之间那显著的对立;或者说,是希望使用一个将在他的著作中反复出现的术语,集中考察在这些理论的界限之间发生了什么。巴赫金关于言语和写作的对话性这一核心思想表明,意义一方面内在于言语或文学作品,但它同时也和产生它的环境紧密相连。最终,他的思想试图消除文学作品,或者,准确地说,任何言语的内在之物和外在之物之间的自在的差异。

巴赫金的吸引力的另一个方面在于,一直以来,他不仅通过哲学或语言学这面形式规整的透镜,还通过文学这面无限漫射的透镜来探讨人类主体的建构问题以及意义和伦理的问题。他的思想一次又一次地返回到这个问题,即:虽然文学总是坚持文本的第一性,但在文学和文学以外的世界的联系中,何者最为关键呢? 在巴赫金手里,这个问题从未被贬低到对其他事物的单纯反映这样一种地位。巴赫金首先关注的文学"类型"是小说,或者至少是小说

（或某些小说）体现他的"小说性"（novelness）思想——这在不同程度上几乎成了他的"对话体"（the dialogic）这个关键范畴的同义词——的方式。因此，在最为基本的层面上，阅读巴赫金可以提供一系列对小说的独到而有力的洞见，然而，正如我们所表明的那样，它还可以帮助我们通过某些方式去扩展那些见解，这些方式超出了小说甚至文学自身的范围，同时依靠巴赫金所谓对话的"普遍性"来将小说语境化。文学和世界"之间"的界限的性质，或者更恰当地说，这些现象和其他现象跨界交融或者整体性地解构界限的方式，使得阅读巴赫金成为一项任务，这项任务总是产生意想不到的奖赏。

　　使得巴赫金作品中的各种要素戏剧化并且聚合在一起的那个现象，就是语言，它甚至比文学更为重要。无论是在日常生活的语境中，还是在现实人物或者文学作品纸面人物的口中，抑或在巴赫金笔下依旧真实的"作者和主人公"的口中，语言都体现并提供了理解人类经验不同面相的途径。巴赫金和他的同伴——他们寻求着对此类经验之丰富性的更深入的理解——将提出他们自己的语言理论，这个理论是围绕着作为"活语言"（living language）之象征的"表述"（utterance）建构起来的，它反对作为一种抽象体系的语言法则及惯例。语言或许就是被体验到的生命本质，同时也是从事文学研究的不证自明的要点，但它也是人文学科的公分母——它是通向跨学科性的康庄大道。巴赫金乞灵于社会语言学、人类学、社会理论和行为哲学——他最初正是由此出发的——等相关领域，这证明了一个事实，即：对于巴赫金而言的，以及巴赫金思想中的那些重要的东西——意义的建构和传播以及自我之于他者的关系——处于整个人文学科计划的核心。巴赫金中期最有名的著作，比如他论陀思妥耶夫斯基的书和《小说话语》都在一定程度上依赖于对某种语言理论——我们在第5章将把它称为"超语言学"——的详细阐述。在他后来写于1960和1970年代的时而很零散的"随笔"中,他更清楚地阐释了语言理论和人文学科必须遵守的核心理念之间的关系。那里提出的问题——关于文本地位的问题,关于生活经验之于它的文学或理论题词的关系的问题——就是在整个当代人文学科的主流中回响的问题,它通过不同的方式在人文学科的每一个构成性学科中都有所体现——而这些方式都能够通过巴赫金得到组织并联系起来。

然而,本书一开篇将回到巴赫金写于 1920 年代但并未出版的早期著作,从而探究那里所阐发的自我—他者关系模式——这一模式支撑着他后来关于语言意义的思想,以及对话主义、杂语、时空体和狂欢节等更为人熟悉的范畴。然后,本书将讨论巴赫金的生平与著作中那个很可能被当作转折点的地方,讨论他的著作和他的朋友、同行瓦连京·伏罗希洛夫及帕维尔·梅德韦杰夫的著作的联结,特别是讨论前者的意义之于哲学和人文学科中已经广为人知的"语言学转向"的关系。在这两个基础上,我们将分章来专门讨论对话主义、杂语、时空体和狂欢节,在每一章中探索这些思想在与巴赫金最初的概念"核心"相互限定的过程中,是通过何种方式演化的。这条轨迹将通过讨论体裁的那一章而得以终结,它把巴赫金著作中每一阶段的组成部分结合在一起,并且和我们已经遇到的某些问题——也就是那些文学和生活之间的"界限"问题——重新联系起来。随后,这本书将以一个简洁的评价作结,这个评价并不怎么关乎巴赫金的影响,而是关乎他对读者——首先是那些对文学感兴趣的读者,还有那些对一般的人文学科背景感兴趣的读者——的持续的效用。

这本书可以通过三种方式来阅读:首先,有些读者或许只想从第一章接连不断地读到最后一章,同时在巴赫金思想整体的语境及其思想进程当中与他的那些主要概念相遇;另一些读者或许希望从对话主义那一章开始,经过杂语、时空体和狂欢节等成熟的概念,然后再返回到早期的概念,以便探寻它们产生的根源;最后,这些章节可以被作为对特定概念的个别化处理而分开阅读,根据他或她自己的倾向,读者可以接受或拒绝把这些概念和巴赫金思想中的其他部分联系起来的邀请。

在他早年的一篇作品——《言语艺术中的内容、材料和形式问题》——中,巴赫金一开篇就宣称它舍去了"那些对于内行读者纯属多余,而对外行读者又毫无帮助的旁征博引"(PCMF 257)。我不可能在目前的语境中重复巴赫金的这种十分随便的态度,这些旁征博引大都集中于巴赫金自己的文字(以及相关的文学例证),而且与其他的批评及理论资源保持了最小限度的联系。引文源于本书开头的"书(篇)名缩写"部分所提到的版本,最后的"进阶阅读书目"下面则给出了它的全部细节;译文在某些地方已经作了细微的改动。

在全书——但愿它已经十分清楚了——中我们将一次又一次地返回巴赫金著作最为根本的文学意义,在这个意义上,他的思想不能脱离文学范畴而存在;与此同时,我们还将返回其著作中几乎一样明显的可转移性,在这个意义上,他的思想需要在不是我们惯常理解的"文学"语境中去把握并且发挥深远的作用。如果说本书有它自己的中心假设的话,那这个假设就是:那个为文学研究提供强大资源的巴赫金与那个伫立在奇思妙想的人文学科中心位置的巴赫金是完全一致的。在其思想内容与实践中,巴赫金以一种完全不同的眼光安排了学科之间的界限——这种眼光只有在巴赫金之后才变得完全清晰可见。

然而,通过巴赫金对于活生生的言说主体的存在及意义的强调,通过他在面对"传记的"简化时的无所畏惧,我们将首先思考"谁"是巴赫金这个依然具有本质性的问题。

谁是巴赫金？

巴赫金在 1960 年代和 1970 年代初的苏联享受着一段迟来的，也是意想不到的在学术上声名鹊起的时期，此前，他的大部分生命几乎是在默默无闻中度过的。他只出版了一本论伟大的 19 世纪俄国小说家费多尔·陀思妥耶夫斯基（1821—1881）的重要著作，这本书和它的写作年代有着密切的关系；他的大多数著作在他死后才重见天日，但另一本讨论文艺复兴时期的作家弗朗索瓦·拉伯雷（约 1494—1553）的著作则是一个重大的例外，这本书出版于1965 年，这几乎已经是在他开始写作的三十年之后了。在他 1975年去世的时候，巴赫金在苏联国外（以及在西方的斯拉夫研究者这个小圈子之外）只是以拉伯雷一书的作者而为人所知，早在 1968年，本书的核心思想——狂欢节——就已经找到了一位乐于把它译成英文来出版的读者。巴赫金的生平和职业生涯的细节——特别是他的早期生活和 1930 年代流放时期的某些方面——赢得了一种神秘感，只有当他的名字被西方承认的时候，这种神秘感才得以加强。一直以来，他的名字和他的意义都被某种几乎是神话的光晕所笼罩着,尽管这有助于把他推向广大的读者——特别是在 1980 和 1990 年代——但还是会趋向于掩盖其思想的本质和价值。因此,这就使得在处理"为什么巴赫金的思想仍对我们有用"这个问题以及阐释他的关键性思想之前,首先要讨论一下"巴赫金"是如何被传播的,并且以超出一般的谨慎程度去考察一下其作品的经典地位和对其人格的不断变换的认识是以何种方式被建构起来的,这尤为重要。

　　有许多很好的理由来解释为什么巴赫金的著作和人格已经令人生疑地被遮蔽了,甚至被神秘化了:1910 年代末的俄国和 1920 年代的苏联的文化与政治环境,使无数的学者、批评家和作家的生存成了问题,并且在很多情况下毁灭了他们;接踵而至的斯大林主义时代——在这个时代里,不去或不能和国家意识形态妥协的个人或文化倾向就遭到排斥或歼灭——迫使俄国的知识分子文化进入了一个"寒冰期";巴赫金的著作在俄国的出版进程最终还是被打断了——1929—1963 年,在俄国没有出现过任何以他的名字出版的批评和理论著作;还有一个事实,即:许多以巴赫金的朋友及同事——瓦连京·伏罗希洛夫(1895—1936)和帕维尔·梅德韦杰夫(1892—1938)——的名字出版的文本随后都被宣称是巴赫金自己的著作;最后,还有他的著作被翻译成英文的相当曲折的过程,这个过程被搞得疑窦丛生,它始终伴随着俄国"新"材料的间歇性的发现。

　　还有许多不那么明显的——但毫无疑问仍是重要的——理由来解释为什么巴赫金获得了这种神秘感。1930 年,他屈从了苏维埃俄国长久以来的一个老规矩,被送上了流放的道路——不是像最初的判决那样,被送往劳改营(脆弱的巴赫金要是在那里,差不多就要死掉了),而是在遥远的哈萨克斯坦的库斯塔奈给他了一份图书保管员的工作。判决之所以被减轻,是因为巴赫金那贫弱的健康状态和两位十分有影响的文化名人的干预:巴赫金论陀思妥耶夫斯基的书得到了前教育人民委员阿纳托利·卢那察尔斯基(1875—1933)[1]赞赏性的评论,而那个时期最具政治影响力的作家马克西姆·高尔基(1868—1936)也为巴赫金的利益进行了私人干预。实际上,巴赫金的健康在他的神话化过程中起到了双重的重要作用:1930年有效地拯救了他生命的骨髓炎后来却导致了他左小腿的截肢手术,给这个被截肢的学者留下了他的胜利——和他的幸存——的最戏剧性的身体象征。

巴赫金本人并不反对制造神话。他本人一直都是其自传的一个不可信赖的根源,例如,为了支持他接受了十分薄弱的(而且很可能是不存在的)正规高等教育这个观点——正如巴赫金所宣称的,他可能从来都没上过大学,当然也就从来没有毕业——他似乎从他哥哥尼古拉的传记中借取了某些部分。而对于他出身于贵族背景的猜测,他在暮年时却表现得更加犹豫不决,但移居国外的尼古拉却并不和他共享这份谨慎,尼古拉十分乐于强调他们的父亲作为一个没落贵族,与他实际上的资产阶级银行家身份相对立的地位。在苏维埃历史中这个最讲阶级意识的关键时期,对巴赫金背景的任何说法都毫无希望,但神话的跌落却是这个时期所特有的。

在伏罗希洛夫的《弗洛伊德主义》(1927)和《马克思主义和语言哲学》(1929)及梅德韦杰夫的《文艺学中的形式主义方法》(1928)的作者身份问题上,巴赫金也是一个矛盾的见证人,有时候暗示着他自己一星一点的参与,但另一些时候又坚定捍卫他的朋

1　阿纳托利·卢那察尔斯基,苏联文学家、美学家、教育家、哲学家和政治活动家。曾任教育人民委员会委员。——译注

友的作者身份。他经常展示出对学术传统的随意的漠视，这种漠视对于那些毕生生活在学术体制之外或边缘的人来说十分合拍：比如，《拉伯雷和他的世界》的某些部分似乎就是从德国哲学家恩斯特·卡西尔(1874—1945)那里抄过来的。当代人的那些轶闻趣事类的佐证——这些证据经常重复的是巴赫金本人的自我描绘——一直在强调他的非正统性、神秘主义，甚或宿命论。而这从未比他那本讨论教育小说或成长小说的书的所谓命运更具戏剧性：在德国人的轰炸下，打印稿很有可能在出版社的办公室里被毁掉了，但不停抽烟的巴赫金——他在纳粹入侵期间急需卷烟纸——真的把仅存的抄件卷起来抽掉了吗？

把所有这些背景催化成彻头彻尾的神话的那个关键性因素，同样涉及巴赫金被重新发现的"再生"和他在西方的传播，正如它也关系到巴赫金最初在苏联受到的相对的遮蔽。巴赫金在西方的断片式的接受过程伴随着——更准确地说，可能是引起了——人们所描述的巴赫金"专题研究"的兴起，这个行业在1980年代末和1990年代初经历了属于它自己的独有的"繁荣"。虽然别的理论家——除了在阿尔及利亚出生的法国哲学家和解构主义创始人雅克·德里达(1930—2004)和法国哲学家与文化史家米歇尔·福柯(1926—1984)，可能还有像德国文学与文化理论家瓦尔特·本雅明(1892—1940)这样的理论家之外——相对而言在他们自己的学科范围之外几乎没有展示出什么东西，但是，一项整体的"专题研究"竟然围绕着巴赫金的形象建立起来了，怀疑论者对此表示惊叹。我们会考察一下巴赫金著作中那些本质性因素——这些因素在一定的时候推动了这场巴赫金热潮——但目前重要的是聚焦那关键的背景原因，而这又是相对简单的事情。正是因为对他的出版和翻译的中断以及年代次序上的错乱，巴赫金才带着某种"迟到的效应",在那个关键的时刻恰好出现在西方,那时,在法国和英语世界中,推动文学理论发展的各种理论成分——主要有马克思主义、结构主义和解构主义——正在开始意识到它们的局限,而不是它们的创造潜力。然而,在回到他在西方的"再生"之前,我们必须首先更仔细地考察一下巴赫金在俄国和苏联的"真实的"生活故事。

彼得格勒、涅韦尔和维捷布斯克

同样是巴赫金,那个持续捍卫日常言语的"低级"体裁和小说的民主化力量的他,和那个——至少是在他的某一个西方化身当中——与总体上的马克思主义文学观念及迎接布尔什维主义在俄国之胜利的文化观念相联系的巴赫金恰好形成了互相矛盾的风格。在他 22 岁生日的前几周——他显然很鄙视大街上肮脏的政治现实——巴赫金宣布,他要作茧自缚一般地在彼得格勒的阅览室中度过 1917 年二月革命和十月革命之间的那些日子,至少在那里,"暖气是开着的"。就他对实际政治的态度和对物质困难这一主题的多次暗示这两者而言,这完全符合青年巴赫金在革命岁月中的体验。

1917年革命

　　1917 年 2 月,沙皇尼古拉二世退位,这件事发生于已经被称为"二月革命"的那些事件的顶峰,而且发生于正在进行的第一次世界大战——它把沙俄帝国推进了一个经常发生混乱的政治骚动时期——这个背景之下。在八月份发生的一场促成了或许是现代欧洲历史上最惊人、最深远的事件的失败的军事政变之前,一系列的临时政府不仅没能确立政治和经济的稳定性,而且还重新确认了俄国对战争的介入。虽然在主要城市以外缺乏任何重要的政治基础，但弗拉基米尔·伊里奇·列宁（1870—1924）领导的马克思主义的、反战的布尔什维克党在所谓的"十月革命"（尽管根据西方历法，它实际上发生在 11 月份）中成功地实行了一场对权力的大胆争夺。这场革命反过来促成了一个革命的或国内战争的时期，这给它带来了难以置信的困难。通过列宁的"新经济政策"这一创举和为新政权——即 1922 年创立的苏维埃社会主义共和国联盟（USSR）——所作的准备，政治和经济状况在布尔什维克打赢了内战之后开始正常化。尽管1920 年代以一党专政原则的牢固确立为标志，但 1920 年代早期至中期也是一个相对的文化多元主义时期，这一时期在文学、电影、绘画和造型艺术，特别是文学理论的发展中都有重大的成就。

11　　　巴赫金于 1918 年移居涅韦尔（位于今白俄罗斯共和国），在那里谋求了一个中学老师的职位，这部分是因为和闹饥荒的彼得格勒相比，那里有食物，部分还因为他特别不希望待在政治动乱中心附近的任何地方。巴赫金去涅韦尔的道路很可能是列夫·蓬皮扬斯基（1891—1940）[1]——苏维埃早期最有天赋的一位文学批评家，他的名誉必须被全部恢复——为他开辟的；在涅韦尔，他们俩将由

---

[1] 列夫·蓬皮扬斯基，生于维尔诺的一个犹太家庭。1912 年被比彼得堡大学历史语文系录取，专攻罗曼语—日耳曼语语文学，毕业后即在涅韦尔从事俄国和西欧文学史的研究工作。——译注

马特维·卡甘(1889—1937)[1]联系在一起,他曾在马堡和柏林跟随
赫尔曼·柯亨(1842—1918)和保罗·纳托普(1854—1924)——他
们是伊曼努尔·康德(1724—1804)的信徒和再解释者,因而经常
被指认为"新康德派"——研究哲学。巴赫金、蓬皮扬斯基和卡甘
一度参加了一个关于康德的研讨班,这形成了"巴赫金圈子"最早
的核心,尽管这个说法后来更多是和伏罗希洛夫与梅德韦杰夫联
系在一起的。虽然新康德派的伦理学支撑着巴赫金发表的第一篇
著作,即《艺术与责任》这篇非常短小的文章,但正是他早期思想中
其他的重要成分,即基督教教义使得他与布尔什维克当权者——
正是他们在改变着俄国社会,包括巴赫金在其中工作着的教育体
制——之间的关系不怎么令人舒服。

　　巴赫金于1920年移居维捷布斯克,并获得了一个欧洲文学讲
师的职位。在这里,他被一种十分不同的文化环境包围着,其中包
括现代主义画家马克·夏加尔(1887—1985)和卡西米尔·马列维
奇(1879—1935)[2],还有蓬皮扬斯基、伏罗希洛夫——巴赫金在涅
韦尔已经见过他们了——和一张新面孔,帕维尔·梅德韦杰夫;这
个"圈子"——这么描述是准确的——几近完美。尽管巴赫金和疾
病,和确保拥有一个永久性学术职位这个似乎很难对付的难题进
行着持续的斗争,但他在维捷布斯克的这些年中,还是作为一个德
高望重的思想家而开始崭露头角:他继续写作那部起草于涅韦尔、
后来成为《论行为哲学》的著作;更重要的是,他开始了从思考纯伦

1　马特维·卡甘,生于普斯科夫省的皮亚特尼茨基村。15岁后曾一度追随俄国
　　社会民主工党,并因此遭到逮捕。1909年通过中学毕业证书考试,随即前往德
　　国学习哲学,先后在莱比锡大学、柏林大学、马堡大学等学府求学,师从赫尔
　　曼·柯亨、恩斯特·卡西尔和保罗·纳托普等人。1918年返回俄国,并定居涅
　　韦尔。——译注
2　卡西米尔·马列维奇,俄国画家,至上主义奠基人,曾参与起草俄国未来主义艺
　　术家宣言。——译注

理学问题向从事美学研究的转变过程(尽管在他整个生命中,伦理学仍然以这种或那种形式居于其著作的核心)。这种转变的第一个重要产物仅仅以《审美活动中的作者和主人公》——这是巴赫金关于自我—他者关系最早的全面论述——这种不完整的形式留存了下来;然而,几乎可以确定的事实是,巴赫金这时还写了他论陀思妥耶夫斯基的书的第一份草稿,这本书到 1929 年才以一种作了巨大修改的形式被出版,那个时候他的思想——和他的处境——已经经历了重大的变化。

列宁格勒和有争议的文本

1924 年,巴赫金回到了他六年前被迫离开的城市(列宁去世那年的一月份之后,被改名为列宁格勒)。在新的列宁格勒城中,巴赫金过着一种离群索居的艰难生活,他从未能够通过学术工作而勉强获得一份差不多稳定的营生。结果产生的这种依靠偶尔的讲座、授课、写作和编辑来勉强糊口的生存状况,或许就是使他卷入与"圈子"里的朋友及同事——包括伏罗希洛夫和梅德韦杰夫——之间的一系列错综复杂的出版业务的因素之一。

这一时期,巴赫金试图以自己的名义发表的第一部著作,是他坚决从伦理学转向美学这一运动的进一步证据。与巴赫金的许多"散佚的"或"复原的"文本不同,《言语艺术中的内容、材料和形式问题》这篇针对形式主义——它们已经快速地统治了俄国的文学批评——的融精准的分析和尖刻的论辩于一体的文章,是受《俄罗斯现代人》(*Russkii sovremennik*)——这是为数不多的可以不受审查制度干预就能运作的几份杂志之一,它就是由那个后来为了保护巴赫金而从中斡旋并且把巴赫金从流放中保释出来的同一个马克西姆·高尔基编辑的——委托而作的。这份杂志在巴赫金的文章发表前就被关闭了。

这里,神秘的一面出现了:《俄罗斯现代人》被关闭不久,梅德韦杰夫——他似乎比巴赫金要"世故"、实际得多——在《星》(Zvezda)杂志上发表了一篇在某些方面很类似的形式主义批判:《学术中的萨里埃利主义:论形式的(形态学的)方法》,"有争议的文本"问题从而诞生了。第二年,梅德韦杰夫在《星》上继续发表了另一篇讨论文学的社会学方法这一主题的文章,而 1928 年,《文艺学中的形式主义方法》一书问世了,大部分俄国评论家大体上仍然坚持这本书是巴赫金的著作。

要看到公共机构对巴赫金的排斥和由此产生的发表难题以及以伏罗希洛夫之名发表的著作的两个组成部分之间的联系,是不那么容易的。第一个部分是对精神分析的创立者西格蒙德·弗洛伊德(1856—1939)的大胆批判,这一部分包含在 1926 年为《星》所作的一篇文章和《弗洛伊德主义》(1927)一书中。第二个部分则是围绕对索绪尔语言学的批判建构起来的,不过,这种语言学还是会继续成为文学理论的勃兴中一支重要的力量,特别是在西方。伏罗希洛夫对索绪尔的回应包含在一系列的文章和《马克思主义和语言哲学》(1929)——应该说,其内容证明,这个标题只是一个幌子——这部超世杰作之中。再说一遍,这些著作经常被归于巴赫金,尽管事实上在它们发表的八十年间没有出现任何确切的文献证据;实际上,支持巴赫金作者身份的证据一直都是些轶闻趣事之类的东西,而且,作为"旧事重提",它已经被草草地处理掉了。

然而,通过一个被证实过的先例,那些承认巴赫金正是以伏罗希洛夫和梅德韦杰夫之名发表的重要著作的作者的人们,已经在那种信念中受到了鼓舞,虽然这只是间接的:巴赫金的另一个朋友伊万·卡纳耶夫(1893—1984)已经承认(在巴赫金和那个"圈子"

14

的所有成员都去世之后），巴赫金确实写了 1926 年以卡纳耶夫的
名义发表的《现代活力论》（Contemporary Vitalism）一文，而他不过
是代表巴赫金从图书馆中借阅了必要的文学作品而已。无论有关
争议性文本的真相是什么，实际上都存在着巨大的反讽：在这个毫
无疑问地确立了巴赫金作者身份的唯一的地方，其主题既不是伦
理学也不是美学，既不是弗洛伊德也不是索绪尔——而是生物学
（诚然这和它的哲学语境有关）。

陀思妥耶夫斯基、逮捕和流放

　　1928 年和 1929 年是苏维埃社会历史中至关重要的年份，它们
标志着权力斗争的终结，这场斗争把约瑟夫·斯大林（1878—
1953）推向了无可挑战的权威地位，并且预示着独裁主义的开始。
结果表明，这些年对巴赫金来说，几乎也是性命攸关的。即便是在
巴赫金那变幻多端的生存境遇中，1929 年——这一年他终于看到
了以自己的名字发表的重要著作：《陀思妥耶夫斯基的艺术问
题》——也被证明是其中最富戏剧性的一年。尽管在离开维捷布
斯克之前或者离开之后不久，巴赫金肯定已经完成了该书的草稿，
但发表出来的版本却作了改动：即透过伏罗希洛夫 1920 年代末的
文学—语言学著作——无论巴赫金写出了它们还是仅仅在创作中扮
演了一个"对话"的角色——这面棱镜而写成的该书的第一部分，以
及在更大的程度上，通过与形式主义者——他们对巴赫金的影响要
比已经承认的影响更大——的相遇而写成的第二部分。在《陀思妥
耶夫斯基的艺术问题》中，巴赫金十年间思考和写作的一切开始结晶
成一种为"对话主义"辩护的理论。这种被迫的，或以其他方式促成
的"语言转向"，不仅将在随后到来的整个晦暗时期中持续地存在于
他的著作里，还将成为几十年后他在西方的吸引力的一个关键因素。

　　在这第一部重要的、完整的著作面世之前，其他条件下的进展帮助他走上了一条更接近于学术体制的新轨道，巴赫金的生活由此走上了完全不同的方向。1928 年 12 月 24 日早间，他由于涉嫌参与耶稣复活（Resurrection）这个宗教组织——后来它被当权者描述为一个"右翼知识分子的反革命地下组织"，其最终目标是"颠覆苏维埃政权"——而被逮捕。由于不断恶化的骨髓炎，他的腿做了手术，当他在医院中进行术后康复的时候被判处了五年的流放，很可能要到遥远的北方的索洛维茨基集中营；对处于巴赫金这样的境遇的某些人来说，这实际上就是被判了死刑。来自巴赫金的妻子叶莲娜、巴赫金本人，还有高尔基和同样著名的阿列克赛·托尔斯泰（1883—1945）[1] 的上诉说服了当权者进行医学检察，检查的结果不仅证实了巴赫金的慢性骨髓炎，而且表明他过去就患过肺结核和脑膜炎。这似乎是 1920 年代苏联的一种无法理解的、典型的矛盾：恰恰是在它的作者被软禁的时候，论陀思妥耶夫斯基一书却仍然随处可见地在售卖，而且得到了卢那察尔斯基这样声名显赫的人物的点评。正如上面所提到的，判决最终被减免为流放到哈萨克斯坦，巴赫金在那里可以由叶莲娜陪伴并且获得医疗救助的途径。就像他的主人公陀思妥耶夫斯基一样——他在年轻时期因为一项莫须有的政治指控经受了一场被证明是虚惊一场的行刑准备——巴赫金也被准予减刑。

> **斯大林时代**
>
> 　　约瑟夫·斯大林从列宁死后的权力斗争中脱颖而出并发动了经济上和管理上激进的集权化进程——与此相伴随的是支持

1　阿列克赛·托尔斯泰，苏联作家，代表作为《苦难的历程》。——译注

"一国社会主义"而最终退回到隐含的对"世界革命"的放弃——这将定义大多数苏维埃政权的存在。集权化过程以及国家的扩张事实上从1927—1928年开始就通过强制的农业集体化和纳入五年计划的激进的工业集中化影响着共和国的每一个地区。这种"工业革命"必须对文化和社会生活进行类似的重新组织,它被称为"文化革命",并使得国家对苏维埃文化生活的一切领域——包括出版、广播、教育和文学艺术——的控制都合法化了,同时使1920年代中期相对的文化多元主义戛然而止。国家对文化和社会生活进行控制的必要性以及对斯大林自身权威的维持,最终引起了一系列的肃反,这在1936年和1938年间达到了它们几乎是意想不到的高峰,那时,在尼古拉·叶若夫(1895—1940)的督导下,至少有七十万苏维埃公民被处死(有更多的人被监禁或流放,一部分人在后来的岁月中被囚禁致死)。尽管有第二次世界大战——在俄国被称为"伟大的卫国战争",其间,两千七百万苏维埃公民在抵抗希特勒的过程中丧生——的介入,斯大林的专制权力在战后时期又被重新建立起来,而苏维埃的知识分子文化事实上仍然处于一种"冰冻"之中,一直到他1953年去世前不久。在尼基塔·赫鲁晓夫(1894—1971)治下——他依靠对斯大林的个人崇拜的谴责而上升到统治地位,他的统治时代大体上被称为"解冻时代"——一个不同的,尽管是有限的文化及知识自由化的时期来到了。

　　过了不久,"第二次机遇"就像"魔力"一样开始出现了。正当斯大林那强制的、加速的农业合作化带给数百万人以大饥荒的时候,巴赫金不幸发现自己也正处在穷乡僻壤之中,但是他的政治流放者的身份却给予了他和当地共产党官员同样的食品供应途径。　
更重要的是,哈萨克斯坦被证明是一个遥远的、更为安全的地方,
在斯大林对知识分子和专家阶层这个不断扩大的圈子的镇压不断
升级的时候——至少在其早期的某些阶段——它是置身事外的。
而且,令人惊讶的是,当巴赫金白天在区食品供应合作社的办公室
里工作的时候,写出了那篇或许是他最为重要的著作,即《小说话
语》,而这种写作几乎没有自觉考虑任何发表的可能性。《小说话
语》不仅发展了陀思妥耶夫斯基一书中的许多论点,它是在欧洲小
说的兴起这个广阔的背景下来做这项工作的,其中充满了先前为
陀思妥耶夫斯基这个"独特的"——或者说"典型的"——例子所
保留的那些特点和可能性;它不仅是巴赫金最具永恒创造性的文
学研究著作,产生了杂语和混杂化等概念(我们将在第 7 章回到这
些概念),也是他对对话主义这个潜在概念的最容易使人理解的论
述。无论巴赫金在那段似乎毫无希望的日子里的精神状态如何,
他的确在 1936 年寄给了卡甘一份打印稿的底本,这或许是带着一
份为它寻找发表人的希望吧;它最终确实发表了,不过是在 1975
年,即他去世的那一年。

另一种流放的形式

流放结束后,巴赫金对学术职位的追求并没有把他带到列宁
格勒或者莫斯科及其周边的地方,而是把他带到了莫斯科以东 350
英里的省城萨兰斯克。1936 年秋,通过梅德韦杰夫的一部分帮助,
他被任命为莫尔多瓦师范学院的世界文学讲师。虽然这是一所地
方的教师培训学院,但是,即便不就地理意义上而言,而就体制机
构意义上而言,它也是相当舒坦的。巴赫金在他的新职位上只干
完了一个学期,1937 年年初,即斯大林的肃反即将达到其歇斯底里

的巅峰的那一年,推荐他上任的系主任由于"意识形态的原因"被解除了职务。同年六月,巴赫金接到了被解雇的命令,因为他让"资产阶级客观主义"影响了他的教学,这在当时的普遍氛围中很可能是一项足以置他于死地的指控。然而,事情又一次发生了不大可能的逆转。在下令解雇巴赫金的裁定生效之前,签署命令的院长本人被揭发为"人民公敌",因而被免了职;巴赫金立刻向他的继任者提出申请,请求允许他因骨髓炎复发而"自愿"离职。他的请求再次被接受了。

为了得到卡甘的帮助,巴赫金奔赴莫斯科,而且,1937年剩下的日子都奔波在首都、列宁格勒和哈萨克斯坦之间,完全徒劳地盼望着能获得一个稳定的职位。1930年代余下的时间和战争年代,巴赫金实际上在莫斯科城外的中学教书。即便是面对截肢手术并亲临1941年因希特勒的入侵而展开的前线,巴赫金总能以某种方式设法维持那些只能以不完美的形式称之为他的"作品"的东西:他写下了——却没有发表——那些后来成为《小说中的时间形式和时空体形式》、《从小说话语的前史谈起》和《史诗和小说》(它只有到了1975年才问世)的材料;写下了后来成为《拉伯雷和他的世界》(发表于1965年)的关于拉伯雷的博士学位论文;写下了直到1996年才发表的几篇更为短小的篇章;以及论教育小说的著作——它很可能被烧毁了两次,只留下了1979年出现的一个残篇。但是,比起与他共同思考的伏罗希洛夫和梅德韦杰夫,巴赫金的痛苦还算轻的。伏罗希洛夫1936年在列宁格勒死于肺结核。梅德韦杰夫以其"世俗性和实际性"在公共知识生活中扮演了比"巴赫金圈子"的其他任何成员都更为重要的角色,而当他1938年被枪毙的时候,却成了这个圈子象征性的牺牲品。

战后,当巴赫金回到萨兰斯克并获得了他本质上第一份稳定的、长期的学术职位时,离他五十岁生日只差两个月。即便如此,学院任命巴赫金为系领导的期望却败在了这一事实上,即:尽管他的博士学位论文在1940年就已经提交了,但巴赫金却从来没有被授予高级学位,而这个学位正是任命这样一个职位所要求的。最终,巴赫金在他这难以应付的知命之年为他的博士论文作了答辩,但最后只能遭受屈辱。在一场黑色喜剧的氛围中进行的马拉松式答辩中——筋疲力尽的巴赫金甚至宣称,"在列宁的教导下"他已经对他的某些思想进行了修正,而且他很可能(也可能没有)冲着那些折磨他的人挥舞他的拐杖,对着他们大喊:"愚民主义者!"——他最终被拒绝授予博士(Doktor)学位,而被授予较低级的副博士(Kandidat)学位。

这还不是官方文化最后一次对这位正在老去的、先前的流放者施加影响。随着苏联在以斯大林本人的名义出版的大量书籍的影响下开始摆脱知识上的冰冻期,这种正在变化的氛围对巴赫金与整个社会的影响是极端不可预测的。例如,1950年代初,由于他所在的科系没有根据斯大林对语言学领域的干预和斯大林的"天才之作",即《苏联的社会主义经济问题》而进行"重组",巴赫金受到了官方的谴责。然而,这些干预中的第一个干预——或许这是最不可能与斯大林个人联系起来的干预——确实对巴赫金产生了更为丰富的,尽管也是完全矛盾的影响。斯大林的《论语言学中的马克思主义》(1950)释放出了一大波关于语言学的一般性问题,以及关于业已缺席了二十年的文学文本之地位的重新讨论,其中,通常十分荒谬的——而且是背离马克思主义的——尼古拉·马尔(1865—1934)的语言学理论却不知怎么被设置为马克思主义的"正统"。在这一环境下,巴赫金像其他许多人一样,不仅没有逼迫自己去亲近那条新的"斯大林主义"路线(巴赫金在这一时期前后

19

所作的笔记中对斯大林作了释义,而且他的俄语编辑已经承认,还存在着许多这种更深入的,但却被隐瞒着的参考资料),而是通过这么做[1]来抓住机会返回那条在 1920 年代末就已经被封闭起来的思考和阐述的路线。"言语体裁"这个术语——它 1929 年首次出现在伏罗希洛夫的书里——在 1950 年代初期和中期强势回归并且占据了巴赫金著作的核心,尤其是在 1979 年用俄文发表的《言语体裁问题》一文当中。《语言学、语文学和其他人文科学中的文本问题》这篇重要的文章同样创作于这一时期的末尾,实际上,这时离他 1961 年从大学教学中正式退休的时间已经很近了。然而,这并不标志巴赫金故事的完结,而是标志着它转向了一个新的而且完全意想不到的阶段。

重新被发现和恢复名誉

巴赫金被重新发现了,他论陀思妥耶夫斯基的书也重新出版了,或许并不令人吃惊的是,围绕在其四周的环境是某种争议的环境;这种环境也构成了巴赫金神话——由奇怪的行为举止构成的特定的生活和他传记中对这一点的不确定性——是如何通过俄国境外的介入而被进一步问题化的首要例证。在苏维埃新领导人尼基塔·赫鲁晓夫提倡的文化"解冻"的环境中,《陀思妥耶夫斯基的艺术问题》一书的原作当然成了刺激一群青年学者去找出其作者的重要因素——如果它的作者的确还活着的话。然而,修改此书的过程似乎并不是由那些试图废除斯大林主义以往错误的年青一代爱国者们首先开始的,而是由一个意大利的(也是共产党的)学者维托里奥·斯特拉达(生于 1929 年)开始的,他想把巴赫金的作

1　即前文所说"对斯大林进行释义。"——译注

品作为意大利文版陀思妥耶夫斯基文集的导论。在俄国为了巴赫金的遗产所进行的斗争中,"真实"——它经常在斯大林时代受到损害——并没有好到哪里去,它甚至在向西方传播的过程中变得更糟了。论陀思妥耶夫斯基这本书的一个修订版本以"陀思妥耶夫斯基诗学问题"为题在 1963 年按时出版了,紧接着,1965 年又出版了论拉伯雷这篇博士论文的一个经过更大修改的版本,而后是 1967 年巴赫金正式"恢复名誉"。这暴露出,在任何真实的意义上,耶稣复活都从来没有作为一个"组织"而确切存在过;至少,和其他的许多因类似指控而被捕的人们不同,巴赫金还有俄国人所说的"活下来"的慰藉并看到自己被正式赦免。

但是,巴赫金——或者至少是他的著作——在他已经回归其中的当代理论论争中可能扮演什么角色呢? 根据陀思妥耶夫斯基一书的第二部分——他在其中利用、批判并发展了形式主义语言学——根据他的《拉伯雷和他的世界》中出现的明显的结构主义的预兆,巴赫金很快就被这些倾向的继承人和代表们加以"索取"了。在俄国,他实际上被宣称为莫斯科—塔尔图符号学派(Moscow-Tartu School of semiotics)的先驱,这项宣称又被那场争论——即巴赫金是 1920 年代伏罗希洛夫的语言学著作的"真实"作者——所强化。在西方,在早期的俄国形式主义被"挖掘"为结构主义的一个重要基础的地方,而且,在《拉伯雷和他的世界》被翻译成英语(1968)和法语(1970)的地方,巴赫金从一开始就"以一张人性的面孔",变得和结构主义联系在一起。更糟糕的是,在俄国那些试图把巴赫金从苏维埃共产主义的知识残骸中抢救出来的人看来,巴赫金的作者身份与伏罗希洛夫及梅德韦杰夫的著作之间的联系,使他成了对于某种批判倾向——即西方马克思主义,它甚至比结构主义更不可"接受"——而言极具吸引力的名人。任何一种形式的马克思主义,几乎都是每一代学者——他们已被强行灌输了苏维埃化的马克思主义——所诅咒的对象。对于那些在 1975 年和 1979 年编辑俄文版的巴赫金主要著作集的人来说,这样的联系看上去或许近乎荒诞,但是它们确实为巴赫金后来在西方的漫漫旅程定下了基调。

虽然西方的批评和理论环境那时正在对巴赫金全部作品——以狂欢节为主导——进行一种诱人的局部性审视,但在 1975 年出版的那部题为"文学和美学问题"(*Questions of Literature and Aesthetics*)的俄文版著作中,却正预备着他的一幅更为宽广的理论意义的图景。然而,在这本书问世前,日渐衰弱的巴赫金——叶莲娜 1971 年末去世后,巴赫金的健康急剧恶化——在 1975 年 3 月溘然长逝,享年 79 岁。像形式主义批评家和作家维克多·什克洛夫斯基(1893—1984)一样,巴赫金是那些出生于 19 世纪末的相对少有的文化和文学名流之一,他们在苏联国内生活的时间够长,足以使他们见证以"最纯正"的形式出现的、集权化的苏维埃文化模式的兴起、异化和(几近)消逝。

发表在《文学和美学问题》中的文章后来形成了《对话的想象》一书的核心,这本文集将加速西方对巴赫金的兴趣,使之成为一场真正的"繁荣"。目前为止不为人所知的那些著作,附在 1979 年的题为"言语艺术的美学"(*The Aesthetics of Verbal Art*)的俄文版文集当中,其中包括《言语体裁问题》和处于某种发展过程中的早期哲学随笔:《审美活动中的作者和主人公》,而这个发展过程将通过对任何一种关于巴赫金著作的已被接受的或既定的观念发出挑战来延续这场"繁荣"。紧接着这之后的是 1986 年的《论行为哲学》。和那些 1950 年代末参与对他的重新发现的人相比——他们首先开始了对作为一个整体的巴赫金的思想形态的改写,以及对

它与各种西方文学及文化理论之间的连续性及非连续性的节点的 22
观察——这些作品揭示出了一个比他们所能想象的更为彻底地
"哲学的"巴赫金。那些连续性与非连续性的故事反过来又让位给
了——或者说,实际上生产出了——一个全"新的"巴赫金,他的意
义不会过分地僭越文学研究或文学和文化理论的界限,它标志着
这种界限的崩溃和一种用不同方式设想的人文科学的诞生。

正是在这种语境中,才能够从那写得最早而发表得最晚的著
作开始——以一种高度切合于他的生活背景的方式——提供下列
对巴赫金思想中的主要成分的阐述。

小 结

巴赫金过着一种艰难的、非正统的、单调的生活,它不断被
重大的政治和文化动乱所打断。这份生平传略的目的,不仅要
传递巴赫金生活经验的某种复杂性和戏剧性,还要把他那已经
发表的著作放置在一个语境中,这个语境对于理解著作并不是
无关紧要的。巴赫金的某些最重要的文本的发表过程及其后
来的翻译过程,被苏维埃环境中特有的政治及文化背景割裂并
扰乱了。因而,它在俄国之外的接受就在很大程度上受到了非
连续性的限定,而巴赫金的许多文稿——这些文稿是为了在写
作它们的时候所发生的"激烈"论争而作的——在发表它们的
时候又呈现出了十分不同的反响。这种意义上的"迟到",这
种意义上的来得"太晚"和来自于一个不同的"地方"——这实
际上是双重的去语境化——既抑制了对巴赫金著作的理解,又
增加了它在知识上的荣耀,这是一种许多文本自身所固有的唐
突的不一致感——这也是作为整体的巴赫金的著作的一个重
要特性。

3

自我和他者

　　很难准确地说巴赫金在他职业生涯之初，即在 1920 年代早期是什么"类型"的思想家，那时他写了——但没有发表——两部非常具有个人风格，因而也十分晦涩的著作：《论行为哲学》（写于 1921 年，1986 年才发表；英译本发表于 1990 年）和《审美活动中的作者和主人公》（写于 1922—1924 年，1979 年才发表；英译本发表于 1993 年）。最接近的或许是"哲学家"这个类型，尽管这些著作远远不符合学院派哲学的标准；而且，它们显然和文学相关，而文学则作为美学的一个特定的——实际上是独一无二的——范畴被纳入到哲学的范围之中。最重要的是，在这些著作的核心存在着一种自我—他者的关系模式，这种模式显然不局限于"虚构的"世界，而且，在描述人类如何——从它的最简单的意义上来讲——理解并与他人互动的过程中，它被含蓄地提供给了我们。随着本书的展开，我们将逐渐去关注这个事实——即巴赫金的自我—他者关系模式，虽然不局限于文学，但同时，对它的阐述又依赖于文学——的内在含义。

　　表现这种自我—他者的关系模式的诸多术语,是巴赫金深思熟虑的基础,滋养着他前进,直抵对话主义这个核心概念。事件性、责任、具体化、外部性、完成和未完成性以及建构对于巴赫金的世界观和文本观都是不可或缺的;对于那些对哲学感兴趣,还有同样多的首先对文学感兴趣的人来说,它们也是相当陌生的,这一点立马就能清楚。实际上,本章将概述巴赫金的自我—他者关系模式这一基本"建构",这是一场必然要涉及一些更为熟悉——尽管可能并不怎么困难——的概念,即涉及存在与自我的讨论。然而,我们必须要从一个位置开始,对那些狠狠撞击"理论"的人而言,这个位置看上去可能相当难以应对。

理论主义和事件性

　　巴赫金最早的长篇著作《论行为哲学》[1],其不完整的开头几乎是直接地把理论主义确定为现代的(而且,特别是科学的)思想的严重痼疾之一。理论主义是巴赫金给那些形形色色的思想所起的名字,这些思想幻想着,对巴赫金所谓的任务行为(act)的"内容/涵义"(content / sense)的认识或描述可以穷尽其所有价值或意义,而"行为"被明确地理解为掩盖了同行动(actions)一样多的思想(thoughts)和论述(statements)。[2] 不同的人在不同的境遇下可能说或做的事,并不必然都有一样的内容或意义,比方说,这就像某

1　巴赫金 1919 年发表了《艺术与责任》这篇简单的纲要性文章,这是他 1929 年出版《陀思妥耶夫斯基诗学问题》之前发表的唯一著作。

2　作者在这里的意思是,在一般人看来,某种"行为"只具有单一的意义和价值,而不牵涉其他,因此它似乎具有某种当下性、排他性或者遮蔽性。但是,在巴赫金看来,"行为"的意义并不是自给自足的,相反,要理解一个"行为"以及对一个"行为"的"论述"或"思考"的含义,就必须具备某种"互文性"的视野,即在诸行动和诸意义的系统与网络中来思考。——译注

条法律或科学原则的论述,虽然在它自己特定的领域内是有效的,但并不能穷尽它可能获得意义的方式和语境。这是因为,能够从行为(或思想,或论述)中抽离出来的那些明白直接的意义,其"理论副本"(theoretical transcription)从不能和巴赫金所说的"唯一的现实世界"(the actual once-occurrent world, TPA 12)相适应——行为正是在这个世界中被现实的、确定的主体表现着。因而,纯粹"理论的"——也就是抽象的——思考并不能进入有可能被认为是巴赫金思想核心的那个东西:即"唯一的存在事件"(once-occurent *event* of Being, TAP 12,强调部分为笔者所加)。理论主义的(抽象的)思考将总是产生关于其对象的片面而有限的解释,无论那个对象是人类的行为,言语还是写作。理论主义总是会错失任何行为或现象的事件性,错失一个有意识地为他或她的行为负责的主体身上那活生生而又暂时安放着的唯一确定的存在品质。如果不理解其事件性,就不可能理解任何事物的意义的丰富性。

　　这并非对科学思想的内容的全盘解散,它的命题在它自身的特定领域中是有效的:例如,重力以一种可以描述和归纳的方式作用于它的对象,但这种描述并不能——而且并不试图——进入我的或你的重力经验的整体。我们举他稍后的著作——《言语艺术中的内容、材料和形式问题》——中的一个例子:对绘画作品的化学成分的认识,并不等同于对给观看主体留下鲜明印象的颜色的理解(经验);更深刻的是,技术与科学的命题在"技术世界"中可能会有一种固有的有效性,但是,如果那个世界并不被"法则"——这种法则并不局限于技术自身的逻辑——所约束,换句话说,如果让它自己冒充成世界的"整体",那么它就可能会对技术以外的世界产生危险的,或许还是灾难性的后果。从广义而言,巴赫金是通过对"普遍"和"特殊"这个古老的哲学问题进行提炼而开始论述的,

25

同时他认为,"普遍化的"知识——重力法则,火的属性——必须被严格地区别于一种特定的现实的知识/经验,因为它是由一个特定的主体在一个特定的时刻——降落,被燃烧——观察/经验到的。

这个原则并不局限于"精密的"科学,实际上,它对于人文学科与社会科学而言甚至是更为根本的问题。在人文学科中,或许更容易对一个行为或论述因其"特有的"事件性而获得的内容和"意义"产生误解:例如,像"思维决定存在"这样一个哲学命题,尽管它会在其内容中力图抵制静止的、本质主义的存在概念,但它也倾向于暗示某种普遍的适用性。它邀请抽象来充当"普遍"原则,同时根据巴赫金所谓的"存在的本体论根源"(TPA 44)来役使它自己。对于人文与社会科学来说,理论主义的含意更深远,而且暗地里对完全理解这些学科的对象具有更大的伤害。尽管精密科学仅限于它们所能够给予的、对于它们的对象的解释,但那种解释仍然适应于它自己的语境和目的(例如,绘画作品的化学成分或者核裂变的量子力学)。然而,比方说,如果伦理学产生出了一个可能成为法律基础的普遍化的原则,那么,它这么做就必然没有考虑到一个现实而具体的主体所表现的个体行为(或者潜在行为)。因而,这就把理论主义刻写在了那些不仅对人类活动具有直接影响,而且也被这一特定目的(不像科学技术,它可能会间接地影响着人类行为的"伦理",但它的首要功能却是不同的)所预定的现象之中了。在人文学科和社会科学模仿精密科学的方法论及哲学假设——这是一项对文学研究、语言学、心理学、哲学、人类学、经济学和政治理论在其 20 世纪的某些发展阶段提出的具有某种合理性的指控——的地方,理论主义的有害的影响就会越发显著。由于不能根据现实而具体的主体所创造的唯一的事件性来理解行为和言语,人文学科和社会科学最终就要冒险把它们的对象客观化,因而就不能理解并解释什么是人类经验的本质。

　　然而,在现代思想中,对这一危机的解决并不仅仅是回到被巴赫金描述为"科学(理论主义)思维"的对立面的那个东西——即"审美观察"(aesthetic seeing)。审美观察——即一种认识对象的方式,它容许一种情感的,甚至"直觉的"因素,因而,它可能会以一种抽象的理性(理论主义的)思维的解毒剂的形式出现——同样也不能"占有"那个唯一存在的事件。审美观察实际上产生了一种关于其对象的另类的"片面性",这一次不是因为像理论主义思维那样,没有把"内容/涵义"安放在一个现实而具体的主体的位置上,而是因为它完全过度决定了其对象的非理性的、情感的方面。它倾向于在自己的对象中消失,因而用一种对对象的想象性描述,用审美观察的"产品"——艺术本身的形象或作品——来消解这个对象。这个"产品"是理解那被表现出来的行为的事件性的一个不完善的根据,正如对这一事件性的意义的理论主义抽象一样。审美观察占据了发端于抽象的、理性的、科学的(理论主义的)思维的那个光谱的另一极端:在试图与抽象的普遍化,与"理论主义"思维作斗争的过程中,它过度地投入到特殊事物的特殊性当中了。因此,审美观察也不能洞见存在的事件性,尽管巴赫金确实承认"审美观察比理论世界更接近于生命存在的现实整体。这就是唯美主义的诱惑如此令人信服的原因"(TPA 18)。

　　巴赫金借助存在的事件性而对存在进行的分析,在某种意义上,使他和"一战"前后最进步的哲学潮流结成了同盟,这种潮流大概是通过"文化"和"生活"之间特有的哲学对立——这种对立是格奥尔格·齐美尔(1858—1918)[1]在阐发 19 世纪由弗里德里希·

27

1　格奥尔格·齐美尔,德国社会学家、哲学家,代表作有《历史哲学问题》、《货币哲学》等。——译注

尼采(1844—1900)和威廉·狄尔泰(1833—1911)[1]这样的思想家发起的对理性主义的挑战时提出的——以最显著的方式表现出来的。在有时候被称为生命哲学(Lebensphilosophie)的那门学问中的生活背景和生命经验的第一性,是用来说明终其一生都留存在巴赫金思想核心的那个东西的一个有用的方法,尽管在《论行为哲学中》中,另一位重要的"生命哲学家"亨利·柏格森(1859—1941)的著作是作为暗地里不受欢迎的"生活审美化"的首要例证而被抬出来的(TPA 13)。

然而,在一个十分另类的意义上,巴赫金对事件性的中心地位的坚持也打开了和一个非常不同的哲学传统,即基督教神学——特别是俄国东正教会——相联系的线索,这个传统大量强调道成肉身或"具体化"(voploshchenie)原则。作为一个活生生的人的基督——即被拟人化了的上帝——其至关重要性为理解现实而具体的存在事件的主体提供了一个不同的框架。为了给他对"文化"与"生活"之间关系的总立场作一个最好的总结,也为了给存在性事件在抵抗理论主义时的关键之处提供一个戏剧性论述,巴赫金回到了"基督的生死事件"这个例子,这是独具特点的。"基督的生死"同样是无法触及的:

a.理论认识,可能会理解它的内容/涵义,但不能理解"事件现实的历史形成这个唯一一事实";

b.历史认识,能够把事件作为历史事实加以重构,但却不能胜任它的内容/涵义;

c.而审美直觉,能够胜任这两方面,但至关重要的是,"我们失

1　威廉·狄尔泰,德国哲学家、历史学家、社会学家。代表作有《精神科学导论》等。——译注

去了自己相对于它(事件)的立场,失去了我们在它当中的应分
(ought-to-be-position)[1]"。

(TPA 16)

我们远不能够妄言,对于巴赫金来说,作为一个通过其存在的唯一
事件性而行动的具体主体的基督,他所适用的东西也同样适用于
任何具体化了的主体,也就是说,适用于任何人的行为、言语及写
作。对这样的存在——以及行为、言语、写作——的"完整"认识和
理解,需要超出"理论的"或"审美的"(甚至"历史的")观察所能独
立提供的东西。正如我们以后将看到的,具体化的思想对事件性
这一核心思想至关重要。

为了在"理论认识"和"审美直觉"(把同样片面的"历史认识"
先搁在一边)这两极之间更明确地确立富有成效的选项,我们需要
首先看看事件性不同的一面,即巴赫金所说的和存在有关的"应
分"——即审美直觉本身所缺乏的义务或者责任。

存在、自我和责任

对理论主义的拒绝,被用来把我们的注意力吸引到对存在本
身的误解,对这一误解的纠正将需要一个认知主体或观察主体的
概念,它完全不同于通常在哲学中对这一点的理解。巴赫金的主
体是一个"具体的"、活生生的人,他在以一系列变动不居的语境为
背景的唯一性事件之流中思考并行动着。由此可以清楚的是,他
打算搞一门关于人类存在、思维和行为的哲学,它和始自柏拉图
(公元前429—347)的广义的西方哲学——比起"我们短暂而抱憾

---

1 这里采用的是《巴赫金全集》第 1 卷中的译法。俄语原文兼有"应当"、"应该"、
"责任"、"义务"等意思。——译注

的世俗生活"(TPA 11),这种哲学更喜欢"永恒真理",更喜欢超越于外部"现实"世界(对于柏拉图而言,这只是一个"外部的表象世界")之上的精神上的理想生活——彼此对立。更有甚者,它是对伊曼努尔·康德的"先验"主体——简单地说,这是康德在解释"物自体"(世界中的现实的物,独立于任何对它们的有意识的观念)和头脑中"先在的"概念(这个概念使头脑产生理解并给外部世界赋予秩序)如何共存时,作为一种解释方式而被发明出来的——的回应与挑战。的确,巴赫金已经带着某些正当的理由在哲学上和"新康德主义"——它应该被理解为重新和康德的哲学计划及其难题建立密切联系的一系列尝试,而不是由忠诚所决定的一个学派(正如第 2 章提到的那些重要的新康德主义思想家,包括赫尔曼·柯亨和恩斯特·卡西尔,还有巴赫金早期的"导师",马特维·卡甘)——结成了同盟。

　　巴赫金的主体不仅是精神和世界之间的中介,或者说,它至少是用一种十分特殊的方式来进行中介的:主体从事、表现一个行为,而且通过这么做成为具体的,并给任何一种认识形式赋予价值:"对对象本身的认识变成了我对它的认识"(TPA 49)。作为事件的存在,正如我们已经看到的,不能通过被表现出来的行为的理论副本(即它的"内容/涵义")来理解,而只能通过被表现出来的行为本身,即通过那个内容/涵义的"现实化的历史行为"(TPA 7)来理解——"因为行动实际上是在存在中被表现的"(TPA 12)。在这样的行为表现中——我们必须提醒自己,它们可以是思想或言语行为,也可以是心理"行动",唯一存在的事件"再也不是什么被思考着的东西,而是存在着的,将要通过我和他人而被现实地、不可避免地完成的事情"(TPA 13)。

　　唯一的"存在"——它拥有价值,而且这种价值不是对生命经验的错误而抽象的描述——是通过他或她与外部世界的对象及他人之间的互动,从而被那个存在的主体或"承担者"真正地实现为存在——即被表现出来的。

因此,这种"现实的"生活就不是那种被动地、机械地只是"在"(is)的东西:它需要一种积极的承诺,没有了它,生活只能作为一种"空洞的可能性"(empty possibility)而被经历着(TPA 43)。现实生活的这个主体——他有能力赋予认识以价值,使它成为"我的"认识和理解——不仅是某种意识,而且是一种有责任的意识,他在有意识地表现某种行为的过程中,为他或她自己的行为"署名"。回到巴赫金最初在抽象的、理性的、理论主义的思维和那些与存在的事件相适应的思维之间设置的对立,实际表现出的行为"不只是理性的——它也是有责任的。理性只是责任的某个时刻"(TPA 29)。就一个独特的主体而言,对这种积极承诺的拒绝——即巴赫金称之为"存在的不在场"(alibi in being)的那种东西,它"只通过……被动性"来过活,并且选择或倾向于忽视个人之于世界的独特而具体的地位的含义——近乎成为一种虚构,一种非生命的形式,一种巴赫金努力把它设想为一种现实可能性的状态:"每一个运动、姿态、生命经验、思想、感觉"必须植根于我对自己参与到存在事件当中的一种承认。否则,用我们已经遇到的一个说法来讲,我"就是根据存在的本体论根源来役使我自己"。

我不可能存在于一个"偶然的可能性"(contingent possibility)的世界中,但是在存在论的意义上,我却必须"生存在无法逃脱的现实性的世界里"(TPA 44)。独特的主体最终必然要去承认并证实他或她"存在的在场"(non-alibi in being)的事实(TPA 40),以及从自己独特而不可重复的位置出发与这个世界进行互动——积极地,有意识地——的不可避免性。存在的在场这个事实——即主

体的必然的责任——是这样一个范畴，它把经验、历史还有意义都
一起带到了丰富而统一的作为事件的存在之中了。巴赫金把这个
叫作"参与性（非冷淡性）思维"，"一种表现行为的思维，一种将自
身指向所表现出来的唯一有责任的行为的思维"（TPA 44-45）。这
种从它在存在事件中的独特位置出发而面向世界的思维，甚至能
够对它的对象去对象化：它把世界理解为"一个属于恰当的名称的
世界，一个属于这些对象的世界"（TPA 53）。主体——即实在的、
具体的个人——在世界中遇到的不是概念，甚至也不是"精确的"
对象，而是"这片天空，这片大地和这些树木"（TPA 30）。用我们
在开始这场讨论时所采用的术语来说，任何事物的"内容/涵
义"——天空，大地，树木——都依赖于那个对象与其观察者——
即在唯一存在的事件中负责任地行动的、现实而具体的主体——
之间的关系。正是通过这种关系，整个世界——从无生命的对象
到科学法则——才被"人化"了，而且因此获得了它的意义的丰
富性。

　　对于这种乍一看像是激进的个人主义哲学——它很可能与后
来跟让-保罗·萨特（1905—1980）联系在一起存在主义有关——
的思想，有两个重要的限定条件。第一个也是最重要的条件——
即他人的作用——将在下面的部分详细探讨。第二个是——这个
我们已经提到了——特殊（个别的事物，事件）如何与普遍（集体的
事物，可重复的事物，历史）发生关系的问题。比方说，那些最终只
对特例才有效果的观察，如何通过它的一切不可重复的事件性而
变成对任何特定现象的普遍理解的基础？当我们更喜欢更宏大
的、关于某种境遇的"客观"真理——换句话说，当我们更想要的恰
恰是不能理解存在的事件性的纯粹理论的东西的时候，我们如何
才能避免陷入把对某事物的个体经验或理解"仅仅"归为主观性这

样一种陷阱？追求那种只能通过"普遍性时刻"——也就是通过在其中不断重复着的东西——来理解的真理的这种倾向,不过是"理性主义的遗产"(TPA 37),它和对理性主义的缺陷的分析是一致的;但是在日常生活和法律或科学中,一千条暗地里互相冲突的"真理"又能起什么作用呢？这个问题在巴赫金那里从未被"哲学地"解决过,但是正如我们将要看到的,当巴赫金和他的同伴在其他学科的语言中遇到这个问题的时候,它产生出了大量尝试性的解决方案。

同样的情况或许可以用来谈论一个相关的问题,这个问题的大概我们已经简单地看到了:即道成肉身或具体化的问题。毫无疑问的是,在不间断的存在事件中行动着的人类主体,其独特的"位置"就是他的身体——无论是最世俗的日常行为的最卑贱的表现者的身体,还是我们已经看到的,基督的身体——它不仅具有象征意义,而且也保证了生活中的事件那独一无二的真实性。我们或许会谈论某种"共享的意识"(一种世界观,诸如科学的理性主义或基督教教义),但是我们不能"共享"一具身体。然而,从另一个角度来说,我们又是如何获得对其他具体主体的有意义的认识或理解的呢？再说一遍,这个问题没有(完全)靠哲学方式来解决,对于巴赫金的文学计划以及他在1920年代末和1930年代的"超语言学"来说,具体化这个概念所隐含的问题将被证明是居于核心的。通过自觉地对立于和勒内·笛卡尔(1596—1650)联系在一起的古典身心二元论,它也把我们带回到上面提出的首要的也是最重要的、对于某种潜在的激进个人主义的限定条件。巴赫金那确定的、具体化的主体的概念试图回答笛卡尔提出而又省略掉的问题—— 32
我们如何能认识其他具体的主体？这是一种试图处理他人问题的尝试,尽管它在表面上有一种潜在封闭的"个人主义"印象。

他　者

巴赫金的主体在世界中遇到的不仅有"客体",即他必须为之强加一种秩序和意义的物质现实,还有其他主体——即其他那些体验着自身独特而唯一的存在,并且是具体的、活生生而又只有暂时确定性的、负责任的人们。巴赫金后来会继续阐发抽象的科学思维(从物理学到经济学)和人文学科思维之间的区别,并使它成为某种更为根本的区别,甚至可以说,这种区别完全源自于同样要"发声"的人文(社会)科学对象的特性。这里,正如我们已经看到的,他把他所谓的"审美观察"和理论思维的各种例子归为一类,它们同样都不能理解作为事件的存在,尽管其原因彼此对立。为了克服这种无能,审美观察必须成为参与性思维的一种更特殊、更明确的形式,这次的参与,不仅仅是对它自身存在的在场的接受(它的责任),也是对除它以外的一切事物进行移情的特定方式。这是通过巴赫金所说的"审美观照"而被表现出来的,他提出这个东西,把它作为对不能理解存在事件的纯唯美主义的替代性选择:

> 审美观照[……]的一个重要时刻是对观看的对象进行移情——即从它的内部,看它自身的本质。在这个移情的时刻之后,总是紧跟着客观化,即观照者把通过移情所理解的个体置于自身**之外**,与自身相分离,然后再**返回**自身。只有这个返回自身的意识,才能从自己的位置出发,赋予从外部理解的个体以形式,即以审美的方式为它赋形。

> (TPA 15)

巴赫金非常明确地认为

> 移情可以实现某种东西,它既不存在于移情的对象中,也
> 不存在于先于移情行为的我自身当中,通过这种被实现了的
> 东西,作为存在的事件得到了丰富(也就是说,它已经不再是
> 它本身的那个样子了)。
>
> (TPA 15)

33

"纯粹的移情"——让自我消失在他者当中——并不能实现这种神
奇的"丰富";重要的是要前往个体性他者的那个位置上,然后返回
自身。为了获得巴赫金所说的"整体"或"统一",任何主体都需要
另一个位于外部的主体;主体、个人、个体性只有通过一个巨大的
悖论,只有在他人的凝视下才能变成他或她所是的样子。

在他下一部重要的(但也是不完整的)著作,即《审美活动中的
作者和主人公》中,巴赫金重申并发展了这些关于存在和他者性的
态度,特别是证实了他者在自我构成中的关键作用。主体

> 必须成为和他自己[**原文如此**]相关的他人,必须通过他
> 人的眼睛来观看自己。[……]在通过他人观看我们自己之
> 后,我们总是再次通过生活返回我们自身,而最终的,或者可
> 以说,可总结的事件就通过我们自己的生活范畴而发生在我
> 们自身内部。
>
> (AH 15,17)

他人相对于我有一种"超视"(excess of seeing),一种"盈余"
(surplus)。他人从某个视角,或者某种背景中来观察我,而我在这

种视角和背景下永远也看不到我自己："我们尤其不能或不足以依靠我们自己来理解我们的个性的特定整体"（AH 5）。

通过采用一个术语——这个术语把我们已经讨论的所有方面都集中在了一起——巴赫金把他的自我—他者关系模式和意义与理解模式的连锁结构描述为："对表现出来的行为的现实世界的［……］具体建构"（TPA，强调部分为笔者所加）。下面这些话描述了这一具体建构的基本坐标，这个坐标通过一次移动，使巴赫金绝对明确地拒绝了封闭的个人主义：

> 现实生活和文化的一切价值，都是围绕着被表现出来的现实行为或行动世界中基本的建构点来配置的：科学价值，审美价值，政治价值（包括伦理价值和社会价值），以及最终的宗教价值。一切时空价值和一切内容—涵义的价值都被引向并聚合在这些情感—意志的核心因素上：我、他人和他人眼中的我。
>
> （TPA 54）

这个三合一组合中的头两项可以按照下面这样加以完善："我"（无论何时他都不是"他人眼中的我"）被巴赫金描述为"我眼中的我"（I-for-myself），而"他人"则必须总是成为"我眼中的他人"（the-other-for-me）。巴赫金的模式之所以是"建构的"，恰恰因为它不是一个固定的模式，不是永不变化的点或实体；相反它是一种流动的模式和动态的关系，只能以现实的人类主体无法摆脱的确定性为根据，并居于这个确定性的核心——即居于他或她唯一的存在事件之中。一切意义和理解都不能消解这个模式；实际上，它是根据同样的建构原则而被构造起来的：它是自我—他者关系建构的一个效果,也完全依赖于这个建构。

通过对现实互动过程中活生生的、确定的主体的描绘,这种自我—他者关系模式实际的,而且几乎是继之而起的性质证明,它和抽象的、均质化的他者是不同的,这种他者已经开始支配各种后现代思想中关于他者性的大多数观念了。他者不仅仅是主体意识所理解的外部存在——它们以一系列对种族、社会及性别的普遍化为特征,更糟的是,它们令人费解地和主体的"无意识"连在一起:这些恰恰是那种"理论主义的"抽象,它们是通过设想一种与其明确的事件性相隔绝的行动或陈述而被制造出来的。巴赫金的他者总是我眼中的他者,它总是隐含着它在主体间彼此联系的事件中的交叠。这种对事件的建构在后来形成的对话主义这个首要概念中居于核心的地位。

弗洛伊德批判

巴赫金的他者和那个在自我中被持续寻找并压制的东西毫无关系,正如伏罗希洛夫和/或巴赫金后来在 1927 年的《弗洛伊德主义》一书中将要辩称的那样,这个东西不过是把一个外部的、被抽象地建构起来的"幻影"重新迁移到内部的心理空间之中。尽管被一位著名的后结构主义的精神分析鼓吹者朱莉亚·克里斯蒂娃(生于 1941 年)贬斥为"倒退的",但《弗洛伊德主义》仍然是对弗洛伊德著作及影响的哲学基础所做的一次十分具有先见之明且十分大胆的驳斥,它通过强调其社会及历史涵义,充分论述了相互建构过程中的自我与他者这一核心概念。这本书的核心内容是:弗洛伊德主义是 19 世纪中期以来,统治着"资产阶级"(伏罗希洛夫在通过一种表面上的马克思主义立场进行写作)哲学的那种"历史恐惧"的最重要的范例。对于伏罗希洛夫而言,"无意识"是一种虚构,是由"对历史特有的(sui generis)恐惧所驱动的一项发明,是把世界置于社会和历史之外的一种野心"(F 14)。实际上,对于有意识的思想来说,一切事物都是可以理解的,但是流行的意识形态却要阻止它的对手寻找自己的外部表现形式;这就变成了一种"非官方"的意识,主体意识到,它存在于与其外部环境之间的紧张及斗争关系当中。作为压制欲望的一种方式而被建构起来的无意识仅仅是一种手段,主体以此而受邀——或者被强制着——去欺骗自己。它是一幅用抽象方式变幻出的面纱,从主体角度观之,它不仅从主体那里遮蔽了面对主体的他者的现实性,而且,通过不断加深主体在与他者互动过程中的自我构成所隐含的悲剧性,遮蔽了它自身状态的本质。意义产生于现实的唯一的存在事件并且以事件性的建构为条件——伏罗希洛夫后来把这明确地称为"社会的"。巴赫金只是呼吁"通过他人的眼睛"(AH 17)看我们自己,但对于伏罗希洛夫而言,他人——我通过他的眼睛才可能观看——是伴随着他或她自己的意识形态视野,作为"我的社会群体、我的阶级的一个代表"(F 87)——或者不是,这要视情况而定——而出现的。伏罗希洛夫也谈到了作为一种"交流事件"的事件,强调语言的作用,而语言最初在巴赫金的建构中是(几乎)缺失的。(这种关于语言和意识之间的关系的概念会在第5章进一步阐述。)吊诡的是,或许正是语言的作用形成了雅克·拉康(1901—1981)著作中对弗洛伊德思想进行后结构主义革新的基础:然而对于伏罗希洛夫来说,弗洛伊德的无意识首先就拒斥语言,因为语言(话语)最终是社会的,而对拉康来说,无意识则是大他者(Other)的话语。

完成与未完成性

巴赫金对(行为、言语及写作的)存在的建构,其全部内涵以及对它们的忽略所造成的后果,可以通过考察完成与未完成性[1]这两个概念中隐含的生产性矛盾而得到关注。把意义和理解置于"理论存在"而非"历史的现实的唯一存在"之中,换句话说,即忽略或者拒绝巴赫金的"具体建构"中的构成性力量,其结果就是我们将"发现[……]自己是已经确定的、预先设定的、属于过去的、被完成了的人,从本质上来说就不是个活人"(TPA 9)。理论主义(不加限制的抽象和理性主义)对于巴赫金而言暗示着某种死亡,暗示着人之为人的一切意义的丧失——实际上,它把那要求敞开其有意义的存在,要求以未完成的方式存活下去的东西完成了。相反,巴赫金的模式力图通过"鲜活的历史性"(TPA 8)——也就是通过未完成性——来设想人类的能动作用。但我们有权问,这个"鲜活的历史性",这个自明的开放性——它强调一种在其本质的事件性当中去设想的生活意义——如何能与巴赫金对于那体验着存在的意识的实在性和具体性的强调相调和呢? 换句话说,一个人,一个物或一个概念如何能被固定下来,以达到它能被观察或理解的程度,而同时又保持着它鲜活的变化能力,或者说,保持着它借助(未完成的)事件性而得到观察与理解的能力呢?

这个问题可以通过最戏剧性的方式加以理解,首先考虑的不是人,而是字面意义上的物;对于巴赫金来说,即便无生命的物,也

---

[1]　俄文术语 *zavershenie* 在《审美活动中的作者和主人公》中被译作"实现"(consummation),但是我们将更倾向于"完成"(finalization)。相关的术语 *nezavershimost'* 被译写为"未完成性"(unfinalizability)(尽管应该注意的是,这个词汇群在巴赫金那未完成的写作中是最常出现的)。

从来不是"预先设定的、属于过去的、被完成的"：

> 在我实际地体验某个事物这一范围内——尽管我是通过思考来这么做的——事物就成了我体验(并思考)这一事件的持续进程中的一个变化因素，即它呈现出一种尚未完成的特性。

> （TPA 32）

37 在早期一个罕见地提及语言作用的地方，巴赫金详细地论述了这一点，他辩称，在谈论一个事物，然后通过"语调"来表达我对它的"评价态度"的时候，我就注意到"它的尚未确定性"了；我就把它变成"生动的、持续发展的事件的一个构成因素"（TPA 32-33）了。实际上，"一切实实在在地被体验着的事物，都是作为给定的且尚未被确定的事物来体验的"；当我思考某事时，它"就成了持续发展的事件中的一个参与者"（TPA 33）。存在事件是一个开放的、持续发展的事件，"在事件中实现"的一切，即便我思考的是无生命的对象——也就是说，当它进入现实经验的被建构的领域中时——它也是开放的、活生生的、未完成的。

同样，人类主体：

> 为了生存和行动，我需要被未完成化，我需要向着自我敞开[……]为了我自己，我不得不在价值论上成为尚未成形的人，成为与他已经存在的那个构造不相一致的人。

> （AH 13）

主体在开放的、持续发展的存在事件中的参与，自明地"指向了它前方的尚未到来的事件"(AH 16)。这种根本的开放性——即活生生的主体那未完成的、不断进化的潜力——不完全是自我驱动的,也不是由另一个主体单独赠予的(比如与无生命的对象之间的那种情况);相反,它是在我眼中的我(I-for-myself),他人眼中的我(I-for-the-other),我眼中的他人(the other-for-myself)这个建构模型中被保持着的。在一定程度上,它当然是由我眼中的那个我的责任来自我驱动、自我确保的,但这反过来又需要与他人眼中的我和我眼中的他人的相遇:从本质上说,我是他人的对象,虽然是一种特殊的对象,而我自己的开放性则通过他人——对于他而言,我是"活生生的、持续发展的事件的一个构成因素"——赠予我的开放性而得到了保持与更新。可以说,只有在我们之间,我才能避免陷入"非存在",避免把生命体验为一种"空洞的可能性"——即避免被完成化,避免成为"已经确定的、预先设定的、属于过去的、被完成了的人,从本质上来说就不是个活人"的人。正如巴赫金将在很久之后强调的:"在对话交流的过程中,客体被转换为主体(他人眼中的我)"(N 70,145)。人类主体可以选择赠予自己和他人以未完成性的品质——这种品质通过共同经验的建构在主体之间(以及任何特定的主体和世界之间)得以保持——或者,他们也可以选择通过作为或不作为,让"尚未确定的事物"化约为"既定的"事物。在后一种情况下,他们变成了——借用 19 世纪的俄国作家尼古拉·果戈里(1809—1852)经由阿利盖利·但丁(1265—1321)所创造的一个说法——"死魂灵"或者巴赫金后来所说的"沉默而无声的主体",这些主体和"[他们]自己的完全有效的语词承担者"是相互对立的(PDP 63)。

这种建构,即一种活泼的结构思想,是巴赫金后来转而关注的一切事物——语言、文学、文化、一切人类互动——的前提条件,即允许它们达到某种"给定性"（givenness）的程度，使它们能够接受任何形式的研究或观察，同时又确保它们的未完成性。无论是在"第一哲学"，文学理论，还是在语言或文化哲学（心理学或伦理学）的语境中，所有"对象"因而都摆脱了理论主义的影响，而是要求通过其不可化约的事件性来进行观察。

小　结

　　巴赫金最早的著作——甚至是俄文版著作，几乎全都没有发表，一直到 1970 和 1980 年代——概述了一门"第一哲学"，它形成了后来那些更直接地关注文学、语言学和文化的著作的概念基础，这一图式中的关键概念是**事件性**——存在通过作为一个事件的唯一现实性才是可以明白或理解的，而意义和价值则是由参与者在这一事件中创造出来的；**责任**——它描述了主体从他或她在存在中的独特位置出发，积极参与持续发展着的事件的必要性，即主体在存在中的在场，他或她为表现出的行为"署名"；**具体化**——即这一具体而独特的确定性的字面性和比喻性表达，这一确定性强调，我只能作为我自己参与存在，而意义完全依赖于鲜活的意识的具体化（因为这就使得一切"普遍的"或"抽象的"意义成为次要的——顶多也只是和普遍化的近似）；**外部性**——这是具体化的必然结果，它描述了我之于他人的基本关系，培育了对存在事件的移情的共同经验；最后，是巴赫金的概念中，隐隐约约最成问题的概念：**完成**。这个概念，连同**未完成性**（或者**未完成**）这个相关概念——它确保了我的开放性，确保了我成为他人而不是成为我在开放、持续的存在事件的运动中目前所是的那种能力——将从一开始就支配我们对巴赫金从明确的哲学反思转向文学文本分析这一转变的思考。为这个整体的体系赋予的术语是**建构**，它力图表达一种结

39

构的意义,同时,并不隐含什么预先确定的和被简单同化的诸
"要素"之间的静止关系;不存在任何原理,只有人(主体)。最
终,存在的建构是现代思想的**理论主义**的一剂必要的解药,这
种思想,当它试图对人类活动各个领域——从心理学到伦理
学——的那些实际上只是片面而有限的认识进行普遍化的时
候,总是要产生一种对它的对象的错误理解,一种通过使对象隔
绝于事件性而有计划地使之去语境化、去历史化的理解。

4

作者和主人公

从其最基本的意义上来说，一旦摆脱了我们用来描述主体间关系，即"自我"和"他者"之关系的那些更为熟悉的术语的时候，前一章介绍的巴赫金的概念——事件性和责任，具体化和外部性，完成和未完成性——就变得无法想象了。但是，尽管这一独特的"自我—他者"关系模式居于他的思想核心，这些术语本身却并不能够特别体现巴赫金的个人色彩。从《审美活动中的作者和主人公》开始，并且伴随着一股贯穿在他的整个著作当中直至其生命结束时的力量，巴赫金更喜欢用"作者"和"主人公"——这两个术语乍一看好像把他的"第一哲学"的范围窄化了，而不是扩展了——而非"自我"和"他者"。在本章中，我们将考察巴赫金对"作者"和"主人公"这两个术语的强调所蕴含的深义，这些术语在现实中推动他扩展计划时所采用的方式，以及相伴而来的从事件建构本身向"审美活动"建构——特别是言语艺术建构的转变。尽管如此，我们必须首先处理某些背景因素，这些因素是巴赫金从哲学向文学"迁移"的先决条件。

哲学和文学

　　巴赫金不选择用纯粹的哲学术语来发展他的"第一哲学",而
是力图通过文学审美、语言和语言学的习惯用语作为他的计划的
中介,这有好几个原因。第一个原因是整个欧洲哲学被普遍诊断
出来的危机,这一危机的影响远远超出了巴赫金这个特例,甚至超
出了早期苏维埃俄国这一语境。这至少可以追溯到卡尔·马克思
(1818—1883)那条具有范式转换意义的坚定的主张:"哲学家只是
用不同的方式解释世界,而问题在于改变世界"(Marx 1845 /
1924)。改变世界这件势在必行之事被世界自身飞快的变化速度
复杂化了,通过达尔文主义的兴起,工业技术化的增长和大众传播
时代的勃兴——从电报到电影广播——它被以各种方式戏剧化
了。19 世纪末和 20 世纪可以被描绘为"唯物主义的时代",这个时
代当下就隐含着哲学在某种程度上的次要地位,而哲学则冒着风
险,把它作为理解世界的首要方式的这一地位不仅割让给了自然
科学的各个分支,也割让给了各种新的"人文"与"社会"科学——
社会学、心理学人类学和政治经济学——它们的兴起填补了马克
思的格言所暗示的空白。

　　导致这些进展变成危机的那个事件,是 1914 年第一次世界大
战的爆发,它预示着欧洲大陆上的大屠杀,其规模似乎质疑了哲学
本身固有的可能性。这就是年轻的、不太出名的、实际上并不为人
所知的巴赫金所处的大环境,在这个环境里,他也面对着有关哲学
的用途及其有效性的同样的问题,而这正是他的前辈和同时代人,
比如存在主义的创始人,马丁·海德格尔(1889—1976)——他后
来由于和纳粹主义媾和而遭人诟病——和齐美尔、柏格森,以及我
们在第 2、3 章中已经提到的新康德派等人的著作的特征。

第二个原因更具地方色彩:恰恰是在巴赫金试图完成并发表《论行为哲学》,并且可能以一种类似的、更为直接的学术文体来发展他的思想的时候,苏维埃特有的因素给"哲学的可能性"增添了一种不同的意义。苏维埃时期的最初几年,见证了布尔什维克当权者和那些众多的革命前的知识界代表人物——他们在 1917 年后仍然留在俄国——之间令人不安的休战。尤其是列宁,他明白知识分子——他们当中的许多人即使不是在政治上,也是在情感上对革命表示同情——将在新的革命文化的发展中扮演关键的角色。他的新经济政策于 1921 年开始实施,这预示着一直要持续到 1920 年代末的某种形式有限的文化多元主义,作家、电影导演、戏剧家、批评家以及像语言学和人种志这些学科的学者们,通过调整文化与学术活动并使之适应正在兴起的马克思主义政治哲学的要求,从而在这一时期发挥了重要的作用。然而,比起其他人,某些知识界名流对这一过程更为有用,也更为顺从。

早在 1909 年,列宁就发表了他的《唯物主义和经验批判主义》,这不仅是他对实践的唯物主义哲学所作的一项最彻底地毫不妥协的贡献,也是对俄国哲学中的主导倾向——宗教唯心主义——及其活着的主要支持者尼古拉·别尔嘉耶夫(1874—1948)[1] 和谢尔盖·布尔加科夫(1871—1944)[2] 进行的一场严厉的

42

1　尼古拉·别尔嘉耶夫,俄罗斯著名宗教哲学家、思想家。1921 年因涉嫌所谓"策略中心"案被苏维埃当局逮捕,经审讯后被释放。次年夏天,再次被捕,随后和其他许多知识界名流一起被驱逐出境,即著名的"哲学船"事件。此后一直侨居国外。代表作有《自由的哲学》、《俄罗斯思想》、《俄罗斯的命运》等。——译注

2　谢尔盖·布尔加科夫,俄罗斯著名哲学家和东正教神学家。早年信仰马克思主义,进入 20 世纪后转入宗教哲学,倒退到唯心主义立场。1922 年因"哲学船事件"而流亡国外。代表作有"小三部曲"(即《烧不毁的荆棘》、《新郎的朋友》、《雅各的梯子》)和"大三部曲"(《上帝的羔羊》、《安慰者》、《羔羊的新娘》)。——译注

批判。1922年夏天,为了试图遏制文化与经济多元主义中——或许还有"哲学"计划的长期实现过程中——固有的风险,列宁继续选择把国内流放(还有在斯大林治下紧随而来的残酷的处决)作为一种方式,来处理那群被他判断为永远不可能和革命目标相协调的人。尽管在那群于1922年被强制流放到国外的知识界名流和学者们中间,哲学家只占很小的比例,但由于这一行为特有的象征意义,这艘承载着他们的船便作为"哲学船"而闻名于历史。别尔嘉耶夫和布尔加科夫的流放——列宁早年曾和布尔加科夫一起从事印刷工作——还有尼古拉·洛斯基(1870—1965)和谢苗·弗兰克(1877—1950)的流放,都不仅标志着曾经统治着俄国哲学的宗教唯心主义(至少是在俄国)的终结,也为消灭任何在哲学上取代"辩证唯物主义"——它将在1920年代末行将结束的时候以马克思列宁主义的名义被提出——的可能性铺平了道路。这是对马克思改变世界的呼吁的一种特殊的回应方式,它不光解释了苏维埃俄国对这一呼吁的理解;而且也是那不讨人喜欢的哲学领域[1]的先决条件,而巴赫金像其他许多人一样,并不选择踏上这个领域。

43

然而,对于巴赫金转向其他学科和其他知识的习惯用语,还有第三个原因。巴赫金对文学审美的兴趣实际上在《论行为哲学》,特别是在《审美活动中的作者和主人公》中就已经显而易见了,它们所采取的方式已经超出了单纯的举例论证。与其把《审美活动中的作者和主人公》看作体现了从哲学向文学审美的一种"转变",倒不如通过它们的相互决定来阅读它。实际上,巴赫金的"哲学"依赖于文学,并在与文学的关系中找到了它最充足的表现。

---

1   这个哲学领域就是马克思列宁主义哲学,即所谓"辩证唯物主义"。——译注

从生活进入艺术……

我们已经看到,在《审美活动中的作者和主人公》中,巴赫金最初对移情的关注是如何发展成那种成为与自我相关联的他人的需要,那种通过他人的双眼来观看我们自己的需要,紧接着,则是那种作为巴赫金所说的"最终可以总结的事件"的前提而"返回"自身的需要(AH 17)。当然,"最终的"事件从来不是真正具有确定性的,它不过是构成思想、行为和社会互动的事件链条上的一环。巴赫金声称,生活中每时每刻我们都在这么做。然而,他面对的问题是,如何在论点和假设(即"哲学")的范围之外理解这一点并提供例证材料,既能支持这个论点,又能举例说明这个过程是如何通过一种方式——仅仅通过对生活的观察是不行的——来准确运作的。这实际上是理解题目中"作者和主人公"这一部分的关键:谈论"主体"和"客体"有一个风险,那就是会和巴赫金如何看待"客体",客体如何被观照它的主体的评价意图"主观化"或者充实化这个核心相矛盾;类似地,正如我们已经看到的,巴赫金对"自我"和"他者"这些术语——我们用它们来描述其早期著作的更为宏大的意义——并不完全满意。"主体—客体"和"自我—他者"都不能有助于实现对"生活"观察的飞跃,而这一飞跃对于巴赫金的计划发展来说则是必要的;它会要求一种对"作者"和"主人公"——这两个术语应该在文学和比喻的意义上来理解——之间关系的关注。

乍一看,这似乎会冒险把"生活"和"艺术"(文学)进行一种危险的合并——准确地说,就是那种可能导致自我在(审美)对象中迷失的生活的"审美化"(巴赫金对柏格森的批判)。但是,巴赫金却乐于接受这一风险:首先,他实际上坚信伦理的和审美的观照在本质上的连续性。"生活"与"艺术"本身的同一并不危险;相反,危

44

险的是不能准确理解它们如何产生关联。其次,巴赫金的作者—主人公模式随后将有助于论证:在他的蓝图中,生活与艺术如何才能被区分。

对于巴赫金而言,"生活"不同于艺术和文学,因为不管从什么意义上来说,它在根本上并不是"完成的",而"审美活动"则暗含着某种暂时的完成。正如我们在第 3 章已经看到的,在生活中,"我需要向着自我敞开[……]为了我自己,我不得不在价值论上成为尚未成形的人,成为与他已经存在的那个构造不相一致的人"(AH 13)。生活和审美活动的"相位"(phases)在下面这段话中是非常明显的:

> 伦理上的规定通过即将被完成的事物这个角度来限定某个特定的人[……]人所需要做的一切就是把他[**原文如此**]变为特定的人,而这个规定则变成全然审美化的东西。
>
> (AH 226)

在生活中,观照主体赐予被观照的主体一种短暂的自我建构,它没有被物化,而是在一系列变动不居的语境中(直至意识真正地永远丧失,也就是死亡),对反复的自我建构保持着无限的敞开状态:一种伦理规定。然而,有限的文学文本却必须通过一种不那么"开放的"(或者用巴赫金的话说,"无限的")方式来完成或实现它的对象——"作者"赐予"主人公"一种"给定性",但这种给定性却没有固定或穷尽主人公的价值潜能:一种审美规定,但这是和我们在前一章遇到的"生活审美化"完全不同的一种审美规定。换句话说,45　文学有能力通过与他人的对话和他们的相互语境(存在的事件)来模仿——或者,最好说体现——这个开放而持续的自我建构过程;

它有能力在事件的开放性和文学的有限形式必然会强加的闭合性这一表面需求之间取得平衡。然而,这不能理解为一种局限,而是要理解为巴赫金意义上的审美活动的独有能力:

> 审美创造克服了认识和伦理行为的无限性和未完成性,其途径是把存在和对个人而言的未完成性的一切因素都归结为他的[**原文如此**]具体的给定性——即他的生活事件。
>
> (AH 23)

在这个概念中,审美和伦理显然不是彼此完全分离的,但最有趣的是,不是伦理把审美包含在内,对于巴赫金而言,实际上正是审美包含了伦理:"换句话说,审美活动包含并囊括了认识—伦理的客观性"(AH 13)。观照这一深刻的行为必须成为审美观照,而不是停留在"生活"(认识的,伦理的)的层面上:"在假定一个和主人公及其世界相关的纯粹审美的位置之前,作者必须假定一个生动的生活的位置,一个纯粹的认识—伦理的位置"(AH 227)。

因此,巴赫金通过"作者和主人公"之间的关系而对"自我—他者"关系表示的关注,指向了他思考的两个重要方面。第一,它毫无疑问给某个特定种类的文学文本赋予了优先权,在这种文本中,自我和他人两者在生活中的价值开放性都通过其永恒的变更和运动而得以表现——但它并没有以一种暂时实现或完成的状态而被表现、被捕捉、被理解。这就变成了一种特许的"美学",它确认了一种首先能够展示自我—他人关系的建构性结构的文学,并且赋予了这种文学以优先地位。第二,它为我们一开始看到的问题——即到目前为止,作为哲学的一个专业分支的美学,它在何种意义上只是被归于哲学领域中不同于"理论主义"的一个角落,甚至和精密科学那最极端的抽象一样,不能借助存在的整个事件性来理解存在的整体——提供了一个解决方案。巴赫金设想了一种完全不同的美学,它刚好指向了那些人类经验的本质方面——也就是在与另一个主体(它由那个个体的自我构成)相遇的直接而不间断的过程中,一个个体存在的独特的、唯一的、具体的事件——而传统美学对此则是无法想象的。

建构和言语艺术的美学

美学的意义和建构的核心的结构重要性通过一些材料得到了阐释,这些材料对于更习惯于作为小说理论家的巴赫金的读者来说,似乎有些意外。在《论行为哲学》和《审美活动中的作者和主人公》中,结尾都分析了亚历山大·普希金(1799—1837)写于1830年的同一首诗:《离别》(*Razluka*)。在每一个例子中,巴赫金的目的都是要"搞清楚在审美观照的世界中,围绕着价值核心的建构性配置"(TPA 65)。这首诗的头两联如下:

> 为了驶往遥远祖国的海岸
> 你即将离开这异国的土地

即便是这个小例子也足以说明,这首诗中有两个活动的人,两套"价值语境":"抒情主人公",即发声的主体和受话的"你"(一位以前的爱人,现在已经死去)。在不丧失其自足性的情况下,第二套价值语境被第一套价值语境——即这首诗唯一的"说话人"的语境——"在价值上包含了",但言语却带上了两者的"情感意志语调"的印记:"祖国"是她的祖国,而不是他的;反之,祖国"遥远"这一事实却主要是从他的角度被定下了基调。类似地,她将要"离开"被打上了他的情感意志语调的印记（而她不会"回来"，也隐含了她自己的视角），但是，从她的角度来说，她即将离开的土地只能是"异国的"——言语是"她的"，只能从她的"价值中心"为之赋予特殊的语调，尽管她并没有讲出它来。表面上的抒情主人公的"抒情"表达因而带上了相互之间积极观照的两种意识的情感意志语调的印记，而根本不需要揭示它们之间差异的"形式"上的标记。从他职业生涯最开始的时候起，巴赫金就以挑衅性的姿态坚持断定，即便抒情诗——至少是在普希金手中如此，而且我们也将回到这个术语——也是双声的。

47

然而，在这个文本以及任何的文学文本中，不止存在两种意识。两个价值中心，即抒情主人公的价值中心和他的受话人的价值中心都被包含在"作者和读者在价值上创造的统一的，而且是恰当的审美语境中"（AH 212），而且它们并未再次丧失自己的自足性。说话人和受话人之间、他们的"价值中心"之间在文本内部的关系是一个模型的组成部分，这个模型也是由作者和文本内部的相遇事件之间的关系，往远了说，是由和读者——读者将把他或她自己的价值语境带向整体的开放的事件性——的隐含关系构成的。

关于作者——我们将会回到读者的问题上的——所要表明的第一个观点，在文学批评的语境中是完全不用争论的，甚至是完全传统的：尽管作为主体的作者会经常地——尤其是在抒情中——接近于和"作者—主人公"，即在诗歌中讲话的抒情主人公保持一致，但他们从来都不能够完全一致。作为艺术家的作者和作为主人公的作者（即在诗歌中讲话的抒情主人公）占据了价值语境，这些语境和那些被诗中的抒情主人公及其受话人所占据的语境一样，都是独特的。然而，巴赫金这里的观点不仅坚持认为作者并没有在诗中"直接"讲话,而且还认为,把作者本身和其他价值语境(主人公们的价值语境)区分开来的东西是他之于"艺术想象的内部建构领域"的外部性(AH 212)。只有从一个根本的外部性的位置出发,作为完成之条件的观照、移情和"返回"自我的过程才能够被实现,诗歌主人公的相遇事件的建构性结构也才能够以其全部的独一无二性而得到理解与展现:"移情和观察的对象不是我自己,这一事实头一次使审美活动的形成成为可能"(TPA 67)。正如抒情主人公占据了一个相对于他在诗中的受话人的外部性位置,并且他们由此参与了"形成"彼此的过程一样,作者也占据了一个相对于内部关系,即相对于"内部建构领域"的更为根本的外部性位置,因而也能够为这个整体赋予形式。"[作者的]审美反应是对另一个反应的反应,不是对对象及其自身意义的反应,而是对对象以及它们之于特定的人[主人公]的意义的反应"(AH 222)。主人公互相之间的"内部"反应构成了一个事件,构成了作者——他只有从一个外在于对象的位置上才能使对象获得它的全部的建构的丰富性,并且通过这么做创造一个恰当的审美活动的事件——"外部的"审美观照的复杂对象。

　　巴赫金的审美活动的建构,其根本性质——在这里是通过抒情诗的材料而获得了描述——或许可以通过与"否定能力"这个通常与浪漫主义诗人约翰·济慈(1795—1821)联系在一起的概念相比较而得到戏剧化的展现。通过依靠自我超越或否定——即诗人和抒情主人公超越他们自己的主观位置而成为相对于他们自己的"他人"这种能力——来想象诗歌(及一般的艺术),济慈似乎也给"外部性"这个说法赋予了优先的地位。否定能力在某种程度上是和更早的浪漫主义诗人威廉·华兹华斯(1770—1850)相对应的——济慈用他所说的"个人主义的崇高"这个术语来描述华兹华斯的诗歌——隐含着作者和抒情主人公的认同,诗歌的支配地位以及诗歌通过作者本人所指涉的一切(也就是实际上倾向于支配抒情诸概念的陈规惯例)。在济慈最著名的《夜莺颂》一诗中,抒情主人公并没有和另一个人相遇或者对他讲话,而是盼望着他的自我"消逝",以至于他能够以某种方式占据夜莺的意识位置(超出人性"之外","入乎"自然之内):

去吧! 去吧! 我要朝你飞去

不用和酒神坐文豹的车驾

我要展开诗歌底无形的羽翼尽管这头脑已经困乏、疲顿

去了,我已经和你同往

夜这般温柔……1

虽然这里保留的只有一种价值语境,只有一种语言的"情感意志语调"的决定因素;诗中的"这里"和"那里"并没有专门地被打上价值评价的印记(而这适合于比如说像普希金的《离别》中说话人和受话人的那种情况),但是,相反却标示出人和非人的世界,标示出自我及其否定("消逝"),也就是仅仅标示出了"这里"和"不是这里"的情况;第二节中提到的"温暖的南国"2 也"不是任何人的",它只是美酒的隐喻,和上面的酒神的祈求3 是等价的。"艺术想象的内部建构领域"(AH 212)在这里实际上并不是一个领域;它(几乎)被缩减成了一个聚合点,构成了抒情主人公和他自己的"非我"

49

1　此处采用的是穆旦(查良铮)先生的译文——译注

2　原文是"warm South",穆旦译文为"南国的温暖",兹按字面意思译为"温暖的南国"。——译注

3　指的是下列诗句(采用穆旦先生译文):唉,要是有一口酒,那冷藏/在地下多年的清醇饮料/一尝就令人想起绿色之邦/想起花神,恋歌,阳光和舞蹈。——译注

的相遇,而不是和另一个他者的相遇。类似地,作为艺术家的作者和作为主人公的作者(即在诗中讲话的抒情主人公)之间的空间只是几乎被缩减为确认点的传统惯例的空间[1]。总的来说,我们仍然只是从"个人主义的崇高"移出了一小步,我们离那扩展开来的、具有包容性的对反应之反应、事件之事件的建构——巴赫金正是通过它来描述审美活动的——还非常遥远。

建构与形式

尽管在我们上面提到的价值语境或情感意志语调中表面上缺乏变化的"形式"标记,但建构恰恰预示着对形式——不过,这是通过价值语境之间,通过除了作者意识以外的其他意识之间的"深层"结构关系来设想的形式,而不是在特定文本的构造中作为看得到的纯粹表面现象的形式——的强调是很重要的。然而,这些表面现象——即约定俗成的形式属性——并非无关紧要,而是被设想为隶属于审美事件的参与者(主人公)或创造者(作者)的价值语境。例如,古希腊悲剧的六音部抑扬格特征:

> 把某种语调的统一性赋予[人物的]一切言语[……]表现了对另一个反应的反应——即作者对主人公的一切斗争的现实反应的反应,对作为一个整体的整个悲剧事件的反应的反应——因而就对那个事件进行了审美化,即把它从现实(认识的—伦理的现实)中抽取了出来,并以审美方式来建造它。
>
> (AH 216)

1　这里的意思是说,这个空间只是一个文学惯例的空间,它的主要职能只是对那些惯例加以确认。——译注

对于巴赫金而言,传统上被认为是悲剧的自足的形式因素特征的六音步抑扬格,变成了建构性形式的一个方面。实际上,审美作品中的一切都是建构形式的一个方面:主题、情节、反语、讽刺——所有这些都通过它们和作者及主人公的价值语境之间的相互关联性而在作品中得以被选择、使用并且存于作品之中。它们并不是像抽象地设想的那样,以某种"纯粹的"形式存在于审美事件的建构之中。因此,从最基本的意义上说,把《离别》和《夜莺颂》两首诗说成是"抒情诗"、对普希金和济慈各自的诗行特征进行考察,或者确认隐喻和典故的作用,都是不甚合适的——除非所有这一切都被理解为对想象的建构领域中的重要的,但却是次要的因素。

对于言语艺术来说,很难把建构的含义孤立起来加以安排,这些含义极为众多而且具有根本性。一个直接的含义就是"形式"与"内容"在价值上的不可分离性:"具体的人类存在既是审美观照的形式原则,也是它的内容原则——它们是一个统一体并且相互渗透"(TPA 64)。正如一项行为的"内容—涵义"不能够与"存在的唯一事件"相分离一样(TPA 12),审美作品中的一切形式的方面和内容因素也必须被认为是相互决定的:例如,当巴赫金谈论一个特定作品的"主题"时,他得出了一个可以消除人疑虑的扼要的观点:"通过被安排在相对于作者的不同位置上的不同的主人公,同一个主题(它的认识的—伦理的方面)可以通过不同的主人公——它们被安排在相对于作者的不同的位置上——得到不同的具体体现"(AH 224),但因此,它就再也不是"同一个"主题了:"人们应该从主人公开始分析,而不是从主题开始分析。否则,我们可能会很容易丧失通过作为潜在主人公的个人来使主题具体化这一原则"(AH 229)。主题像审美作品中的其他任何因素一样,依照事件的建构动力而定——事件是围绕着作品主人公的价值语境构造出来的,正如主人公是由它的作者按照审美方式完成的一样。

　　这个思想被巴赫金的一个几乎是偶然的认识所加强、扩展,这个认识就是:作者并不是占据着相对于审美事件主人公的那个根本的外部性位置的唯一意识——因而,也不是唯一的"形式创造者"(AH 212)。读者也外在于主人公的价值语境,外在于"艺术想象的内部建构领域"(AH 212);读者用他或她自己"在价值上创造的能动的['恰当的审美的']语境"(AH 212)来影响这个领域——而且他或她也"包含"了主人公的价值语境,同时把它们的存在事件整合并形塑成"一个具体的建构性整体"(AH 212)——这种影响并不比作者来得少。作者所创造和选择的形式因素——六音步抑扬格,直接引语,等等——对于作者和读者所创造的建构形式来说,是次要的;读者——他在作品构成中不起任何作用——可以成为和作者同等重要的审美活动的主体—创造者,这最为雄辩地表现了巴赫金对超越了单纯的"结构"形式或"表面"形式的建构所作的评价。

　　然而,强调深层建构形式的首要性——它超越了表面的结构形式,并将成为巴赫金整个写作生涯中的关键因素——并不意味着对传统的、熟习的文学创作体裁或模式的弃置不顾。正如特定的或孤立的形式因素变成了推动建构性事件(作者和主人公价值语境的相遇)的主体一样,在一个更为普遍的层面上,文学模式——戏剧本身,悲剧,抒情诗,叙事散文——也是如此,要么受到建构形式的动力学的制约,要么以各种方式去接受它的具体化及审美表现。在巴赫金所说的纯粹的"抒情"中(他坚持认为,普希金的《离别》并不特别属于这个范畴,尽管济慈的《夜莺颂》可能更为接近一些),作者似乎"是不在场的,他随着主人公出现,或者相反,不存在任何主人公而只有作者在场";甚至在这里"人们从每一个词语中都能够听到对某种反应的反应"（AH 218），尽管抒情形式经常脱离这种"未经充分发展的"反应（AH 223）。然而，抒情诗的建构性外观根本不同于叙事性的史诗，在史诗中，主人公的间接引语有时必须支配整首诗的情感意志语调——整首诗只能以作者的表现能力为中介，即只能以"在传达的语调中，作者与主人公言语之间的关系［……］比如，反讽的，惊奇的，热情的，非常平静的叙事语调，等等"（AH 217）为中介。类似地，在传记中，作者对传主以及他或她周围的人的审美观照的建构，可以很清楚地被看到；而即便在自传中——在这里，某种程度上跟在抒情诗里的情况一样，"作为一个人"的主人公"和作为一个人的作者是一致的［……］——作品的主人公也从来不能和作者，即那部作品的创造者相一致，否则，我们就根本不能理解一个艺术作品"（AH 222）。即便在自传中，作者和主人公之间的相遇事件也有一个微妙的建构外观：即便在这里，"我眼中的我（我同我自己的关系）［也并未］展现［建构性］形式的组织性的、构成性的一面"（AH 151）。

……从艺术进入生活

巴赫金的事件建构模式深刻地影响了文学和美学，这将在巴赫金本人的余生中起主导作用。甚至还不如说，它更为深刻地影响了我们之于"生活"本身的理解和认识，在任何一种意义上，这个理解和认识都不能够被说成是"外在于"艺术和文学的。艺术和生活基本上，甚至从根本上说，是相互依存着出现的。这种相互依存性可以通过两种特定的方式来领会和理解。第一，就一种或许有些矛盾的意义而言，只有通过审美活动，"生活事件"的自我—他者关系才能够在其相互依存、相互渗透的整体中被理解：艺术，特别是文学，促成了对"存在事件"的优先的理解，同时把它再加工成

"特定生活的实现［完成］了的事件"（AH 230）。巴赫金后来在坚称文学,尤其是小说代表着一个"创造的实验室"[1]时——其中,事件的建构可以在艺术完成（artistic finalization）,而非实际完成（actual finalization）的状态下得到观察——重新表述了这个重要观点。

在生活中,我们可能会被安放在一个和他者——我们在"返回自身"之前（对于他者的暂时的"客体化"来说,"返回自身"是必要的）通过观照、移情等方式,和这个他者展开互动——相对的外部性的位置上。但我们并没有被置于这一整体的互动过程之外,正如作者处于文学过程之中一样。在第一种情况[2]下,自我—他者关系是被"体验"、被经历着的;这也需要一定程度的审美活动,但审美活动并不能在丧失经验的具体现实性和唯一独特性这个关键意义的情况下,来统摄活生生的经验。在第二种情况[3]下,即对自我—他者关系的文学领悟的过程中——作者只是作为作者参与其中（或者说读者只是作为读者参与其中）——审美化发生了,而且是必然地发生了,但并未对那个自我—他者关系中的主人公,即文学作品中的主人公的具体的、现实的、活生生的、唯一性的经验进行审美化。巴赫金紧接着说,艺术和文学的功能是出入于"生活",以其建构的复杂性（结构和变动的结合）来完成并表现活生生的事件;只有通过艺术——或者说得更好些,审美活动——活生生的经验才能够以其内容—涵义和根本的事件性这两者的丰富性而得到理解。

理解艺术和生活的相互依存性的第二种方式,有着甚至更为

---

1 这个说法出现在一篇简要的笔记里,但尚未用英文发表,题为"论小说的文体"（Towards a Stylistics of the Novel）。

2 指人不能外在于人际互动过程这一事实。——译注

3 指"作者并不能外在于文学创作过程"这一事实。——译注

根本的含义,而且它并不涉及人类经验本身的"内部领域",而是涉及我们对"生活"或"世界"——这个"世界"表面上并不集中于人类的经验——中发生了什么这一问题的理解的性质。在《审美活动中的作者和主人公》这个文本中,巴赫金实际上引入了他对普希金《离别》一诗中的一个十分引人注目的段落的分析,这个分析涉及自然、地理学和历史学,甚至召唤了科学,而在《论行为哲学》的开头,科学似乎就已经被打发到了"抽象的"、"理论主义"认识的垃圾箱。例如,地理学(这和《夜莺颂》在某种程度上有一种意想不到的类似)明白,"没有什么远和近,这儿和那儿;在被选择的总体(即地球)之中,它没有任何绝对的价值标准"(AH 208)。类似地,历史学明白,"没有什么过去、现在和未来;没有什么长期或短期,没有什么'很久以前'或'最近'——即绝对独特或不可改变的时刻"(AH 208)。这是因为,在每一个例子中,能够给这些概念——准确说是一切思想——注入意义的唯一的"价值标准"或"价值中心"是有限的(终有一死的)人类存在。因此,"历史学和地理学始终是在某种程度上被审美化了的"(AH 208);换句话说,它们所生产的知识,即便是最明显地"技术的"、"实验的"知识(例如"距离")也必须被以审美方式加以建构,必须指向现实的、具体的人类存在的生活经验。回到普希金的诗,"俄国"和"意大利"是地理、国家或文化实体的名字,但它们只有在以审美方式建构起来的人类互动领域中才能成为"遥远的"或"异国的"或"祖国"。"从物理—数学的角度来看,"巴赫金继续说,"人类生活的时间和空间构成的不过是无穷无尽的时空中那微不足道的断片。"(AH 208)科学,正如我们在《论行为哲学》中看到的那样,会产生理论判断和在科学领域中完全有效的实验数据,但是,只有当它们被带入人类的价值领域之中时——或者更准确地说,只有被带入到具体的、被具体化的人类

54

存在之中时,才能够获得意义。因此,巴赫金坚持认为,在这个语境中,即便是"微不足道"这个词,"也已经拥有了一种审美的意义"(AH 208)。科学的理论构架无法把这种"微不足道性"和时空的无限性联系起来;只有那些了解自身限度和片面性的人类意识才能把自己设想为"微不足道的"。科学意识同样无法完全和审美观照相隔绝。

最后一点可以通过回到普希金的《离别》这首诗而得到证明,诗中,抒情主人公回想起"离别的痛苦"并且如下文这样说出了他的恋人安抚他的意图:

> 你说:"当我们相会的那一天
> 在橄榄树的绿荫里
> 在永恒的蓝天下
> 我的爱人啊,我们要再次把爱情之吻来结合。"

巴赫金的评论坚持认为

> 自然也参与了这个整体,参与了这个整体所构成的事件。自然在这里被赋予了生命并被带入了人的特定的世界[……]永恒的蓝天——天空的永恒通过价值和一种被决定的(被限制的)人类生活联系起来了。

> (AH 214-215)

人类存在的被决定性和被限定性通过"爱人现在死了,重新结合再也不会发生了"这一事实而得到了强调:再也不会有"永恒蓝天下"的吻了。但是:

在与"有血有肉的"或充实的人类生活时间发生关联的
过程中,艺术时间与空间,不可逆转的稳定的建构获得了一种
情感意志语调,并且包容了[……]永恒、永久[……]和无限。

55

(AH 208-209)

正如巴赫金后来写的,即便是太阳——虽然在物理意义上毫无二
致——也已经发生了变化,因为它已经开始通过目击者和评判人
而被感知了(N 70,137)。时间,空间,事物——抽象的理论知识的
恰当的对象——只有在"人的给定性"(human givenness)这一框架
中才能获得意义;对这些——甚至是对"永恒"——的理解也必须
以同样的方式被审美地建构起来,就像理解生活事件的"活生生的
经验"一样。审美活动,审美观照是人类理解过程的一种普遍状
况。在艺术领域中可以得到更为清楚、更为广泛的理解或"洞察";
但它也存在于"生活中"——存在于生活的一切专业领域中,包括
表面上是"理论的"科学技术领域——而且也有必要在"生活中"
进行理解。

小 结

巴赫金最早的著作中那狭义的哲学用语,在《审美活动中
的作者和主人公》中让位于这样的含义:文学和文学研究对于
巴赫金的哲学计划的说明是必不可少的;然而,哲学并没有怎
么被移置,而是被用作一种特殊类型的文学研究——对于巴赫
金就一般的人文学科应该如何被领会和理解这一问题的或含
蓄或明晰的观念来说,这种研究产生了直接的后果。巴赫金通
过作者和主人公之间的关系而对他的主体—客体模式或自
我—他者关系模式所作的表述,也进一步证明了他关于文学(艺

术）与生活之间的关系的概念，并且采用了一种深化我们对未完成性的理解的方式。如果存在事件"在生活中"最终是未完成的，文学（或者某个特殊种类的文学）则似乎能够以一种暂时的或偶然的方式来使对象得到完成，而不用通过威胁或"取消"其事件性的方式来固化或消耗它们。对于巴赫金来说，这是一种具有优先性的审美，它把和他人相遇的伦理维度——用巴赫金的话说就是审美活动的"独特能力"——包含进去了，而不是予以破坏。这种文学分析的新形式试图识别出文本中对事件的建构、作为"价值中心"的作者和主人公之间的关系，还有对象世界的关系以及散布在对象周围的思想。文学形式的建构——它对立于"表面的"、"结构的"形式标记——成为巴赫金计划的核心，并且将在其接下来发展的每一个阶段保持其存在和确定性。

5

超语言学

　　我们从一开始就已经强调了巴赫金后来对文学和文化研究的贡献所达到的那种程度,这种文学和文化研究源自于他在早期哲学著作中所勾勒的模式,并且同时也发展了这些模式——换句话说,这是一种具有连续性的坚持。本书的核心目标之一,实际上是帮助理解那些更为人们所熟知的概念——通过把它们放置在较不熟悉的语境中(例如,事件性和未完成性)——比如狂欢和杂语。然而,对连续性的强调并不意味着巴赫金(像许多评论者所得出的结论那样)具有一种十分稳固的、不变的特性,也就是说,在某种程度上,一切并不是从一开始就已经在"那儿"了,这一点也是很重要的。正如我们已经简要地看到的那样,那将会和居于其思想核心的推动力背道而驰,这种推动力认为,活着的思想和意义是不断发展着的,它永远都会——"以一种对话的方式"打开事件性,正如我们后面将要对它命名的那样。

　　事实上,就许多方面而言,在《论行为哲学》和《审美活动中的作者和主人公》的用语和主旨中都无法辨认出后来的巴赫金。这一点的关键原因——尽管不是唯一的原因——在于 1920 年代这一时期发生在巴赫金及其思想身上的某些具有根本性的事件,这些事件是诸多因素的结果,它们既具有普遍性同时又具有强烈的个人性。巴赫金的早期思想处处都隐含着一种对语言理论的需要——因此也戏剧性地表现了这种理论的缺乏。在欧洲思想越来越关注语言问题的背景下,这样的一种理论出现了——但却是在巴赫金从涅韦尔和维捷布斯克时期就认识的朋友和同事,瓦连京·伏罗希洛夫发表的著作中出现的。虽然是作为"巴赫金的"语言(话语)理论——它产生自巴赫金、伏罗希洛夫以及更广阔的知识背景之间对话交流的无法还原的过程——而为人们所熟知,但它并没有直接把自己放置在语言学思想的主流中,而是置身于它的边缘,让语言学和语言理论遭受同样的反理论主义的批判,这个批判一开始就针对着一切理性"科学"思想那普遍的抽象化倾向。巴赫金语言理论的术语和意义将形成本章主要的关注点;然而,我们首先要简单地考察一下它产生的环境。

巴赫金、伏罗希洛夫和语言学转向

我们在前一章所确认的那种"哲学危机"的一个效应,就是已经为人们所熟知的"语言学转向",它既在哲学本身中(例如,在路德维希·维特根斯坦[1889—1951]的著作中)显现,也在语言学学科的产生及其转变中显现。语言学作为一门 19 世纪末的学科,其根据在于一种广义的民族志的方法,它所追求的是不同语言在其历史发展过程中的比较研究。20 世纪早期在俄国和其他一些地方,见证了关于语言的形式主义方法的最终产生,它试图把某种特定的语言——以及一般的语言——理解为一个由固定的和可变的

因素所构成的体系,因而把它的关注点从语言的历史发展转向了
作为一个体系的语言的内部"逻辑"。费迪南·德·索绪尔的《普
通语言学教程》——出版于他死后的 1916 年——代表着一个节
点,在这个节点上,新的形式(或者后来的"结构")语言学开始获得
卓越的地位,并且成为了一种催化剂,促进了自身作为一门"科学"
的语言学的产生。索绪尔的《普通语言学教程》大大影响了俄国的   59
语言学理论,它已经在菲利普·福尔图纳托夫(1848—1914)和
扬·博杜安·德·考特尼(1845—1929)的著作中以一种形式主义
的倾向有所发展了,这是在 1915 年和莫斯科语言学小组(它的成
员包括罗曼·雅各布森[1896—1982])成立之后加速推进的一种
倾向。

　　索绪尔对 20 世纪后期的文学研究也具有一种不那么直接,但
却十分深远的影响,在对语言学符号的定义中,他提供了一种通过
语言学方法论进行文学研究的重要模式——而且,这无形中就形
成了德里达的文学—哲学解构的基础。这种文学研究和语言学之
间的异体繁殖老早就成了俄国知识生活中的一个事实:在 1920 年
代初之前,经过莫斯科语言学小组和以诗语研究会(Opoiaz)闻名
的、来自圣彼得堡/彼得格勒/列宁格勒的卓越的文学学者群体之
间的创造性互动,公然用语言学来研究文学的方法——的确,还有
许多其他的社会和文化现象——显然已经变成了重要的,尽管不
是占主导地位的潮流。语言学家雅各布森和文学学者尤里·特尼
亚诺夫(1894—1943)、维克多·什克洛夫斯基(1893—1984)和鲍
里斯·艾亨鲍姆(1886—1959)之间的松散联盟——至少在其早期
阶段——追求的是特定的"诗学语言"的含义,这种"诗学语言"在
雅各布森关于诗歌(文学)是"语言自身的审美功能"(Jakobson
1979:305)这个定义中得到了著名的总结。一部文学作品能够或

者必须通过其语言学的侧面——从它的语言"风格"到它的韵律型式——来进行根本性理解,这种"形式主义"思想既是对更为传统的文学学术成就——它倾向于首先通过作者的心理看待作品——也是对刚刚形成,结果却十分粗暴的马克思主义理解方法——它受到了苏维埃政府的支持,试图强调个别文学作品的社会起源以及文学普遍的社会功能——的一种强大的反作用力。语言和语言学不仅逐渐占据了某些已经由哲学本身让出来的领地,而且,这么做也预示了对文学研究的革命化。

60 在这个语境下,值得注意的是巴赫金在他本人从哲学转向文学的过程中,第一次抵抗了语言学的论断。在他正"完成"《审美活动中的作者和主人公》的这段时间前后,巴赫金在他(当时)尚未发表的著作,即《言语艺术中的内容、材料和形式问题》(最终于 1975 年在俄国发表,1990 年发表英译本)中对文学和语言学中的形式主义开展了猛烈的批判。这一批判中有两个要点。第一个要点是,语言学试图代替美学,试图把文学分析完全纳入语言学本身的方法论之中的危险。我们已经提到的那些重要的形式主义者是这一点的典型例证,但更强有力的例证是语言学家维克多·日尔蒙斯基(1891—1971)和维克多·维诺格拉多夫(1895—1969),他们实际上认为文学形式主义是对"语言学可能为文学研究做些什么"这一问题的相对来说并不那么充分的例证说明。正如巴赫金所写的:

> 诗学紧紧地依附于语言学,害怕从语言学那里迈出哪怕是一小步(在大多数形式主义者和 V. M. 日尔蒙斯基的例子中),而且有时甚至直接力求成为语言学的一个部分(在 V. V. 维诺格拉多夫的例子中)。

对于诗学而言——其中,有必要解释材料(在目前的这个例子中,就是言语)以及一般的美学原则的性质——正如对于任何具体化的美学而言,作为一门附属的学科当然是必要的;但是这里它开始占据一个完全不恰当的领导地位,准确地说,这几乎是一个本应当由一般的美学来占据的地位。

(PCMF 261)

第二点是,语言学由于它根本性的抽象特征而遭到了谴责,因为它把语言(没有提到文学)设想为——我们或许可以再次借用《论行为哲学》中的说法——某种"已经确定的、预先设定的、属于过去的、被完成了的,也就是从本质上来说不是活着的"东西(TPA 9)。但是巴赫金的观点的要旨是清楚的:一般意义的语言学——特别是抽象的语言学——对于审美来说是附属的,对于巴赫金的"审美活动"这个概念来说,它和任何一种在《论行为哲学》中被抛弃的"理论主义"一样都是不尽如人意的。

然而,正是在以伏罗希洛夫的名义发表的著作中,巴赫金对正在兴起的语言学帝国主义的第一个反对理由被真正地纯化了,而第二个理由则被发展成对于形式语言学论断的全盘替代性选择。在《生活话语和诗歌话语》(1926)一文,特别是在《马克思主义和语言哲学》(1929)这部专著中,伏罗希洛夫不仅建构了他所说的"活语言"(MPL 293)这种更高级的语言学的基础,而且把巴赫金早期的自我—他人关系(建构)的哲学模式的要素"转化"成了一种新的用语。我们应该顺便强调,无论说这一点是首先通过巴赫金的理论——它导致了伏罗希洛夫的(社会)语言学模型——而被看到的,还是说是伏罗希洛夫给早期的理论注入了一种它严重缺失的因素,这都完全不重要;无论怎样,不管作者身份的构成过程

61

是什么,这些著作都代表着两种不同的意识之间那富有创意的和极具成效的相遇——因此,这些著作也是它所表现的对话的理论立场的适宜的体现。

索绪尔（1857—1913）

　　索绪尔的《普通语言学教程》(1916)的历史来源甚至比巴赫金的某些著作更成问题,它是由索绪尔的学生查尔斯·巴利(Charles Bally)和阿尔伯特·薛施霭(Albert Sechehaye)的讲座笔记构成的,并且在他死后三年才予以发表。虽然它给后来的语言学研究留下了三个核心原则,但对于巴赫金和伏罗希洛夫而言,每一条都只有在**否定的**意义上才是重要的。首先且最根本的是,它提出了语言本身(langage),即一种特定的语言体系或民族语言(langue)和实际运用的语言,即通常的言语行为(parole)之间的概念区别。索绪尔由此得出的结论是,只有**语言**(langue),即一种规则体系才可能成为科学方法论的对象,而孤立的和异质的言语行为必须被看成是次要的。索绪尔确实强调了语言的社会性,但也把这作为**语言**的一个方面。对于索绪尔来说,**言语**不能够成为语言学的首要对象。第二,索绪尔把这一科学命名为"符号学"(semiology)——对符号的研究——并且进而勾勒出一种(言语)符号理论,它由两个不可分离的部分构成:"能指"(signifier),即在语言中被使用的词语或声音,和"所指"(signified),即它所意指的概念。整个符号所指涉的现实世界中的物或现象,比如猫或死亡或速度,索绪尔称之为"指称物"(referent)——但坚持认为符号及其指称物之间的关系超出了语言学的范围,因此就给它处理社会性的能力强加了进一步的限制。第三,索绪尔不仅坚持对随着时间而发展的语言的**历时**(diachronic)

> 分析和对特定时间点上的特定语言体系的共时（synchronic）分析
> 之间的区分,他还坚持并认同他的"语言胜过言语"这一评价,也
> 就是说语言作为一个共时体系必须成为语言学研究的首要对象。

　　伏罗希洛夫的批判是围绕着对语言学理论的两个对立的——
也是虚妄的——倾向的确认而建构起来的。个人主观主义——它
起源于威廉·冯·洪堡(1767—1835),并接续于卡尔·浮士勒
(1872—1949)——主张语言本质上是个人意识的产物,是一种创
造性表现;语言作为"体系"在这里是一个次要的建构,对于研究来
说,它不过是一种必要的整理。另一方面,抽象的客观主义坚持认
为,语言是一个"标准的、确定的语言形式的固定体系",服从于客
观法则,相对于它来说,个人言语差不多只是偶然的变体(MPL
270)。伏罗希洛夫主要关注的是这些倾向中的后者,它已经开始
统治俄国和西方对语言的思考了,这很大程度上是因为索绪尔,即
这一倾向的最显而易见的提倡者为之注入了一种体系上的明晰
性。索绪尔的理论已经证实了"理解"胜于"言说"这一抽象客观主
义的假设(MPL 272),以及说话者在本质上和他或她在其中进行
言说的语言是一种消极的关系(MPL 274)。伏罗希洛夫没有跌回
到把说话的个人设想为只是通过语言来表现他或她自己的、完全
自主的个体这一陷阱(个人主观主义),他坚持认为"说话的个人,
其主观意识在任何意义上都没有依靠作为标准的、确定的形式体
系的语言而进行工作",因为这样一个体系本质上是一个抽象
(MPL 281)。他力图把这个抽象和作为一种具体的、历史的社会
实践的语言对立起来,他通过各种方式把这种语言简单地指称为
"言语互动"(MPL 312-313)或"活生生的,正在生成的语言现实"

63

（MPL 298）——或者简单地指称为"话语"（slovo）。语言的抽象的、"封闭的体系"（MPL 271）和对"活语言"的"活生生的历史理解"这种观念相遇了（MPL 293-294）。这种语言观念有四个彼此联系的关键，每一个都以某种方式回应了索绪尔以及抽象客观主义的假设：这是一种把表述作为（超）语言学研究的基本单位——它对立于被语言学家所设想的（从音位到句子）形式的语言单位——的理论；是一种社会的理论；是一种符号的理论；最后，是一种有关意识的理论。我们将回过头来考察这四个要素中的每一个要素，并且随着我们的行进来标明伏罗希洛夫重申和重新面向巴赫金的自我—他者关系建构及其对于文学的意义时所采用的方式。

表　述

在伏罗希洛夫作为替代性选择的语言学——或超语言学——的核心，是作为"语言学现实真正核心"（MPL 278）的表述，它对立于从音位到句子的"抽象的"语言学单位。换句话说，他的关注点直接对立于索绪尔的关注点：言语——活的言语——是超语言学的首要对象。表述，或"具体的表述"（DLDP 73）是一种言语表现或行为，它不仅决定于说话者的互动，而且决定于表述发生的具体情境——而且，关键是决定于它朝向听者的方向，听者像说话者一样，也占据了"言语之外的"语境或情境（DLDP 11-12；MPL 313）。表述总是"面向一个对话人"（MPL 301），不是想象出来的或者抽象的对话人，而是一个具体的人，他有可能或多或少是说话人所熟悉的，也有可能在社会中或专家等级制中占据着或高或低的位置，等等。表述的意义因而不是决定于从语言体系中挑选出来的词语的抽象含义，或者决定于说话者纯粹的表现意图，而是决定于呈现在"言语情境"中的言语的和言语之外的因素的总体。类似地，表述形式并不完全决定于说话者，它也是具体的"言语互动"过程的产物。

SLOVO — "词语" — 话语

巴赫金著作的英译本不得不面对 *slovo* 这个普遍的而且十分重要的术语所呈现出来的特殊的困难。它的表义是"词语"，但是，鉴于这个术语被用来强调巴赫金的超语言学和与之对立的"抽象"语言学之间的原则性距离，译者有时把它译为——特别是在"小说话语"这个题目当中——"话语"，一个很晚才进入语言学词典的术语，准确地说，这是为了表明作为实际运用着的语言的优先性。"话语"像原初的 *slovo* 一样，都被打算用来意指和语言学的抽象相对立的活语言。

因此，表述作为言语互动这个无限过程的一个实例或一个方面，就免去了属于"抽象的"语言学单位的某些问题，比方说句子，它只能和一个聚合的机械性过程彼此联系在一起；表述和其他所有的表述都是直接联系着的，或者更紧密些，或者不那么紧密："它只是言语表现这个不间断的链条中的一环"（MPL 278）。这对于一个在对话过程中被构成的表述来说是正确的，它的形式和语义的一面是由直接的言语情境和与它直接相邻的表述——它先于那个已经成为问题的表述——所深刻决定的；这对于某一部文学作品里的某一场对话中的个人应答来说也是正确的，它不仅发生在作品内部的其他表述，即那些其他人物和其他作者的表述网络中，而且还和其他文学作品中类似的表述——以及超越出文学领域之外的"类似的"表述相关联，并且有一部分就是由它们所决定的。

实际上,对于伏罗希洛夫来说,这本书不过是一种"印制而成的表述"(MPL 312),它的意义和形式的一面源自于文学的语境——即其他著作,类似的和不同的"印制的表述"——而且,像任何种类的任何表述一样,源自于它的"言语外部的语境"。在与"生活"表述和"印制而成的表述"(文学的或者其他的)相关的这两种情形下,表述的确定性在于它是具体的,反对抽象,它是"存在事件"的一个时刻,或者像伏罗希洛夫令人难忘地强调的那样,它是某个事件的"脚本"(DLDP 74):

65

> 言语外部的情境因而根本不只是表述的一个外因,作为一种结构性力量,它并非从外部对表述起作用。不,情境作为表述的语义构造的一个必要组成部分而进入了表述[……]生活[……]不是从外部对表述起作用:它是从部内影响表述的。
>
> (DLDP 12,18)

简言之,表述即媒介,生活或文学中的人际关系的建构性结构通过表述,在它的事件性中变得可以理解感受。

伏罗希洛夫提供了一个集中的,能为人解疑的简单而具体的例子,它不仅被用来说明他的表述概念的含义,而且被用来证明它所反对的抽象客观主义的严重局限。两个人坐在屋子里:一个人只说了声"啊!",而另一个人则没回应。孤立地看,当"啊"这个词被说出来的时候,它不可能对实际上并不在场的任何人有任何意义。这里的"表述"通过隔绝于言语之外的情景——这情景决定了表述,用最简单的话说,它包括对话双方之间的关系和表述在其中发生的那个语境——而被人为地呈现了出来。字典或者任何层面的形式语言学分析都不能促进对这个表述的意义的理解;实际上分析必须从言语表述结束的地方开始。言语外部的语境存在于说话者和听话者共享的空间视野中，存在于他们共享的对情境的认识与理解，以及——尽管并非总是这种情况——他们共享的对那个情境的评价中。这个极小的对话中的双方实际上只是看了看窗外并且注意到，尽管已是五月，雪却又再次降落下来。他们共同享有的失望情绪直接决定了这个表述，尽管它一直——像伏罗希洛夫强调的那样——"在言语上没有被注意到，没有被表述出来"（DLDP 11）：

> 雪花一直在窗外，日期——在日历上，评价——却在说话 66
> 人的心里；但是所有这些都在"啊"这个词中被隐秘地加以理
> 解了。
>
> （DLDP 11）

表述可以被认为是——例如，为了语言学分析的目的——某种能够脱离其语境的东西，因而也就可以被视为某种"死的"东西（MPL 287）；但这只是一种"抽象"，伏罗希洛夫称为一种"完成的、独白的表述"（MPL 287），它可以被看作似乎是一个单一意识的产物，或者说，似乎是关于语言学可能性的一个纯然抽象的体系的无意义的例证。但这是一种虚构。即便"独白的"表述，包括写好的著作在内，实际上"也在回应着什么并且反过来又面向这个回应"（MPL 287）。它不可能在完全不失去其意义的情况下，脱离它那言语的和言语外部的语境。只有那以独白的方式被理解的、脱离了其言语之外的语境的表述，其言语材料才能成为语言学本身的对象。存在于表述之外，但同时又内在于表述的东西——即表述的的言语之外的语境——也必须成为研究对象的一个必要因素。正如我们已经开始以一种微缩的、但却是巴赫金最初对事件的建构没有（试图）使之明晰化的方式看到的那样，这个言语之外的语境从根本上说是一种社会现象。

社会

伏罗希洛夫往前走得很远，以至于说《马克思主义和语言哲学》的根本思想是"表述的生产作用和社会特性"（MPL 219）：

> 具体的表述（对立于语言学的抽象）是在表述的参与者的社会互动过程中诞生、存在并消亡的［……］如果表述被从这个真实的、正在孕育的背景中撕裂开来，我们就会既失去其形式的关键，又会失去其意义的关键。
>
> （DLDP 17）

通过我们刚刚看到的那个有限的"生活"情境——在这种情境中，表述的当下"视野"就是参与者置身其中的那个封闭的空间——表述的社会性首先体现在语调这个"绝妙的"社会现象上（DLDP 69）。语调"存在于言语和非言语，讲出来的和没讲出来的东西之间的边界上"（DLDP 69），而且重要的是，语调具有"双重的社会面向"（DLDP 72），既面向听者，也面向表述的对象——在我们的例子中，就是雪，或者自然，或者大雪弥漫的那种情境。听者的作用被像抽象客观主义者和个人主观主义者这样的语言学家低估了甚至忽略了，它不仅是作为一个个体和说话人产生着联系，而且也是作为一个社会阶级的代表，作为一个离说话人更近或更远，比说话人更年老或更年轻的人而与他产生着联系——这也给言语情境带来了一个更为广阔的视野（或一组视野）。这同时是一个"个体间的互动领域"(MPL 225)和一个确定的社会领域,一系列社会评价正是通过每一个参与者而得到体现;讲出来的话是"自我与他人之间的桥梁",同时也是"当下的社会情境"和"更广阔的社会背景"之间的桥梁,它不是从"外部",不是通过某些模糊不清的"影响"过程或者机械的因果关系来确定表述的结构,而是从内部加以确定。社会力量和评价并非外在于"个体之间相互的"交流,相反,它们内在于个人和交流的情境之中。实际上,伏罗希洛夫的表述理论假定,内在与外在之间的任何稳定的差异都是站不住脚的:社会评价不是从外部对说话人——或者听者,或者言语情境——起作用,而是在由那个情境产生的表述中被体现出来,并在那个表述中活跃着。

当成为问题的表述不是在对话中,而是在比方说是像书籍这样"印制出来的表述"中被生产出来时,说话人即作者的"双重面向"就变得格外复杂,在书籍中,作者的表述"对象"很可能是雪或自然,但通常将会是我们在《审美活动中的作者和主人公》中看到的人物形象或"主人公",他在伏罗希洛夫的(超)语言学分析中又再次出现了。而现实生活表述的"听者"则变成了文学作品的读者,因而表述就成了"三个人的社会互动的表现"(DLDP 72)。文学表述并不比"生活"表述更少社会性;实际上,它具有更为深远和彻底的社会性。文学作品的言说语境是由其他文学作品及形式构成的,但也是由批评环境的产物和无数非文学言语形式构成的;同时,言语外部的语境存在于围绕着作者、读者和作品中人物的社会评价的模型,他们每一个人都带来了他或她自己的复杂的"视野",作为那个语境的组成部分。文学作品展示并体现了(至少)三种意识的相遇,也展示并体现了那些意识形成于其中的社会世界的相遇:文学作品并没有减少现实的人们在社会上的活生生的相遇,它

实际上是为一系列更为复杂的社会相遇而构造的复杂机制。它是一个

> 未被言说的社会评价的强大的聚合器：[文学作品]中的每一个词都沉浸在它们当中。这些相同的**社会评价把艺术形式组织起来**，作为它们的**无需中介的表现**。
>
> （DLDP 76）

表述的内在社会性通过参照文学过程而得到了强调，在这个过程中，听者（读者）已经是作品的建构性结构中的一部分了，已经是其中的一个活跃的参与者了。听者/读者不能等同于"公众"（或"批评家"）；实际上，如果一个作者"有意识地考虑"（DLDP 83）一个被一般化了的读者，那么，作者—主人公—读者关系的建构性结构就会被破坏掉，作品就会"降格到一个更加低下的社会维度"（DLDP 83），伏罗希洛夫借此是说，它变成被作者对社会力量的感知所机械决定的东西了。换句话说，建构的形式决定了听者——因而还有社会评价——内在于表达的行为之中。一个句子不具备任何建构的一面——它只是语言的一个抽象的形式单位；但表述完全是一个关乎建构性形式的现象。"表面"形式和建构性形式之间的差异从来都没有比句子和表述之间的差异更为明显。

符　号

伏罗希洛夫对表述以及话语内在社会性的关注，并不暗示着对符号或索绪尔提出的围绕符号来建设的"符号学"之意义的拒斥。表述由符号构成，然而，正如我们此前已经开始预料到的那样，它不是索绪尔所设想的与它们所中介的"真实的现实"无关（而

且,也与使用它们的言说主体无关),却只和"一个封闭体系内部"的其他符号相关的那种符号(MPL 271)。相反,对于伏罗希洛夫来说,符号同样既是内在于社会的,而且也是物质的。

这一点通过参照苏联的象征——铁锤和镰刀——和基督教圣餐仪式的酒和面包而得到了解释。这些"生产工具"和"可消费的产品"分别都是在物质现实中具有某种特定功能或地位的物质对象,但当它在政治或宗教仪式的语境中被用作一种象征的或代表的目的时:

> 物质的东西就被转换[……]成一个符号。随着它不断地成为物质现实的一个部分,这样一个东西[……]就反映并折射了另一种现实。
>
> (MPL 221)

符号是物质现实的一部分,但同时也意指着它自身之外的现实。从体现了一种不能脱离符号而存在的意义这个方面来说,符号具有内在的意识形态性:"哪里没有符号,哪里也就没有意识形态"(MPL 221);"哪里有符号,哪里就有意识形态"(MPL 222)。

有许多不同种类的符号——比如说,一把镰刀的形象和一个词语是类型不同的符号——但所有符号都共享着一种物质性:

> 每一个具有意指性的意识形态现象都是在某种确定的材料中被呈现出来的:在声音中,在物理的团块、颜色、身体运动中,等等。
>
> (MPL 223)

然而,言语符号由于两个直接原因而支配着其他种类的符号:首先,因为"词语的整个现实完全消融在它作为一个符号的功能中"(MPL 226)。词语和镰刀或面包不同,它并不具备与意义无涉的一个次要的,甚至首要的功能。它是一个纯符号。其次,词语是伏罗希洛夫所说的"中性符号"(MPL 226)。和其他符号不同——这些符号根据它们在其中得到应用的、特定的"意识形态创造"领域,如音乐、雕刻等,而被专门化——词语可以表现"任何意识形态功能:科学的、美学的、道德的、宗教的"(MPL227)。更进一步说,词语也在"意识形态互动这个巨大领域"中支配意义,这个领域不能够被分派给以上那些范畴——"活生生的关系",包括谈话的和日常的言语(MPL 227)。因此,用伏罗希洛夫发明的一个说法来说,词语是一种"卓绝的意识形态现象"(MPL 226)。

我们将在下面的部分中讨论言语符号之所以卓绝的第三个原因,但是此刻值得暂停下来看一看,这种地位在多大程度上从巴赫金最初的警告变成了语言学对美学的潜在的篡权。一方面,巴赫金在早些时候认为,作者用言语材料工作的情形比起比方说用大理石进行的雕塑工作要"更为复杂",但是最终"在原则上并无不同"(PCMF 265)。另一方面:

> 给词语赋予构成文化的一切,[……][我们]很容易得出结论说,脱离了词语,文化则一无所有,而且科学家和诗人一样,关注的都只是词语。但是,通过使逻辑学和美学,或者仅仅是诗学消融在语言学中,我们就破坏了逻辑的和美学的特殊性,而且也同样破坏了语言学的特殊性。

> (PCMF 291-292)

这里,关键的说法是结尾的"同样破坏了语言学的特殊性":也就是说,巴赫金拒绝抽象客观主义所明确设想的言语符号的那种普世性或普遍性。然而,在伏罗希洛夫发表的著作中,则浮现出一种详尽的对抽象客观主义的反理论化过程,它在一个完全不同的基础上提出了言语符号的普遍性——正如我们已经看到的,不是对"无生命的"符号的理论化,而是对浸染着社会意义的活的符号与表述的理论化。

意 识

符号并不比表述更少社会性,这一点在伏罗希洛夫的一个论断中得到了强调,即:符号是"外部世界的一个现象"(MPL 223),以其物质性和客观性对立于那以某种方式在说话人心里形成的东西。这为伏罗希洛夫的话语理论中最具雄心的一个方面打开了道路,或许可以用下面这些话来表述:如果符号是浸透着意识形态的外部世界的现象,那么它和说话人或使用它的写作者的内心过程——也就是和理解并意识到符号自身的过程是什么样的关系呢? 唯心主义哲学是通过想象符号"只是个空壳,只是实现内心效果——即理解的一种技术手段"(MPL 223)来回答这个问题的,它将否认我们已经列举出的符号的一切属性。相反,伏罗希洛夫坚称,"理解只能存在于意指材料的某些形式之中"(MPL 223)。意识只能说存在于(言语)符号的材料中。

因此,意识通过下列方式"工作":我们在上面看到的"言语表现的链条"(MPL 287)和"意识形态创造及理解的链条"并驾齐驱,在这个过程中,"理解通过符号来回应符号",且不可能中断这个链条:

71

　　　　这个链条无论在何处都不会断裂,无论在何处它都不会
陷入符号未曾体现的内心存在的非物质性[……]符号只在个
体意识之间的互动过程中产生。而个体意识则充满了符号。
意识只有在满载意识形态,也就是满载意指性内容的存在过
程中,因此就只有在社会互动过程中才能成为意识。

(MPL 224)

如果意识以某种方式被去掉了它的"意指性的意识形态内容"
(MPL 226),那么准确地说,意识就什么也不剩了。唯心主义哲学
的意识"是一种虚构"(MPL 306-307),是一切哲学建构的"诡辩论
的避难所"。相反,伏罗希洛夫—巴赫金式的意识是"巨大的社会
力量的客观现实"(MPL 307)。个体意识是"一个社会意识形态的
事实"(MPL 225):

72　　　　意识是在意指性的物质材料中形成并存在的,而这材料
是在一个组织起来的集体的社会关系过程中被创造的[……]
[个体]意识首先是在言语互动的川流中存在的。

(MPL 225,297)

言语符号不仅是"中性的"和普遍存在的,能够表现从科学的到宗
教的"任何意识形态功能",它也是

　　　　内心生活——意识(内心言语)——的意指性材料。意识
只能通过以可变的、物质的方式表现出来的材料才能获得发展。
这也就是词语。也就是说,词语可以用作内心使用的符号;它可
以作为一个符号来实现自己,而不用被完全外在地表现出来。

(MPL 14)

伏罗希洛夫因而坚持意识的明确的社会性,不是在一个抽象的或一般的意义上,而是在具体的个人的层面上。言语符号不仅"完成了"各种形式的外化的意识形态创造,也完成了意识的内在的工作,即任何的理解或解释行为,不论它是否被表现出来。内心言语同样是一种物质的、社会的现象。

既然如此,那么,在最后的思考中——它将把我们带回到言语形式,及更具相关性的写作形式中的"审美活动"问题——内心言语是如何与"外在"言语相关联的,是如何与被外化的或被表达出来的东西——即表述相关联的呢? 有意识的经验或理解是如何成为表达的呢? 伏罗希洛夫的答案是,内心言语和外在言语只能在形式方面加以区分——当然,是那种以建构的方式来理解的形式。伏罗希洛夫认为,根据它们接近于表达或者外化的那一点的相对程度,意识的不同层次和"内心言语的"的不同"层次"是相互一致的(MPL 93):也就是说,言语(思想)得以"形成"的那个过程被划分了层级,同时向着那个点前进——在这一点上,它在表达的时刻获得了外化的形式外观。意识远不是什么虚构或者唯心主义哲学的"诡辩论的避难所",而是一个"客观事实"(MPL 90),然而,在说话人的心里,思想仍然是"表达的一个内心言语的萌芽[……]是存在的一个极为微小的片段"(MPL 90)。相反,"外在的现实化了的表述"

73

> 是一个岛屿,从内心言语的无边无际的海洋中升腾而起;这个岛屿的规模和形式是由表述及其听众的特定情境所决定的[……]不是经验组织了表达,相反,是表达组织了经验,并且首次赋予它以形式。
>
> (MPL 85,96)

因此意识既被设想为"现实生成的存在"的产物，又被设想为对它的记录，就像有意识的主体的经验一样，它也是物质的和社会的——而且"没有任何经验是外在于意指的具体化的"（MPL 85）。

伏罗希洛夫没有说出这一点，但它却处处都在被暗示着：言说主体或观察者的特定意识——它不是一种纯粹"内在的"现象，不是一种精神性的同时又总是固定着的属性——也是由它对建构起来的言语事件、认识以及社会互动的参与所决定的；意识同样是事件建构的一个方面，而且它本身也必须在与其他意识互动的过程中，以一种建构的方式来理解。

小　结

伏罗希洛夫把巴赫金的自我—他者关系模式转换为语言学用语，设计这一转换是为了拓展巴赫金的核心计划的范围，同时挑战了伏罗希洛夫称之为"抽象客观主义"的形式主义语言学——其最具影响的支持者是索绪尔——的统治。作为结果产生的超语言学包括四个互相依存的因素，每一个因素都对抽象语言学特定的盲点或误解提供了修正：第一，是作为超语言学分析的基本"单位"的表述理论，它对立于形式语言学研究的单位（比如句子）——形式语言学研究的单位不是由在具体表述中被编码的事件建构所决定的，或者说它不接受这种建构；第二，更进一步说，是一种关于语言本质上的社会性的理论，它把表述置于无休止的社会互动模型的核心地位，这种互动在言语行为和言语的时刻中以各种不同的程度呈现出来；第三，是不仅作为社会评价的物质体现，也作为一切意识形态的物质体现的符号理论——主要是言语符号，即话语；第四，也就是最后，是对作为一种明确的物质现象和社会现象的意识的理论定义，而意识就像语言本身那样是具体而又历史的。伏罗希洛夫的超语言学不只因为它是巴赫金后期著作的框架才重要——然而对于后期著作而言,这个框架又是必不可少的——而是因为——用它自己最具创造性的话来说——它大概是对完整的唯物主义语言理论的最精彩的表述。它不仅展示出一种能够实现的"语言转向",而且是一种以极其特殊的、明确的唯物主义为根据的语言转向,它坚持语言、意识和意识形态的具体性和历史性。从某种程度上来说,巴赫金由此出发所说的关于语言、文学和文化的一切,都必须经过这种关于话语和经验的无所不包的理论的中介。

对话主义

　　对话主义这个核心概念的外形结构在巴赫金早期的哲学著作和以伏罗希洛夫之名诞生的超语言学中就已经可以看到了；但正是在它和文学——以超语言学方式设想的文学——的关系中，对话主义才被赋予了它最丰富的、最引人入胜的表现形式。本章将展示这个"先于语言"而存在并且和文学处于一种未完成的关系之中的思想核心是如何依靠文学并且在文学关系——起初是以陀思妥耶夫斯基的作品为特定的基础——中找到了它的最丰富的表现。

　　正如我们在第 3、4 章已经看到的，文学在巴赫金早期的哲学著作中一直存在着，而且在伏罗希洛夫详细阐释"语言学转向"的特殊变体的那部著作中也从未完全缺席；的确，即便在一部其主要对象是一门假定存在的超语言学的著作当中，《生活话语和诗歌话语》的存在也证明了文学所发挥的吸引力。在巴赫金的著作中，语言学转向或许确实证明了远离哲学的转向，但它同时对（抽象客观主义的）语言学这门新兴科学的拒绝也证明了面向文学的更进一

步的转变——而且实实在在地决定了对文学的理解,而这种理解
将支配巴赫金后期的大部分著作。

76　　这极大地影响了《审美活动中的作者和主人公》一文的"未完
成性":在本文最初的观念中,它将在结尾对"俄国文学中的作者和
主人公问题"进行详细评价,并打算把这种评价作为对本文中心思
想的必要证明,而且可能打算把这种评价作为对对话主义这个刚
刚产生的概念的更为丰富的讨论。《俄国文学中作者和主人公问
题》这个没有写出来的章节最终变成了对俄国文学史上的一个作
家——陀思妥耶夫斯基的更为详细的讨论,这个讨论证明,比起未
完成的《审美活动中的作者和主人公》,它一点都不缺少那种持续
变动的断裂性。

陀思妥耶夫斯基:从哲学到对话主义

巴赫金论陀思妥耶夫斯基一书最初以"陀思妥耶夫斯基的艺
术问题"为题出版于他被捕之后不久的 1929 年;修订版则以"陀思
妥耶夫斯基诗学问题"为题在遥远的 1963 年才问世(论狂欢节的
这一章的出现在某种程度上改变了原作,我们回头会来讨论这
一章)。

在阅读巴赫金时,始终需要某种程度上的对术语的谨慎,而且
从未有哪部著作比论陀思妥耶夫斯基的这本书更甚,这本书以这
样一个论点开篇——即陀思妥耶夫斯基是"一种本质上全新的小
说体裁[……]即复调小说的创造者"(PDP 7)——并且似乎通过
这个论点转移到了一个全新的背景之中。因此,复调作为巴赫金
的一个关键术语就很容易理解地广为流传了,尽管事实上它不过
是一个预备阶段,并很快就让位给了一个更基本的术语。通过强
调复调——这是一个音乐术语,它表明在一个特定的乐曲中,存在

着许多的声音(或声部)——只是一个"形象类比,并没有什么可用
于陀思妥耶夫斯基和文学"(PDP 22),巴赫金本人也承认了这一
点。然而,"复调的形象"却用来突出了"当一部小说超越了一般的
独白整体而被建构起来的时候所产生的那些新问题"(PDP 22,强
调部分为笔者所加)。"复调"在它自身(作为隐喻)的限度内是相
对清晰的,用来说明与它相对立的现象——"独白的整体",或者,
简单地说,就是独白主义和独白体。

在小说的层面上,"独白的"是巴赫金创造的用来描述小说的
术语,在这种小说中,叙述的一切要素,从第一和第三人称叙述到
人物形象的间接引语都是由作者的单一意识所决定的。这种小
说,即当前大多数的小说的世界,是"和单一而统一的作者意识相
关的、以独白方式理解的客观化世界"(PDP 9)。甚至在那些思想
隶属于人物形象,对话出自人物形象之口的地方,话语——意识的
外在表现——也属于作者。它并不真正包含复调所隐匿的多种声
音;一切都被简化为一种声音(或意识)——即作者的声音。换句
话说,这种小说的世界并不符合"对被表现的行为的现实世界的
[……]具体建构"(TPA 54),不符合事件的建构性结构,不符合作
为巴赫金的自我—他者模式之特征的主体间的相遇。

在戏剧中,同样,在舞台人物显然在用他们自己的"声音"说话
的地方,戏剧对话却依然"被用一个牢固而稳定的独白的框架包裹
起来"(PDP 17),它被作者控制着并且与作者同一。在诗歌中,正
如巴赫金在后来的著作中所认为的那样,特别是在抒情诗中,"诗
人的语言就是他的[1]语言,他完全沉浸其中[……]作为对自己意
图的纯粹而直接的表达"(DN 285),而不考虑诗歌的特定的作品
结构。戏剧和诗歌,尽管它们形式各异,但比起陀思妥耶夫斯基的

1　此处这个"他"指的应是抒情诗中的抒情主人公。——译注

复调小说,它们都更接近于独白的小说。在任何一种独白文学中——诗歌、戏剧或小说——作者都是话语的最高主体,而他或她的人物只是那种话语的客体。

在陀思妥耶夫斯基的小说中,"小说的独白的一面"被破坏了,因为"人物在意识形态上被当作是具有权威的而且是独立自主的;他被理解为具有自己的沉甸甸的意识形态观念的作者,而不是陀思妥耶夫斯基那正在完成的艺术想象的客体"(PDP 5)。陀思妥耶夫斯基不是把他的人物表现为"形象",而是表现为"思想"(ideas)或"思想力"(idea-forces);更准确地说,思想被体现在主人公/人物当中,作者创造了他们,但由此也使之充满了一种自由,一种开放性,而这种自由和开放性则和主人公作为一个"单纯的"人物的那种地位互相抵触。在对另外的重要的事件建构的重复中,陀思妥耶夫斯基用同样的方式和他的人物产生共鸣,而他或许也正是用这种方式和"生活中"的真实而又鲜活的存在产生共鸣的;因而,他的人物(主人公)

不仅是作者的话语的客体,也是他们自身意指性话语的主体[……]某个人物的意识就像另一个异己的意识一样是特定的,但它既没有[被客体化]也没有被封闭,它没有变成作者意识的一个简单的客体[……]陀思妥耶夫斯基的著作中出现了一种新的人物类型,它的声音通过某种方式被建构了出来,而这种方式和作者声音在普通的小说样式中的建构方式是相同的。人物关于自己和关于世界的话语和一般的作者话语一样,是完全有分量的;它并非从属于人物的客观化形象,而[仅仅]作为他的特征之一,也不充当作者声音的代言人。在作品的结构中[它是极端独立的],它仿佛是连同作者的声音一道被听见的,而且以一种特殊的方式和作者的话语以及具有同等价值的其他人物的声音联结在一起。

（PDP 7）

陀思妥耶夫斯基的复调小说不是围绕着"单一而统一的作者意识"被建构起来的（PDP 9），

　　它不是作为一个把其他意识当成客体吸纳到自身当中的、单一的意识整体,而是作为一个通过几个意识的互动形成的整体而被建构出来的。

（PDP 18）

这意味着它不仅是复调的（因为仅有不同人物声音的存在并不能保证他们的意识的互动）,而且更深刻的是,它还是对话的（PDP 18）：

　　复调小说完全是对话性的。对话关系存在于小说结构的一切因素中；也就是说,它们是按复调音乐的方式被并置在一起的。之所以这样,是因为对话关系是比对话中单纯的应答更为广泛的现象,它在文本中以结构性的方式被加以阐明；它们是一种近乎普遍的现象,渗透在一切人类言语以及一切人类生活的关系和表现形式当中,也就是一切富有意味和含义的事物当中。

（PDP 40）

79

如果仍然停留在小说的层面的话,对话性存在于对"两个或更多意识"的真正相遇的展现之中（PDP 88）,它所需要的,超出了一个由作者创造的有关人物互动的"纯粹的"结构组织;它需要一种对话的指向,一种对话的实践。离开小说本身不谈——值得注意的是,巴赫金如此迅速地转向把一开始就归于陀思妥耶夫斯基的某种几乎独一无二的特征普遍化了——很显然,巴赫金不仅,甚至不是主要地把对话主义设想为小说或文学的一种属性:通过再次唤起他早先对事件的建构,巴赫金毫不含糊地坚称,对话的指向或实践实际上产生了一种力量,这种力量是"一种近乎普遍的现象,渗透在一切人类言语以及一切人类生活的关系和表现形式当中,也就是一切富有意味和含义的事物当中"(PDP 40)。对巴赫金而言,一切意义都是对话的;对话性是一切用言语表达出来的人类互动的特征。

巴赫金认为,人类互动的这种近乎普遍的特性已经被所说的"现代的意识形态独白主义"遮蔽了或完全堵塞了(PDP 88)。独白体因而就不只是作者选择的偶然产物:西方文化的核心就是独白的,特别是在它的理性主义的后启蒙阶段,因而产生出来的文学也主要被理解为具有类似的独白性。陀思妥耶夫斯基在他的分析中是作为一个开掘者的形象出现的,他揭示了意义产生和人类互动那被湮没的对话本质;"长篇小说"——即小说的一个特定的类型——正是作为一个媒介而出现的,这种开掘通过这个媒介而实现,同时揭示出小说的话语及意义的属性,它们存在于小说之中,但关键在于,它们远远地存在于小说之外(但却是隐而不彰的)。巴赫金后来试图证明,这种长篇小说作为对话的载体和象征为什么会专门产生出来。

80　　小说——现在至少可以说是陀思妥耶夫斯基的复调小说,对话性小说——证明,一个单一的或者自主的意识不过是一种虚构而已,它对应着伏罗希洛夫对作为一种"虚构"的唯心主义意识概念——它是"现代意识形态独白主义"的核心表现形式——的描述

（MPL 306-307），它使得那"完成的、独白的表述"（MPL 287）被认为仿佛是一个单一意识的产物。独白文学省略了意识的多样性和社会化特性，它显然被压缩进了一个"单一的"或者"统一的"作者意识的诡计当中。独白的和对话的文本都不仅是作者的选择所产生的作用：前者反映了现代西方文化中占据统治地位的独白主义，它和那种统一而自足的意识"虚构"相一致；后者则通过证明意识在现实中如何以其特定的运作模式"回应着某些事物而且反过来又指向这个回应"（MPL 287），从而摧毁了独白的幻象。意识同样从根本上说是对话性的。

通过我们在《论行为哲学》中遇到的存在的"唯一的事件性"，对话性小说展现了"两个或更多意识"的相遇。陀思妥耶夫斯基能够在文学文本中抓住那些无法靠"单纯的"偶然行动，甚至无法靠哲学所设想的"审美活动"去理解的东西："思想［……］自身变成了事件的一部分"（PDP 10）。对于其他形式的"科学"观察与分析，甚至对于大多数无疑地位较低的文学作者（彼特拉克、但丁、海涅、里尔克，当然，还有普希金，则是不一样的例外，他们在《审美活动中的作者和主人公》里获得了尊崇）来说，这种事件性，这种"生活之流"必须保持在生命经验的一个绝对未知的时刻。然而，事件性在陀思妥耶夫斯基的（文本）世界中，是其原子基质的对等物。为了继续使用巴赫金较早时期的术语，对话性小说允许人物形象通过某种方式而达到"完成化"——或者，用一个更为传统的文学术语来说，即"实现"——但这种方式却保留了人物的"未完成性"。在陀思妥耶夫斯基的书中，人物关于自己鲜活的"事件性"，关于自己的"现实生成的存在"的对话表现确保了那被明确赋予他们的地位，他不是作者所表现的"客体"，而是与作为另一个主体——作为人物言说的"客体"的作者相联系的"主体"。

81

声音和具体化

陀思妥耶夫斯基笔下的人物/主人公作为他们自己"直接的意指性话语"(PDP 7)出现;"陀思妥耶夫斯基笔下的人物不是一个形象,而是饱含分量的话语"(PDP 52)。在陀思妥耶夫斯基的小说中所展现的

> 不是人物的被限定的存在,不是他的固定的形象,相反,**是他的意识和自我意识最后的总和——**根本上说,是**人物最终关于他自己和他的世界的话语**[……]人物是他自己的理据充足的话语的承担者,而不是作者话语的一个沉默寡言的、无声的客体。作者对人物的观念就是**对话语的观念**。因而作者关于人物的话语就是关于**话语的话语**[……]陀思妥耶夫斯基的人物不只是关于他自身及其当前环境的话语,也是关于世界的话语。
>
> (PDP 48,63,78)

巴赫金通过一个已经熟悉的概念即"具体化"和一个新概念即"声音",扩展了这个结论的涵义——这个结论就是:"富有意味和含义的一切"必须通过对话性话语,在文学文本之中及其外得到理解。这些术语彼此依存的方式将阐明巴赫金思想中的一个非常独特的方面。

如果我们再次回到"事件性",回到生活被体验为一连串独特的、唯一的"存在事件"的那种意义上,具体化的巨大而直接的重要性就会浮现出来:人类言语——实际上,是一切人类行为——都源自于一个独特的位置,其特殊性由说话人的物质体现来加以确保,

在这个意义上,他或她占据了这个特定的时间和空间,占据了存在中的这个而且是唯一的这个位置。然而,这个意义上的具体化被伏罗希洛夫的一个论断弄得更复杂了,即"意识只有在意指性的具体化材料中才可以实现自身并成为现实的一个事实[……]话语已经成为内心生活——即意识的意指性材料"(MPL 9,14)。不光意识必须要在身体和物质上得到具体化——或者说得到"确定"——为了意识的实现及其特定的存在,它依赖于另一种物质现象——言语,乃至于写作。被使用的语言——话语——是外在和内在生活的"意指性材料";意识不光在身体上被"具体化",也在语言(话语)中被具体化。特别是在对话性文本中,意义被具体化于人物的话语之中:也就是说,它在去除并摆脱身体需要的情况下被"具体化"了。

在这个观念中,不只暗示了一个矛盾。打眼一看,"语言中的具体化"似乎就是一个矛盾,它显示出对两个术语的属性的误解:"具体化"隐含着对物质性身体——它将作为在它内部被具体化的意识的承担者而行动——的单纯的需要,而语言——它并未成为这样一种承担者或媒介——似乎需要某种物质并在这种物质中被具体化。在伏罗希洛夫看来,这些范畴在对符号——它们本质上具有物质性,然而却很"鲜活"——的理论化过程中被混在一起了;在巴赫金看来,这一点通过文学化而得到了加强,这种文学化通过创造活生生的、有意味的、拥有开放且不断生成的存在的主人公——即对于作者(及其读者)而言的鲜活的主体和被具体化的对话参与者——来设想文学创作。语言中的具体化这一思想因而指出了一种化解准确但却抽象(因而实际上毫无价值)的认识和纯粹审美的"观照"之间的对立的办法,这个对立曾困扰着巴赫金早期的著作。它也很好地提供了一种意义,正是在这个意义上,为了解

82

释并说明——或者具体化——自我—他者关系的建构,巴赫金才
需要文学,而不是"哲学"。

巴赫金在对这种具体化——它不在身体之中,而在源于身体
的话语之中——的说明中所使用的多少能够解人疑虑的术语,一
个把文学人物鲜活的可感知性囊括在内的术语,就是声音:实际
上,对于巴赫金而言,陀思妥耶夫斯基小说中那种"不是作为形象,
而是作为饱含分量的话语"的人物和作为"纯粹声音"(PDP 53)的
人物是同义的——我们并没有"看到"陀思妥耶夫斯基的人物,而
是"听到了"他们。陀思妥耶夫斯基拥有

> 聆听他的时代的对话的天赋,更确切地说,是拥有聆听作
> 为一场伟大对话的他的时代的天赋,拥有在其中不止探寻单
> 个的声音,而且最重要的是探寻声音之间的**对话关系**,探寻它
> 们对话中的**互动**的天赋。
>
> (PDP 90)

83　而且巴赫金后来用如下这些简明扼要的话,来说明自己的计划的
本质:"我在万事万物及其对话关系中来聆听声音"(TMHS 169);
的确,正如巴赫金在一个尚未被翻译出来的片段中强调的那样,
"人文科学的对象"除了是"表达性和言说性的存在"之外,什么都
不是。

因此,很清楚,"声音"并不像"复调"那样,只想成为一种有限
的"形象类比",一种为了表达更深刻的观点而采取的不精确的比
喻手段(PDP 22)。但是,完全从字面上去思考它仍然很困难:我们
并没有"聆听"文本,但巴赫金坚称,我们对活跃在文本中的声音以
及声音之间的关系是敏感的。因而,在巴赫金对这个术语的强调

中(这个强调在"复调"的情况中是不存在的),如果我们把它的效用和那个由德里达提出的对"在场的隐喻"——它是西方文化围绕着说出来的言语构建起来的——的有名的拒斥加以比较,其要紧之处就变得显而易见了。对于德里达来说,口头表达加深了那种幻象,即主体直接存在于其被表现出来的言语之中并通过这言语而变得可以理解(Derrida 1981);相反,巴赫金预见并抵制了由这种武断的在场造成的后现代对主体的抹杀——这似乎并不需要任何一种哲学辩护。如果说"声音"根本就是隐喻性的,那么其目的就首先在于坚持在场,在于使自觉的主体在文本中的在场变得可以感知,同时使这些主体不被简化为与作者同质的那个侵入性的在场。

或许,解释巴赫金的声音概念的最好方法,就是把它和对声音的另一种重要的召唤加以比较——这次是与巴赫金同时代的俄国形式主义中的斯卡兹(*skaz*)[1]这个范畴。

俄国形式主义

所谓俄国形式主义者是一群文学和语言学学者,1917 年革命前后,他们围绕着以圣彼得堡为中心的诗语研究会这个组织而联合在一起。尤里·特尼亚诺夫(1894—1943)、维克多·什克

---

[1] 这个术语,有人翻译为"闲侃",也有人直接翻译为"故事"或"民间口头叙述",但都感觉不尽如人意。由于很难在中文里找到准确的对应词,所以这里把它音译为斯卡兹。联系上下文可以看出,斯卡兹应当是俄国民间故事中一种特殊的叙述类型。这种叙述和正统文学作品中的规范叙述是很不相同的,它颠覆了语言运用中的律条,并试图重新创造一个充满了异质声音和多种语言的世界,可以说这是一种语言的狂欢状态,某种程度上体现了一种和理性的语言思维对抗的酒神精神。——译注

84　洛夫斯基（1893—1984）和鲍里斯·艾亨鲍姆（1886—1959）形成了这个小组的组织与理论的核心，尽管他们与以莫斯科—布拉格为中心的罗曼·雅各布森（1896—1982）——他后来对西方文学和语言学之间的联系发挥了巨大的影响——的联合在1918和1921年间也是非常重要的。早期的形式主义理论强调文学文本高于一切的**特殊性**，集中关注那些使文学区别于历史或哲学文本的特征，并且大力排斥任何依据作者传记或心理的批评——甚至文学和社会之间的任何直接关系。这产生出两部分理论工作：第一个关注具有独立性的"诗歌语言"的特殊性，它可以对立于"实践的"或"日常的"语言（雅各布森，还有列夫·雅库宾斯基（1892—1945）和奥西普·布里克（1888—1945））；第二个关注的是被视为文学作品之"内容"的东西——如主题、题旨、思想——如何充当"技巧的动力"，充当着受一系列"技巧"——如重复、对应、延迟——影响的"材料"，这是一个再次确定"文学性"的过程（什克洛夫斯基，艾亨鲍姆）。形式主义者在巴赫金写于1924年但并未发表的一部著作（PCMF）中受到了批判，1928年又受到了伏罗希洛夫的批判（FM），但是形式主义后期的导向，特别是尤里·特尼亚诺夫的著作却对论陀思妥耶夫斯基一书的第二部分以及《小说话语》产生了影响。**斯卡兹**（*Skaz*）——即艾亨鲍姆著作中的一个主要关注点——就是那和形式主义者紧密相联的"技巧"的一个例子，但巴赫金使用了它，并且对它进行了重新的转化。

艾亨鲍姆论尼古拉·果戈里（1809—1852）和尼古拉·列斯科夫（1831—1895）的文章在某种程度上处理的是一种叙事类型，它包含着对经常涉及口语的有限叙事者的言语特征的强调;因而叙事者无疑是与作者——他被假定要和流行的文学式样的标准保持一致——相区别的。在俄国民间故事中司空见惯的这种叙述,众所周知它是一种"斯卡兹叙事",斯卡兹这个术语使人想起言语和讲述的行为。艾亨鲍姆把斯卡兹叙事的核心特性确定为"面向口语"(Eikhenbaum 1927:220);它是叙事聚焦(narrative focalization)的一个种类,它被设计出来,以便制造一种口头叙事——即不受人物对话束缚的不同的"声音"的在场——的假象。巴赫金并不质疑斯卡兹叙事的价值或存在;相反,他坚持认为,它甚至比艾亨鲍姆所暗示的的意义更为重大:"斯卡兹首先面向的是他人的言语,而且只有这样,结果才能导向口头言语"(PDP 191)。它自身既不是最高级的口头表述,也不是伴随着它的文体标志:那些文体标志只不过是两个意识、两个"饱含分量"的话语主体——两个声音——之间的相遇在文本中的表面的存在标志。

85

艾亨鲍姆和巴赫金给出的许多例子相对来说都很小(果戈里的《外套》[1842],伊万·屠格涅夫的《安德烈·柯洛索夫》[1844]),这大概表明,要想维持斯卡兹胜过长篇叙事这个"幻象"是很困难的,使用斯卡兹的一个非常极端的、最切近的例子,是詹姆斯·克尔曼(生于1946年)的《太迟了,太迟了》(1994),其中包含了超过长篇小说篇幅的、形式复杂的斯卡兹叙述。在第一和第三人称之间来回交替的叙事中心,克尔曼树立了小说主人公萨米的声音。萨米的方言或者不标准的语言当然复制出了那种言语类型(Eikhenbaum),但是它也打上了一种他人"言语"的烙印(Bakhtin);在"第一人称"和"第三人称"的声音相遇的文本中一直都有这样的例子,每一种声音都通过语言风格(它实际上仍会保持原样,但如果没有内部视角转换的"推动",就会难以辨认)上的最微妙的语调而被区别开来。克尔曼不仅替换了一种"标准的"、具有虚假"客观性"的第三人称叙事声音——这是斯卡兹的基本任务——他还超克了那种声音和"文字区域"之间惯常的距离，口语型的语言时常被人们幽闭于这个区域之内。[1]

　　巴赫金的声音概念——与斯卡兹相关的以及一般意义上的声音概念——因此是以两个互补的思想为基础的，它们对于他的思想整体来说都居于核心地位：第一，声音隐含着人类主体的唯一确定的、独一无二的现实性——这是对具体化思想在字面和比喻意义上的再现。第二，它预备了一种思想，这种思想将正式确立巴赫金在陀思妥耶夫斯基一书中对对话主义的阐述，而且搭起一座桥梁，通往《小说话语》中对对话主义的最完备的论述——因为声音也标志着（至少）两种声音的在场。陀思妥耶夫斯基的小说话语是一种参照了艾亨鲍姆对斯卡兹的讨论的话语，是一种"面向他人话语的话语（双声话语）"（PDP 199）。斯卡兹只是众多例子中的一个——这些例子证明了文学风格学并不适合去处理巴赫金所坚持的且必须成为文学的恰当对象的双声话语。斯卡兹，或滑稽的模仿，或风格化无疑是存在并活跃于文学作品当中的，但它们却主要被早期的形式主义者当成作品的结构形式，形式主义者会把这些称为"技巧"。对于巴赫金来说，"这个问题要比位于作品结构表面的作者话语，或者说，要比通过各种手段在作品的结构表面对作者话语所做的调动"更为深入（PDP 56）；"所有这些结构性技巧［……］自身并不能摧毁艺术世界中的独白主义"（PDP 57）。形式主义者所理解的"形式"对于巴赫金来说是一个"外部的"或"表面

1　作者在这里的意思是，小说中的斯卡兹叙述往往能够打破鲜活的口语和僵死的文字之间的界限，使文字化的文本能够敞开自身，接纳各种不同的叙述声音，从而消除两者之间在传统文本形式中的距离。——译注

的"现象,它遮蔽了对话性话语"深层的"建构性形式。

巴赫金从分析陀思妥耶夫斯基开始,并且在这个过程中已经达成了一项新的诗学计划,在这项计划中,结构技巧和由那种技巧组织起来的语言材料的特殊性都不能决定话语类型——因此也不能决定文学形式。相反,一种话语形式把自己和另一种话语形式区分开来,根据的是话语中存在的两个(或更多)声音间的关系,特定的结构技巧的特殊性质是这种区分的中介,并使之成为可能。只有这种和双声话语——"一种近乎普遍的现象"(PDP 40),它"被建构于一般的独白整体的边界之外"(PDP 22)——的普遍性相协调的新诗学,才将能够理解其对象,即文学的复杂性。也就是说,巴赫金一开始就强调对话主义不仅是陀思妥耶夫斯基小说的特性,还是它的基本结构原则,它将决定小说的整个文体和句法的一面;但是,有一个小小的悖论,它或许可以告诉我们关于对话批评实践的某些重要的东西:在他成功地确立了陀思妥耶夫斯基这方面的特殊性之前,巴赫金就开始暗示,在或大或小的程度上,这对一切现代文学都是同样适用的。不是文学自身,而是文学批评容易受到"现代意识形态独白主义"(PDP 88)的影响,它倾向于遮蔽而不是揭示其对象的深层的对话性根源。

87

小说中的对话性话语

写于1934—1935年巴赫金流放期间的《小说话语》是以一条声明开始的,这个声明打算消除"抽象的'形式主义'和同样抽象的'意识形态主义'之间的区分"(DN 259),不只是就一般的层面而言——尽管这可能被认为是作为一个整体的巴赫金著作所获得的成就——也是就文学风格学这个特殊的层面而言。这里的第一个因素,"形式主义",在《小说话语》的语境中是十分清晰的;第二个因素,"意识形态主义",则需要加以更为准确的评注。在他的陀思妥耶夫斯基一书的第二部分中,巴赫金试图通过维持其分析范式并加以重新的调整,从而超越形式主义,现在关注的不是技巧本身,而是:话语的"双向性"如何成为在文学作品的形式—结构面底下运动着的头号力量。但是,话语的双向性不光要争取获得隐藏在个别作品形式—结构面底下的认识,还要把它自身从拘泥于"现代意识形态独白主义"(PDP 88)的文学批评的压迫性束缚中解脱出来;对文学作品的狭隘的形式主义理解,实际上是普遍的独白主义现象的一种特殊表现形式。"形式主义",或者那种从抽象的形式层面来想象文学的倾向,其本身在某种程度上对"意识形态"力量并不具有免疫力——它也认同并代表某种特定的意识形态立场。

通过试图消除这种"区分",巴赫金提供了一种超越"表面结构的"(直接引语,第一人称叙述,对话,等等)对散文话语的分类,在陀思妥耶夫斯基一书中,它看起来是下面这个样子的:

1."直接的、未经中介的意图性话语——命名,通告,表达,表述——它以对事物的直接理解为预期"(PDP 186);

2."表现性或客体化话语[……]表现性或客体化话语的最典型最广泛的类型是人物的直接引语"(PDP 186);

3."面向他人话语的话语(双声话语[dvugolosoe slovo])"(PDP 199),它有大量与之相关的变体,包括巴赫金在他的讨论一开始提到的那些现象,即风格化、滑稽模仿和斯卡兹。

在《小说话语》中,对"双向性"——即那种在"自身内部包含着作为一个必要方面的另一种话语面向"的话语——所作的较早

的描述,让位给了一种明确根据其"对话性面向"所作的话语分类
(DN 279)。这种分类看起来多少有些不同:

　　1.作者直接的文学——艺术叙述(通过它的一切不同的变体);

　　2.各种形式的日常口头叙述的风格化(斯卡兹);

　　3.各种形式的半文学的(书写的)日常叙述的风格化(书信、日
记等);

　　4.各种形式的文学的但非艺术的作者言语(道德的、哲学的或
者科学的论述、演说、人种志的说明、备忘录,等等);

　　5.人物的各具风格的言语。

(DN 262)

　　除了细节上的差异之外,这个分类的着重点有一个重要的变
化,即更关注有关文学和小说的"非文学"话语的影响;甚至,第四
类中"文学的但非艺术的"这样的表述也是巴赫金所有著作中最具
启发性的表述之一,它将限定并推动巴赫金许多的晚期著作。

　　总之,在陀思妥耶夫斯基一书的后半部分建立起来的轨迹现
在完整了:"聆听"的能力和用艺术方式来组织对话性话语的能力,
再也不是作为小说家陀思妥耶夫斯基所罕有的(尽管并不是独一
无二的)那种能力而被强调;作为分析对象和阐述手段的陀思妥耶
夫斯基的小说,被小说本身取代了(尽管巴赫金在很大程度上将关
注滑稽小说)。进而,在占据中心位置这一特殊的行为中,小说本
身受到了第二个层面的质疑,在某些方面它类似于发生在陀思妥
耶夫斯基身上的事情。在《小说话语》中变得清楚的是,巴赫金通
过"小说"所试图表达的东西,并不限于传统文学史上的小说,而是
被悄悄地加以扩展,不仅指文学体裁或模式,而且指一种对语言进

89

行想象的特殊方式。这和陀思妥耶夫斯基一书的内容是相一致的，即对话关系"是一种近乎普遍的现象，渗透在一切人类言语以及一切人类生活的关系和表现形式当中"（PDP 40），现在，它被重申如下：

> 话语的对话性面向当然是所有话语的属性［……］［它］或多或少都存在于话语生活的一切领域当中。
>
> （DN 279,284）

这个转化的含义——正是在这个意义上，小说（更不用说陀思妥耶夫斯基了）不是对任何特殊话语"类型"的特殊的定位，而仅仅是体裁，在这种体裁中，对话性话语这个"普遍现象"的"复杂性与深度"（DN 278），可以得到最好的理解——是后面各章重要的关注点。

最终，而且最重要的是，《小说话语》把巴赫金早期对话语"双向性"，即它的"双声性"的近乎一带而过的讨论，扩展成了对对话主义基本结构的全面展开的论述——为了和作为纯粹（表面）形式现象的对话区别开来，巴赫金现在把它称之为"内在的对话主义"。"内在的"对话主义，或者简单地说就是对话主义，它有两个紧密联系在一起的方面或相位，从实践层面上来说，它们"在风格分析中几乎是不可区分的"（DN 283）。其中的第一个方面，和"活言语"——即与语言学所设想抽象言语相对立的表述、话语——与自己的对象发生关系或相遇的方式有关：

> 在言语与其对象之间，言语与言说主体之间，存在着一个关于同一个对象的其他异质性话语的弹性环境［……］任何具体的言语（表述）都发现，在某种程度上，它所指向的对象总是

已经被限制着、被反对着、被评价着、被一层晦暗不明的迷雾，或者相反，被已经说出的关于这个对象的其他言语包裹着。它被普通的思想和观点，被其他的评价和腔调所纠缠、渗透。指向其对象的言语，进入了这个充满了对话的躁动和张力的、属于其他言语、评价及腔调的环境之中，把它自己编织进了它们复杂的互动关系之中，它们或者彼此融合，或者从其他话语那里退避，或者与其他话语相互交叉；所有这些都可能会从根本上形成言语，可能会在它的语义层上留下积淀，把它所表达的东西复杂化并对它的整个风格学上的一面产生影响。

(DN 276)

在某种意义上，话语中的对话性面向并不是语言运用——比如小说——中随便哪个方面的偶然属性，这个意义在巴赫金的总结中是完整的：

言语是作为对话内部活生生的回答而诞生在对话之中的；言语是通过和某种已然在对象中存在的异质性话语的互动关系而被塑造的。**某种言语是通过对话的方式来形成关于它的对象的观念的**。

(DN 279，强调部分为笔者所加)

对话主义是一切具体语言运用的特征；观念天生就具有对话性——一切意义都是对话性的。

对话主义的第二个方面和言语之于其对象的关系无关，但是，正如我们从自我—他者关系模式——我们在巴赫金的全部著作中反复遇到它——中可能会预料到的那样，它是言说主体之于预期的回答的关系：

> ［言语］不仅在对象自身当中遇到异质性话语；每一句话
> 都指向一个回答而且不可能逃避它所预期的应答语的影响
> ［……］［它］直接地、公然地指向未来的应答语；它激发了一种
> 回答，通过回答的走向对这个回答进行预期并且建构它自身。
>
> （DN 280）

巴赫金甚至准备主张"在某种程度上，第一要务属于回答
［……］理解只有在回答中才能起作用"（DN 282）：

91

> 说话人破坏了听者的异质的观念视野，在相异的领域内
> 构建他自己的表述，对立于听者的理解背景。
>
> （DN 282）

在这两种意义上——关于被说出口的言语四面环绕着的对象，关
于"听者"（或读者和其他人物）所预期的回答——"言语都是在它
本身的语境和另一个异质的语境之间的界线上存在着的"（DN
284）。自从神话中的亚当开口说话的时候起，就没有人不生产对
话性的话语；没有任何作家能够获得纯粹的独白，无论他们会多么
奋力地压制对话；巴赫金所说的"小说"仅仅是这样一个场所，在
此，"他者性的种类及程度"，"话语中的对话性面向的各种形式和
层级"（DN 275-276）才是最容易看到和理解的。但是，（作为一种
文学体裁的）小说的这种能力的理据或者担保者并不是对话主义
本身这种普遍现象，而是另一个重要的巴赫金式概念，杂语。杂语
将使得巴赫金把对话主义解释为真正普遍的社会现象，超越（但总

是包含)自我—他人的互动这个直接的构架。

小　结

陀思妥耶夫斯基一书把巴赫金的自我—他人关系模式及其附带的概念——事件性,责任,具体化,外部性和未完成性——发展成了一个通过文学材料加以说明的、明确的对话理论。为了充分彰显在陀思妥耶夫斯基一书中还只是隐含着的东西,即对话的**无限性**,《小说话语》通过伏罗希洛夫和巴赫金的语言(话语)概念,进一步发展了这一模式。对话主义不仅仅是一种文学的或纯粹的人与人之间的现象:它描述了一切言语互动,因而还有一切观念活动、社会活动和意识形态活动的前提条件。理解在两个层面上是对话性的:首先,因为语言及其对象之间的关系是对话性的,它们被先前的评价,被已经使用过的关于这个对象的其他言语所覆盖;其次,因为说出口的言语总是而且处处都是在一种回答的预期中被说出来的(甚至当它显然是在孤立情况下说出来的时候也是如此)。这两方面天衣无缝地结合在一起,限定了所说所写的"整个风格学的一面";但更重要的是,那个"风格学的一面"打开并揭示了文学内外的表述的(社会的、意识形态的)状态——这就是"活语言"的风格学。经验是对话性的;在某种意义上,世界本身也是对话性的,因为无论世界的主体多么坚定地要进行"独白",如果没有揭露出他者语言的对话效果——要么作为与一个对象相遇的"对话背景",要么作为一个实际的或隐含的预期的回答——与世界的任何相遇实际上都是不可能发生的。对话主义是个整体的概念,巴赫金思想的一切因素都被吸引到这个概念上。

7

杂语和小说

在前一章,甚至从一开始就在巴赫金的著作中成为主题的一个核心问题,是"文学"从何处开始,又在何处结束?它如何并且在何处与其他的写作形式相衔接?它如何在一个不同的层面上和它所唤起的"生活世界"(而且它还总是这个世界的一部分)发生关联?在其晚年,巴赫金向一位年轻学者——这位学者参与了对他的重新发现——抱怨说,他的陀思妥耶夫斯基一书仍然被锁闭在"文学研究内部的圈子里",同时平添一股明显的遗憾之意:"必须要打开一条通向其他世界的路"。在我们对《小说话语》一文如何把对话主义这一概念发挥到极致继续展开简要说明的过程中,本章将探讨那篇文章所采用的方式,这些方式标志着巴赫金对文学和"其他世界"之间的任何想象性界限最后的、深入的侵犯。在《小说话语》和《从小说话语的前史谈起》中,巴赫金在不否认文学文本的重要性的情况下,打破了来自于"内在的"或者封闭的、自足的文学研究的任何可以被感知到的界限,并且把他的自我—他者关系模式稳固而明确地置于其他世界的语境中——实际上,就是置于世界整体的语境中。

　　这种打破是通过引入两个关键的、彼此联系的思想而得以完成的,即多语(polyglossia)和杂语(heteroglossia)。多语——字面意思就是"多种多样的语言性"——指的是"民族"语言相互之间的彼此激荡,而且坚持认为没有哪门语言是或曾经是完全自足的、隔绝于其他语言之影响的。杂语——这是一个不那么贴切的翻译,从本质上说,它指的是"言语的混杂性"——是巴赫金描述任何一种语言的内部状况,即它的变体和分层的方式,它们是由一个个说话人和社会集群与抽象的"标准"语言互动、竞争而产生出来的。这些概念也证实了巴赫金成熟的小说理论,以及他所说的小说化(novelization),即小说形式(特别是按照他所设想的那样)借以影响其他文学形式和文学以外的其他语言的风格侧面的过程——或者,换句话说,即小说本身如何经常性地、确定不疑地参与到向其他世界突围的过程之中。

多　语

　　巴赫金对多语的论述足以说明那种极具思辨性的风格,这种风格是 1930 年代以来他的著作的标志,他为此受到了同样的称羡和批判。同样具有独特性的是,他是从一个乍看起来不可思议的方向,即回到比现代欧洲小说的产生早一千年的"小说话语的漫长历史"(PND 50)中来理解多语的,他认可了那些为文学史所忽略的形形色色戏拟的滑稽文学的持续存在,正是它们与"直接引语"相对抗并且使之问题化。这种文学的作用,实际上就是要嘲讽一切把自己展示为权威、声称要成为完全且唯一掌控其客体的话语的自高自大。这些形式包括通常作为一部古希腊三幕悲剧之余绪的羊人剧,史诗诗人荷马自己写的讽刺诗《鼠蛙之战》(War between the Mice and the Frogs),以及后来中世纪对经典的戏仿。很久之后,巴赫金在论陀思妥耶夫斯基一书的修订版中,把梅尼普斯式讽刺[1]的长篇散文叙事确定为高度发达的戏拟的滑稽文学的典范,同时强调它在现代小说"前史"中的作用。这种戏拟的滑稽文学"把词语从其对象那里摆脱掉,使两者分离";它暴露出独白式话语的"片面性、局限性,以及它不可能把它的对象全部囊括在内"(PND 55):

> 戏拟的滑稽文学带来了通过笑、通过批判而对那直来直去的崇高话语的片面严肃性所进行的永恒校正。

> (PND 55)

当然,这不仅仅反映了在巴赫金那里对滑稽体裁的偏爱,即他的一种对低俗的或具有反抗性的事物的趣味。实际上,戏拟的滑稽文学的持存与偶尔的激增,预示着它置身于其中的文化将要产生更高级的变化,正如我们不久将要看到的,这些变化是和特定的"民族"文学范围之外的变化相关的。

戏拟滑稽这一视角下的"语言意识"——即把词语从其对象那里摆脱掉——把它自己置于它所戏拟的独白式话语之外。戏拟的滑稽文学形式

> 把仿佛身陷语言之网中的事物从语言的权力下解放了出来;它们捣毁了神话对语言进行均质化的权力;它们使意识从直接话语的权力中摆脱出来,捣毁了把意识囚禁在它自己的

1　指西方文学中一种长篇暗讽的形式,因希腊著名讽刺文学家梅尼普斯而得名。斯威夫特的《格列佛游记》是该讽刺形式的代表。——译注

话语、自己的语言中的坚实的壁垒。

（PND 60）

然而，这些"戏拟的抗体"（N70 133）并不是"独自行动"的，某种程度上可以说，它们并没有被完全孤立于某个特定的文学或文化中；一大堆混杂的戏拟形式——巴赫金把它们描述为"无家可归的"（PND 59）——并不能完全靠它们自己引起巴赫金头脑中的语言意识的革命。在使语言远离现实的过程中，只有当另一种民族语言的批判的光芒照耀在作为一种封闭自足的体系的语言虚构之上的时候，戏拟的滑稽文学所产生的效应才能够变得清晰可见。多语（多样的语言性）可以说从"外部"证明了，某种特定的民族语言并不只是唯一的语言，它是在其他文化和语言形式的影响下发展起来的，而且继续发展着；戏拟的滑稽形式重现了从"内部"对使用单一语言的人和对独白的自主权提出的挑战。

由于内在和外在力量之间的相互作用——它们同时从某种特定文化的内部和外部起作用——语言和现实之间拉开了一个根本性的距离，一个双重声音的距离。正如单个的主体为了成为他或她自己，就需要另一个被确定为和外部性相关联的主体，从总体的层面来看，语言和文化同样也需要在另一种语言和文化的凝视之下才能完全获得自我意识。外部性对于暴露语言本身的自高自大是至关重要的，而多语则是这种更高级的外部性之可能性的先导和条件：

　　语言实现着转变，从一个闭塞的单音独鸣的狭隘架构里的绝对教条，一变而成为理解和表现现实的行之有效的前提条件。

（PND 61）

在某些时期,一个特定的社会或许会保持"文化上闭目塞听的状态"(EN 11),封闭在它自己的"民族神话"(PND 65)中,这多多少少能够维持这样一种虚构,即它自身的语言是统一而自足的;在另一些时期里,那个社会或许会直接接受另一个社会的语言及文化的影响,迫使自己的语言弃绝它自身那非时间性、非历史性的统一自足的神话,而成为相较于另一种语言的被客体化的东西。对于巴赫金而言,典型的例子是古希腊"民族神话"的瓦解及其向罗马帝国双语的或混杂的文学意识的转变;罗马人的拉丁文著作是以他们的希腊祖先必不可少的"他语"意识这一事实为前提条件的。罗马帝国的文学意识早已明确地具有混杂性,在那种文学意识与帝国中其他非拉丁语人群的相遇过程中,这种混杂性得到了深化与复杂化。这些就是戏拟的滑稽形式得以激增——可以说,同时也呼应着对极富双声性、多语性和多样性(与独白性、单语性和统一性相对立)的语言的大面积暴露——的条件。巴赫金认为,这只有

在彻底的多语条件下才能发生。只有多语才能把意识从它自身的语言及语言神话的暴政中完全解放出来。[……]凡是在语言和文化彼此激荡的地方,语言就会变成某种完全不同的东西,它的特性就会发生改变:不再是那个单一的、统一的、闭塞的托勒密式的语言世界,而是出现了一个多种语言彼此激荡的开放的伽利略式的语言世界。[1]

97

(PND 61,65)

---

1 巴赫金指的是数学家和天文学家托勒密(约公元90—168),他的宇宙模式最终被伽利略·伽利雷(1564—1642)这个在现代科学的产生中最重要的人物所推翻。

巴赫金提到的这种戏拟的滑稽形式，就是大范围变化的前兆：它们
预示并证明了一个事实，即语言本身已经被"改变"了，它的"特性"
已经变化了，继之而起的要维护它的统一性、独白性和单语性——
这些性质从 18 世纪开始一直存在到巴赫金写作的那个年代，并且
得到了加强——的企图，只不过是要力图维持一种虚构罢了。这
些形式也表现了小说的"前史"：这种戏拟的滑稽形式无法和那封
闭的单语世界的文学体制——这种体制占有着它那占统治地位
的、"定型化"的体裁，如史诗、抒情诗和戏剧——保持一致，它们最
终将在小说中找到一个"家园"。当多语在整体层面上改变"语言
意识"的时候，有助于使这种形式 1 的存在更加清晰可见，因而多
语是产生小说的一个重要的前提条件。

杂　语

或许更为恰当地说，巴赫金借以理解多语的那种戏拟的滑稽
形式，也是他借以理解语言的内部分层问题和杂语这一概念的方
式。羊人剧和对经典的戏拟都不适于被纳入到"崇高而直接的体
裁（即史诗、抒情诗、戏剧等）中，因为它们太过'矛盾'，而且发人深
省的是，它们也太过'纷杂'"（PND 55）。实际上，在巴赫金的蓝图
中，多语

　　　　并没有脱离语言中的杂语问题，也就是任何民族语言的
　　　内部差异和分层问题。

（PND 67）

1　"这种形式"指的即是小说。——译注

他在别的地方谈到了"外部和内部的多语"（EN 12），这是思考杂 98
语的一个好办法：因为它是对语言之间相互激荡过程的内部的补
充，它在某一门语言的内部发挥作用。正如多语从外部揭露出任
何统一的民族语言都是一种虚构，杂语则从内部继续推动并强化
了这个过程。多语创造了条件，使杂语这一事实借以变得可以被
感知。两者相互补充，不断地共同"改变"着语言和我们对它的
理解：

> 两个神话同时破灭了，即：假定只有一门语言的神话和假
> 定只有一门统一的语言的神话。
>
> （PND 68）

巴赫金在破除一门统一的语言神话并预备一种"双语"（或多语）
文学意识的过程中确立了多语的作用，他并未比这走得更远——
也就是说，鉴于其论断的范围及重要性，他的分析是极为简略
的——但他在此却提供了更多的关于杂语"构成"的细节。多语或
许是小说产生的先决条件，但是正如我们即将看到的，杂语将成为
小说真正的质料，对于巴赫金而言，这正是对小说的恰当定义。杂
语再一次否定了伏罗希洛夫对一门统一而抽象的语言的"虚构"，
它指的是语言被彻底分层的那种状态，它被分化成

> 社会各阶层的行话，富有特征的群体行为举止，职业的专
> 用术语，通用的语言，各个代际和年龄群体的语言，有倾向性
> 的语言，权威性的语言，各种不同圈子的语言和过时的语言，
> 每一天，甚至每一刻都服务于特定社会政治目的的语言（每一
> 天都有它自己的标语口号、自己的词汇和着重点）——这种内

部的分化存在于其历史存在的每时每刻。

（DN 263）

因此，语言必然"浸润着意识形态"（DN 271），充满了那些组成各种社会群体、职业群体和代际群体的人们的看法、意见和观念视99 野。作为一个"抽象的语法范畴体系"，语言是一个"理论建构"，是"对语言的统一和集中这一历史过程的理论表现，是对语言的向心力的表现"（DN 70，重点部分为笔者所加）。但是，这些力量——它们几乎已经占去了各种语言学和语言哲学学派的注意力——是在没有被广泛承认但居然真实存在的杂语中起着作用的：

> "统一的语言"中所体现的语言生活的向心力在杂语的现实中发挥着作用。在其生成的每一个特定时刻里，语言不仅被分化为语言学上的方言土语[……]而且——对于我们而言这是至关重要的一点——被分化为社会的意识形态语言：社会诸群体的语言，"专业的"和"通用的"语言，不同代际的语言等等。从这个观点来看，文学语言本身只是这些杂语语言中的一种，而且它也接着被分化为各种不同的语言（一般的，有倾向性的，等等）。这种固有的分化和杂语在语言生活中不仅是静止的，也是动态的，只要语言是鲜活的且不断发展的，它就在拓展并深化着；与语言的向心力并列的，还有持续活跃着的离心力：和语言在意识形态上的集中与统一相并列的，还有不间断的去中心化和独立的过程。

（DN 271-272）

杂语是语言的基础性条件,是官方文化的集权性向心力所对抗的"现实"。对巴赫金来说,在统一而集中的参考框架中研究语言或文学,从一开始就误解了这两者的基本条件。

　　然而,个体的言说者在这些力量中又居于何处呢? 可能会出现这样一种危险,即巴赫金的自我—他者模式中的主体——在存在的唯一事件中,这个主体以对话的方式与他或她的他者保持密切联系——在面对这些普遍发挥作用的力量和属性的时候,肯定会受到压制并且丧失自己。实际上,杂语这种观念,最终使得巴赫金把人际关系的当下特殊性和更高级的社会互动联系起来:

　　　　言说主体的每一个具体的表达都受到向心力和离心力的双重影响。集中化和去集中化的过程,统一和分离的过程在 100 具体的表达中相互交错,它既满足了作为某种言语行为之具体实现的、它"本身"的语言的要求,也满足了杂语的需要,它在杂语中是一个积极的参与者。在活泼泼的杂语中,每一个表达的这种积极参与都在某种程度上决定了那个表达的语言风格和外貌,并不亚于它对一个标准而又集中的统一语言体系的归属程度。

　　　　　　　　　　　　　　　　　　　　　　　　　　　　(DN 272)

　　意义的对话性建构这种现象,并不局限于主体和(倾听及回应的)主体在其存在的共同事件中的直接相遇;那种贯穿在每个人所讲的语言中的相遇以及它在纷然杂陈的语言现实中的相互交叠——"这种充满了对话式的激辩和紧张感的、他者的话语、评价和重音的环境"(DN 276)——是对活跃在语言中的向心力和离心力之间的一个中介。活泼的杂语不仅体现在个体的言说者身上，也体现在和另一个说者/听者相遇的事件性中。（预期的听者的回应，是相遇的对话主义中的重要因素，它同样也被叠合在"他者的话语、评价和重音"中）杂语——它是所有应用性语言的普遍特性——在新的表达产生的那一刻被反复地对话化：

> 一个真正的表述环境，即表述在其中得以生存并成形的环境，是对话化的杂语，它像语言那样是匿名的、社会的，但同时又是具体的，充满了特定的内容，而且像个别的表述那样带有重音。

> (DN 272)

对话化的杂语可能是巴赫金的整个思想中最重要的概念，它把个别主体/言说者的生活及瞬间——事件——和不同文化与时代的普遍的语言运动联系在了一起。杂语把对话主义这个在巴赫金思想的开端就以一种萌芽状态存在着的概念，从单纯的人际关系领域里彻底地提了起来，但却并没有割断它和那个领域的本质联系。它还果断地把对话主义从"纯文学"的领域中提了起来，证明了对话是"一种普遍的现象，它散布在一切人类言语和人类生活的一切关系和表现形式，散布在拥有意涵和意义的一切事物当中"（PDP 40）这样的定义；现在，它在《小说话语》中得到了重申，"话语的对话性取向，当然是任何话语的一种属性。它是任何鲜活的话语的自然取向"（DN 279）。巴赫金通过提出话语在人际关系的"普遍"语境和文学语境中的关系这个根本问题，立马就把杂语重新嵌入了文学的世界——更具体地说，嵌入了小说的世界当中。

杂语和小说

然而,从被巴赫金草草打发掉的"传统文体"——它死死地固守着抽象而统一的语言观——这个角度来看,什么才是一部小说呢? 毫不夸张地说,答案几乎是不存在的:小说避开了传统文体的控制,如果不把作为小说一般性标志的那些特征加以直接修正和破坏,小说是不可能"把这种唯一确定的、稳固的性质独立出来的"(EN 8)。"用散文写作的虚构的长篇作品"这种对小说的庸俗化定义,也经不住小说这个文类显然能够承受的那种篇幅上的急剧变化的压力(请试从任何有意义的形式或文体基础的层面来比较一下维克多·雨果的《悲惨世界》[1862]和阿尔贝·加缪的《局外人》[1942]),或者,也经不住还存在着韵文小说——尽管它数量有限(巴赫金喜欢涉及普希金的韵文小说《叶甫盖尼·奥涅金》[1833])——这样的事实,又或者,也经不住即便是小说那假定的虚构性,也要在杜鲁门·卡波特的《冷血》(1966)或者大卫·皮斯最近的《GB84》(2004)这类作品中遭受合理的怀疑这样的事实。

相反,对于巴赫金而言,在他的对话化杂语这一替代性的、更高级的文体的表述中

> 小说可以被定义为多种多样的社会言语类型(有时甚至是多种多样的语言)和以艺术方式组织起来的各种各样的个体的声音。
>
> (DN 262)

102 而且

> 每一部小说都是由"语言"的形象、风格和意识组成的一
> 个对话化的系统[……]。
>
> (PND 49)

反过来看——这也要依赖于对杂语的定义(而且,对于巴赫金而
言,还有它的真实存在)——小说实际上是一个具有唯一性的位
置,杂语所隐含的一切多样性都能够在这个位置上被实际地观
察到:

> 一切杂语语言,无论构成它们的基础并且使它们各个都
> 独一无二的那个原则是什么,它们都是关于世界的特定看法,
> 都是为了用语词把世界观念化而采用的形式,都是特定的世
> 界观,它们各个都具有自己的对象、意义和价值的特征。它们
> 本身互相并列,互相补充,互相矛盾,并且以对话的方式彼此
> 联系。它们本身在真实的人类意识——首先是在那些写作小
> 说的人们的创造性意识中彼此相遇,共同生存。
>
> (DN 291-292)

对于理解杂语而言,小说或许确实占据了一个独一无二的优先位
置,但这决不能遮蔽杂语首先是一个社会事实这个意义;杂语描述
的是语言(话语)的基本条件,它囊括了各色的言语互动,有文学形
式的也有其他形式的。然而,小说对于杂语具有独特的接纳性,它
是从语言的杂语性(和多语性)状态中成长起来的;小说吸收了杂
语语言中的各种层次,并使之通过对话展开彼此的激荡,它们体现

在作者的话语和人物的言语中,并被设想为隶属于不同序列的"社会群体"。小说使杂语能够被感知:回到早先用过的说法上,它既是"创造的实验室"又是"未被言说的社会评价的强大的聚合器"(DLDP 76)。

这种对杂语的独特的接受力使小说成了唯一的"处于生成状态中的体裁"(EN 11);因而,在巴赫金对未完成性这一概念所做的一次具有根本性的重述中,小说也是目前在文学和社会历史层面上"能够理解这一生成过程"(EN 7)的唯一一种体裁——换句话说,是和人类生存本质上的"生成性",是和人类经验鲜活的流动性及体现这种流动的话语相切合的唯一一种体裁。

小说的作者并不只是通过利用任何能够获得的文体手段来制造情节、人物或者主题,而是把一门成分混杂的语言中诸多的话语层组织、谱写(orchestrates)[1] 成一个对话化的"语言形象"的多层次复合体,它们各个都反映出了一个被具体化了的主体的世界观。言语本身"渗透着社会杂语的对话化的泛音(overtones)"(DN 279)——这是文学内外的语言生活的现实——但是,当和其他人物、其他作者的言语及其潜在的表述以对话方式相互并存时,每一个言语,每一个表述都在小说中被进一步激活了。巴赫金对他最早的著作中的自我—他者和作者—主人公关系赋予了几乎同等的地位,而这种关于作者和作品及其人物的关系的观念,则把这种地位的一切内涵都充分发挥了出来。主人公或人物不仅是由作者表现或创造出来的,而且"处于一个和作者进行潜在对话的区域,一个具有对话性联系的地方"(PND 45);小说的语言并不一律都是作者的语言,而经常是"另一种语言形象"(PND 44);就像"语言中

1　正如我们在第 6 章已经看到的,复调对巴赫金来说是一个比喻,但是一个富于暗示性的比喻。

的语词有一半是别人的"(DN 293)一样,小说中的语词也并不完全属于作者的语言意识,作者从而割舍了对他或她创造的大部分文体组织的控制。例如,在普希金的《叶甫盖尼·奥涅金》(一部用韵文写的小说)中,

> 作者之于[另一种语言形象]的关系远非中立的,他同这种形象争辩,或者对它表示同意(尽管是有条件的),或对它进行质问,或偷偷地倾听它,但也嘲笑它,夸张地模仿它,如此等等——换句话说,作者同奥涅金的语言处于一种对话关系中;作者实际上在和奥涅金交谈,而这样一种交谈是整个小说风格的基本构成要素[……]。作者一边展现着[奥涅金的语言],一边同他交谈,交谈渗透进了这个语言形象的内部,并且从内部使之对话化。一切重要的小说形象都共享着这一品质:它们是在内部对话化了的形象——及他人的语言形象,风格形象、世界观形象(所有这些都无法脱离其具体的语言及风格表现)。

(PND 46)

正如我们在和陀思妥耶夫斯基有关的第六章中看到的——陀氏最初是作为某种非常独特的现象被提出来的,而现在则被揭示为是一种更为广泛的现象的典型——"单独而又统一的作者意识"(PDP 9)不过是一种虚构。作者当然存在于文本之中,但是,在创造小说人物的活动中,他或她赋予它们以一种地位,它们"不仅是作者话语的客体,也是自身的意指性话语的主体"(PDP 7),其声音通过"特殊的方式"和"作者的话语以及具有同等价值的其他人物的声音"(PDP 7)结合在了一起。因此,小说"同时描绘并呈现

出"另一种语言(PND 45);它既是作者表现的直接对象,又是一种社会的、话语的、观念的过滤器,小说的世界及其事件通过它才得以展现。作者展现了另一种语言,而这种语言反过来也参与到了对小说的内部世界的描绘当中。整个世界都沐浴在对话化的杂语的光照之下:不光是语言,小说中的事物、情境、观念和历史事件都被有效地对话化了。

对于任何特定传统中的"文学语言"来说,这也是适用的,它和(生活与文学中的)个别的言说者一样,"容易受到向心力和离心力的影响"(DN 272)而且它本身在这个过程中经历了不断的变化:

> 具有高度发达的散文艺术的人民大众的民族文学语言[……]实际上是一个井井有条的小宇宙,它反映了民族杂语[……]的大宇宙。
>
> (DN 295)

小说中的其他声音以一种"特殊方式"和"作者的话语以及具有同等价值的其他人物的声音"(PDP 7)联系了起来,社会杂语这一思想因而有助于彻底更新这种方式的性质,把焦点从人际关系和文学内部关系这一狭隘的架构扩展至社会关系的总体这个最大的架构中。杂语展现了对话原则在文学内外的"一体化"。

105

插曲:狄更斯小说中的混合结构

巴赫金把小说中的那些片段——在其中,另一种声音(或诸种声音)通过对话的方式和作者的声音展开互动——称为"风格的混合"(PND 76)或"混合结构"(DN 304);在混合结构中,不仅有两种语言,而且有两种"声音",两种世界观,两种"生命"意识可以在

"没有任何形式标记"（DN 303）的情况下为人们所感知,而通常来说,这种标记伴随着并真正凸显着两种声音的存在（例如,把它区分为对话或报告演讲）。这种混合结构,出现在长篇小说（首先出现在"戏拟滑稽文学的周期性增长"这一思想的发展过程中,即巴赫金所谓的"戏拟的风格化"（DN 301））利用特定的结构形式来引入并组织杂语的地方;巴赫金主要是通过"英国滑稽小说",特别是查尔斯·狄更斯（1812—1870）的《小杜丽》（1857）来对此加以例证的。例如,莫多尔先生在第二册第十二章中被狄更斯作了如下的描写：

> 啊,这个莫多尔是个多么奇妙的人,多么伟大的人,多么了不起的人,多么幸福、多么令人羡慕的人——归结起来一句话：多么富有的人哪![1]

传统的分析可能只是在叙述者对他自己最初的论断所作的滞后的评论中,认出了婉转的滑稽性反讽,而巴赫金却在这里坚持认为存在着两种声音,这在原文中没有留下任何结构上的痕迹（第一种声音——它不"属于"作者或叙述者——在这里用斜体字标示出来[2]）;斜体部分是对"社会"意见的一种腹语式的艺术表现,而最终的陈述却是从叙述者角度出发的一个评论。同样,即便是"泰特·巴克纳尔可是个一排纽扣紧紧扣到头,卡着喉咙心里有话说出不了口的人,因此,他是个神态庄严的大人物"（同样出自第二册第十二章）这种显然不怎么引人注意的观察,也引发了这样的评

---

1   此处采用的是金绍禹先生的译文,参看《小杜丽》,上海：上海译文出版社,1993年。下文凡涉及《小杜丽》的译文均出自这一版本。——译注
2   中译标示为黑体字。——译注

论,即从纯粹的形式标志上判断,

> 推动这个句子的逻辑似乎属于作者[或叙述者][……]; 106
> 但实际上,动力存在于他的人物或者一般性见解的主观信念
> 的系统中。

(DN 305)

并不是作者或叙述者作出判断,把"神态庄严"和"一排纽扣紧紧扣到头"这种特点联系在了一起;作者/叙述者观察到,这种联系是巴克纳尔和小说中存在的其他人物所处的那个环境中隐秘的世界观的一部分。

这些简例中的第二个例子还证明,虽然戏拟的风格化是杂语进入小说的一种关键的创作手法,但戏拟的意图远不能成为双重声音的绝对的前提条件。因为狄更斯的任何一个读者都会意识到,他的散文作品充满了这种混合结构,而且并不只存在于它的幽默滑稽的段落中。例如,在《荒凉山庄》(1853)中,狄更斯试着采用两个独立的叙述者(一个是全知的叙述者,另一个是位于叙事内部的艾瑟·萨默森,即狄更斯唯一的女性叙述者),两者的话语形象不断地通过某些方式而分裂,这些方式在表面上似乎缺乏对风格的控制;然而,在对话分析的层面上——这种分析试图在形式与风格的"表层"之下,确立那些通过对话来互动并且相互激荡着的混杂的诸要素——这种分裂成了小说对混沌的大宇宙保持敏感性的一种力量(实际上是一种证明),而小说的声音和世界观正是从这个大宇宙中被开辟出来的。例如,第五册第十四章是通过艾瑟的视角来叙述的,但其"声音"的多样性立刻由它的题目"风度"标示了出来,这一章具有全知叙述声音反讽的鲜明特征——一种随着章

节的行进而被话语的反复所加强的反讽。凯蒂·杰利比头一回向艾瑟和婀达描述普林斯·特伟德洛甫的父亲时，是像下面这样说的：

> "不错，他确实很有点绅士气派，"凯蒂说，"**他就是因为他的风度才出了名。**"
>
> "他教课吗？"婀达问道。
>
> "不，他什么也不教，"凯蒂答道，"**不过他的风度很潇洒。**"[1]

凯蒂的每一条评论一开始都是通过她"自己"的话语（"他什么也不教"）提供的，但每次都被她对那些公认意见的反复提及所覆盖；她的言语并未受到艾瑟的影响——艾瑟是事件的当事人并且叙述这一事件——而是受到了表面上不在场的全知叙述者的影响，他最接近于狄更斯本人的意识和话语。同样，当凯蒂继续描述普林斯·特韦德洛甫本人的时候，她说：

> "**小特韦德洛甫先生的名字就叫普林斯**；我可不愿意他叫这个名字，因为这很像狗的名字，**当然啰，这个名字不是他自己起的。**"

第一个斜体部分属于艾瑟的话语，仿佛她正在直接地向读者描述；紧接着的憾恨的表达同属于艾瑟和凯蒂；最后的斜体部分再次成为了表面上不在场的叙述者（狄更斯）的反讽式话语。凯蒂和具有同样情感的艾瑟之间的对话，被（表面上不在场的）作者的声音偷

1　此处采用的是上海译文出版社 1979 年版《荒凉山庄》中的译文，译者为黄邦杰、陈少衡、张自谋，下同。——译注

听到了,其整个效果被它"形塑"为一种幽默滑稽的效果。虽然只有凯蒂在"说",但话语是混杂的,是具有社会差异的——它的风格形象揭示出不止三种意识的相遇这一事件。

这种风格的混合贯穿在狄更斯的作品中,这正是巴赫金的论点,即它们实际上无论在何种程度上都存在于一切小说的散文中。然而,当我们回到20世纪小说的时候——其中,对由社会、伦理和性别所决定的诸种关系的揭示和戏剧化是其明确的目标——我们在狄更斯这样的作家那里所辨识出的风格的混合,其范围和形象却开始要么表现出有限性,要么相反,表现出极端地精致和巧妙。例如,凯蒂·杰利比和艾瑟·萨摩森之间的表面距离相对来说是很短的,她们被当成"同时受向心力和离心力影响的点",每一个点都把她自己在社会上、代际上、职业上的标志性语言带入了对话里。而如果我们换成埃文·威尔士(生于1958年)的《猜火车》(1993)里面,司普德·墨菲和他的求职面试——他是被失业救济署强制参加这场面试的——考官之间的相遇的话,那些杂七杂八的玩笑话的范围就会大大扩展,社会力量的基体也会变得更加复杂;更重要的是,混合结构的意向性也变得更为深远了,它们对小说的事件及语境的评论与判断也就变得更加明确了。然而值得注意的是,这一点在克尔曼的《太迟了,太迟了》这个表面上近乎独白的世界中也是同样适用的,其中,混合结构的诸"要素"是从"单一的"话语中抽取出来的;但它们仍然是混合结构,因为它们当中存在着两种声音和两种意识——无论那两种声音看起来是多么近似。

有意而为的风格的混合,使得小说能够从"局部的"人际关系的事件推演出对社会和时代的更广泛的概括,但又不丧失那种传统上和小说的描绘——这种描绘是通过事件的建构这种特定的巴

108

赫金式术语而重新构想的——相联系的直接性力量。小说,无论
在后殖民性还是阶级或性别关系这样的大领域中,还是在人际关
系这样的小领域中,都是一部把纷杂的社会语言对话化的机器,都
是一个独特的"公共平台",正如我们已经看到的,杂语语言正是在
这个平台上彼此相遇,彼此激荡。

小说化

小说的独特功能对其他所有文学形式和体裁都具有明确而重
要的意义,或许通过回到已经隐含着的一个问题才能接近这一意
义:如果语言从根本上来说是混杂的,如果说对话主义是一个"普
遍的现象,它散布在一切人类言语和人类生活的一切关系和表现
形式,散布在拥有意涵和意义的一切事物当中"(PDP 40),那为什
么巴赫金在他的论断中会坚持认为,诗歌实际上是对对话化杂语
最具积极"抵抗力"的体裁,而不是仅仅对它缺乏一点协调性或者
包容性? 这个问题的答案可以在巴赫金的一个论点的反面中找
到,这个论点就是:小说这个"唯一比文字和书籍还要年轻的体裁"
(EN 3),其对话的动力是通过对与多语和杂语联系在一起的、两种
或多种语言的文学意识的激活而产生的。相反,诗歌——比如史
诗(无论它是否用韵文写作)——作为一种隶属于以抽象方式构想
的统一语言的主要文学样式,已经被赋予了一种经典地位。"居于
一切风格概念中心的诗歌话语概念"是"语言向心力的历史表现"
(DN 270),实际上就是那些力量的主要的文学表现,这些力量把
其他所有文学表现形式都纳入到诗歌话语的范围之内(因此就有
对小说产生误解的"组织化的风格学"这种倾向)。小说,这种对话
化杂语的媒介和产品,早已被几个世纪以来的批评看作是有缺陷
的"诗歌"体裁,而这种批评本身就是"现代的意识形态独白主义"

（PDP 88）的表现。因而，一种批判性观点——它力图建立一门对话化杂语的"更高级的风格学"——就必须从相反的角度，把诗歌揭示为一种有缺陷的"小说"体裁。巴赫金认为，诗歌话语不可能是"多语意识"和"双语意识"的主要媒介，因为它是在它们的对立面占据统治地位的时代，是在独白、统一而且集中化的时代中形成的。

巴赫金后世的读者可能有理由表示反对，不仅反对说，他本人提供了关于诗歌材料的反反复复的例证——但丁、普希金、里尔克——还会反对说，自普希金开始的现代诗歌的方向——从弗兰克·奥哈拉（1926—1966）到本杰明·泽凡尼（生于 1958 年）——由于它诞生在独白当中，所以它已经彻底否决了诗歌中任何对话性和杂语性的意涵。巴赫金打消人疑虑的回答是，这完全符合他的理论，因为，在小说兴起并最终占据统治地位的时代里，诗歌最终必定会变得小说化：

> 小说在许多方面都参与，并将继续参与作为一个整体的文学在未来的发展。在成为主导体裁的过程中，小说促进了其他所有体裁的更新，它把自己生成的精神和未完成性传染给了它们。它不可避免地把它们纳入自己的轨道，正是因为这个轨道和整个文学发展的基本轨道相一致。

> （EN 7）

诗歌试图挡住对话化杂语的光芒，用它自己那统一的语言来设想事物、情境、观念和历史事件；但它开始"用新的方式倾听［……］"，就像小说最终战胜了独白的过去。即便是曾经"作为对自身意图的纯粹而直接的表现，而完全沉浸在［自己的语言］中"（DN 285）

110

的诗人，也要在"杂语的现实"（DN 271）中活动。

在特定的文学语境中，巴赫金一再强调，普遍存在着一种超越于"表面结构形式"之上的建构性形式，而这或许就是它的最极端的例证：一般而言，在语言中，表述的建构性形式——它体现了具体言语情境的一切要素——比句子的纯然抽象的"表面"形式更为可取；在文学中，建构性形式体现了存在于作品中的、对话化的异质因素的基体，而且它比那些"表面的"形式标志（节奏、韵律等等）更为可取。巴赫金回到了戏拟，把它视为揭示出潜在话语关系的优先形式，他甚至准备认为，"戏拟化的体裁并不属于它们所戏拟的体裁；也就是说，一首戏仿的诗歌根本就不是诗"（PND 59）。在别的地方，巴赫金一举驳斥了绝大多数的"文学史家"，他坚持认为这些文学史家通常所说的"浪漫主义诗歌"实际上是"小说化诗歌"（EN 7）；体裁本身不是表面的结构形式的问题，而是任何形式或模式被小说化——即乐于接受对话化杂语，并被对话化杂语所决定——的程度的问题。

小　结

　　杂语描述了一门民族语言在内部分化为一系列"社会集团的特殊用语"的过程，这些特殊用语在意识形态方面渗透着它们的言说者的世界观；杂语和**多语**——它描述了民族语言之间彼此激荡的状态——具有内部关联，它是普遍性语言和它自身相分离的瞬间，由这个瞬间开始，它那重要的双声性才无可否认而又积极活跃地构成了语言意识的新形式。杂语是这样一个概念，它把巴赫金的自我—他者这个核心模式明确无误地扩展到了人际关系这个局部领域之外；它还把巴赫金的文学语言理论的范围扩展到了我们按照惯例所设想的"文学"界限之外。小说不仅是作为一种文学体裁——它对社会杂语(一种和文学相对的社会事实)具有独特的且最大的接纳能力——而出现的,实际上也是作为一个绝妙的位置出现的,在这个位置上,杂语中的许多语言都可以在它们内部彼此之间的激荡中被观察到。小说促进了"语言形象"的相遇,即**对话化杂语**,这成了小说的真正定义。每一个个体的言说者,每一个"具体的表述"——小说中的表述,隐含地还有社会生活中的表述——都是一个易受语言的向心力和离心力影响的点;每一个个体的言说者——以及每一个具体的表述——因而都是这样一个点,在这个点上,语言积极地再造自身并且在它灵活运用的过程中逐步发展。杂语的这种积极、活跃的发展过程,其影响也在文学系统的其他地方得到了证明,随着杂语逐渐占据主导地位,而它的"载体"即小说本身也变成了主导性的文学体裁,其他体裁也逐渐地被"小说化"。在这个过程中,文学和社会生活、文学语言和非文学语言之间的界限渐趋松懈;文学、语言和文化"在[它们]各自的语境和另外的、相异的语境之间的界限上"(DN 284),以对话方式活跃着。

111

时空体

时空体(chronotope)是一个源自科学和数学的术语,它在《小说的时间形式和时空体形式》这篇长文中被巴赫金引入了文学和文化研究,这篇文章大体上写作于1937—1938年,但只有到了1975年才以俄文发表(英文发表于1981年)。这个词不过是由希腊词 *khronos*(时间)和 *topos*(空间)组成的,而且,它以一种并非为巴赫金所特有的直接的方式,被定义为"在文学中以艺术方式表现出来的时间与空间关系的内在联系性"(FTC 84)。和巴赫金早先对"复调"——它"只是一个'形象的'类比而已"(PDP 22)——这个词的比喻性质的否认有些类似,时空体"几乎也是作为一个比喻(几乎,但并非全部)"(FTC 84)被借用在文学批评中的;然而,在这个"并非全部"中有许多涵义,因为时空体被证明是一个比复调更具有自含性的(self-contained)和自足性的(self-sufficient)范畴(正如我们已经看到的,它只是巴赫金最初的自我—他者关系模式及其在对话主义这个概念中的成熟表现之间的一个便捷的中转站)。时空体是文学分析的一个强大的、适应性强的构建装置,巴赫金认

为,它也具有"某种内在的普遍意义。甚至可以说,正是时空体确
113 定了体裁和文类的差异"(FTC 84-85);因此,本章将首先把时空体
理解为一个特定的文学范畴,勾画出它在叙事和体裁方面的价值,然
后对这一分析加以扩展,去思考时空体在纯文学领域之外的效用。

时间(主要的)和空间

巴赫金是通过康德的一个论断给时空体加以定位的,该论断
即:时间和空间是"从初级的知觉和表象开始的、任何认知都必不
可少的形式"(FTC 85),但是在巴赫金自己的论断中却产生了分
歧,他坚持认为时间和空间不是"超验的"范畴,而是"最直接的现
实的形式"(FTC 85)。这一观点通过某种方式而得到了发展,这
种方式不仅生动地浮现出具体化和未完成性的结合,也浮现出巴
赫金在其事件性中所构想的自我—他者关系模式的持久的存在:

> 在文学艺术的时空体中,空间和时间的标志融合在一个
> 被谨慎构思出来的具体的整体之中。可以说,时间浓缩、聚
> 合,变成艺术上的可见之物;同样,空间则变得紧张,并且对时
> 间、情节及历史的运动产生回应。
>
> (FTC 84)

时空体作为

> 使时间在空间中物质化[……]、使表象具体化的首要方
> 式,作为赋予整个小说以肌体的力量而发挥作用。小说的一
> 切抽象要素——哲学的、社会的概括、观念、对原因和结果的
> 分析——都被吸引到时空体中,并通过时空体来获取血和肉。
>
> (FTC 250)

时空体是一种方式,它对人类主体的形象——它同那个占据着空间并在时间中穿梭的身体不可分离,但又不能够被简化为那个身体——在文学文本中的表现(而非定型)方式进行区别与分类。这种分类将激发所有特定小说环境中的时空价值的能量,从而促进对存在的事件性的"占有",使对某个鲜活形象的表现成为可能,而这个形象则和那被各种描绘为"抽象的"、"固定的"或者"独白的"形象针锋相对。尽管时空体明显和巴赫金较早的范畴及概念紧密相连,但它的特殊之处在于,它的产生显然是以坚持语言的头等重要性为代价的,这推动了巴赫金的思想朝这一观点的重要转向。现在,杂语以及对对话的明确关注从巴赫金思想的前台退了出来;时空体呈现出一种与之平行的意图,即为了文学分析这一特定目的而重新构想巴赫金的核心法则,这种分析即便没有完全"脱离"语言,至少也采取了一种方式,这种方式隐含着某种形式的从语言的绝对集中后撤。语言本身现在成为了一个(几乎)次要的现象,正如我们将要看到的,它也必须以时空体的方式来加以想象。

114

　　和语言相对的时间,实际上是"文学的时空体中的首要范畴"(FTC 85);时空体是在物理和空间世界中"观看"时间的一种方式。从古希腊"小说"到19世纪现实主义小说,凡是在文学长于表现(物质的)人类形象的地方,这类文学作品(它们本身在地点和时间上是不同的)都能够通过特殊的"时间形式"——这种形式组织并限定了对物质世界以及在其中活动的人物的表现——加以区分。正如时间在被表现的形象中是"可见的",同样,在不同的时空体内部,被表现的人和地点也容易受到时间(和历史)运动的影响。时空体是通过统一的时间和空间术语来描述一部特定作品——也可能是一个特定的体裁或时代——的叙述框架的方式,因而也是理解在那个框架中运动着并且被表现的一切事物之意义的方式。

在某些文学作品中,在某些时空体中,以及在和某些人物及情景的关系中,大体上多多少少都会有这种"运动"。巴赫金在《小说的时间形式和时空体形式》中的任务,正是提供一门关于不同的"小说时空体"的临时的类型学,它一直在整个欧洲文学史中发展着,始自古希腊小说并且在通往现代的道路上逐渐开始大幅度地关注弗朗索瓦·拉伯雷(约 1494—1553)。为了对运动中的时空体作出符合实际的描述,并且对它在文学分析中的用途及价值加以例证,我们将择取巴赫金的类型学中的特定要素,同时还要在两部著作的合适的地方指出它们——在这两部著作中(即《教育小说及其在现实主义历史中的意义(论一种小说的历史类型学)》(1936—1938)和《史诗和小说》(1941))时空体之于文学史的意义被进一步加以发展。

传奇时间和成长道路上的传记时间

巴赫金把古希腊"小说"或"传奇故事"中的时间形式称为"传奇时间"(adventure-time),在埃梅萨的赫利奥多罗斯(约公元220—250)所写的《埃萨俄比亚小说》这类小说中,它的作用"是如此完美,如此全面,以至于纯粹的传奇小说在其后直至当今的发展过程中都没有添加任何重要的内容"(FTC 87)。尽管情节的运动通常是在"一个非常广阔而又多样的地理背景下展开的",尽管人物通常是以体验磨难、克服障碍的形式"经历了难以计数的奇遇"(FTC 88,90),但他们的出现从本质上来说是不变的。时间"在小说中并没有被计算,也没有被延长;它只是些白昼、黑夜、时刻、瞬间"(FTC 90)。这种传奇时间

缺乏任何自然的、日常的周期性,它或许会给这种传奇时

间带来一种人类的时间秩序和指数,或许会把这一时间和自然界及人类生活不断重复的诸方面联系起来。[……][希腊传奇故事]的时间序列既非历史的、日常的、传记的时间,甚至也不是生理上的成熟的时间。[……]在这个传奇时间里,什么都没变:世界一仍其旧,主人公的传记生活未曾改变,他们的感情也未曾改变——人物甚至都不曾衰老。

(FTC 91)

然而,在罗马"小说",即阿普列乌斯(约公元125—180)的《金驴记》和佩特洛尼乌斯(约公元27—66)的《萨蒂利孔》中,传奇时间却和巴赫金所说的"日常时间"结合在了一起;而且,它们的情节是通过嬗变的手段推动的:

> 嬗变(变形)是发展的思想的一副神话外壳——但它并不是在一条直线上展开的,而是间歇性地发展,这是一条充满"结点"的线[……]。以嬗变为基础,一种新的表现方法被创造了出来,即表现了整个人生在其基本的**关键性**时刻:也就是人如何变成了他人。

116

(FTC 113,115)

传奇时间和日常时间的结合仍然不完全是"传记时间"(biographical time),在这种时间中,"只描绘一个人生命中那些特立独行、极不寻常的时刻,比起整个人生的长度,这些时刻是非常短暂的";它不同于那"不留痕迹"的纯粹的传奇时间:"相反,它留下了深刻的、无法根除的印记"(FTC 116)。它是一种不同的、比纯粹的传奇时空体形式更为复杂的时空体属性,因此,它也使一种对人类主体——这个主体存在于他或她的具体的以及至少在某种程度上发展着的现实当中——更为复杂的表现（艺术完成）成为可能。然而，它仍然不适合于建构一个叙述——这个叙述将实现"人如何变成了他人"这个说法所期许的东西，将允许对"严格意义上的话语的生成"[1]（FTC 115）加以表现。但是，它不能处理巴赫金早先所说的"人的[……]历史现实"和"现实生成的人"（TPA 2,1）的一切复杂性及运动。

巴赫金对"古代传记和自传"的处理（FTC 130-146），其意图在于预示时空体和时间形式的下一个发展阶段，在这个阶段中，传记时间出现了，它成全了一种"表现新规范的类型，它表现的是那经历了整个人生的个人"（FTC 130）。对于巴赫金论教育小说（或成长小说、教养小说）[2]的那篇文章（BSHR）——这篇文章幸免于德国轰炸和卷烟纸[3]的双重威胁——的现代读者而言，这条轨迹大概是更为清楚的；的确，教育小说——从本质上说，它是通过关注其主要人物如何在（他或她自己的）"整个人生"的背景中"变成别人"这一问题来加以定义的——大概是以其时空体来定义的那种体裁的最清晰的例证。论教育小说的这篇文章实际上展示了它的核心关注点，即通过"真实的历史时间和真实的历史人（historical person）的同化"来表现"小说中处于成长阶段的人的形象"（BSHR 19）。它并不打算只在特别古老的小说中，而是要在"根据主人公形象的建构原则"（BSHR 10）而分类的小说的一切子类中分辨出

117

1　在发表的英文译本中，更喜欢用"发展"（evolution）来代替"生成"（becoming）。

2　教育小说是启蒙运动时期德国产生的一种小说形式，它通常以一个年轻人的成长经历为主题展开叙述，最终要表达的是当时的理想的教化观念。代表作是歌德的《威廉·迈斯特的漫游年代》。——译注

3　据说巴赫金曾因为在"二战"时期烟纸短缺而拿自己的文稿卷烟。见本书第2章。——译注

时空体及其例证。结果产生的这种类型学隐含着层级性，它从巴赫金此时所说的依赖于"传奇时间"的"旅行小说"（travel novel）（BSHR 10-11）开始，经由"考验小说"（novel of ordeal），一直发展到对属于"绝对真实"的传记时间——这种时间反映了上面提到的关于"古代传记和自传"的部分——的传记小说发展历程的描述。然而，考验小说中的情节总是集中在对"正常的社会和传记生活过程"（BSHR 14）的背离上，主人公所遭遇的历练或考验"并未成为他的［原文如此］成长经验，也并未改变他"（BSHR 13），传记时间中的情节"不是通过偏离正常而典型的生活过程而被建构的，它恰恰依靠的是生活过程中一切基本而又典型的方面：出生，童年［等等］"（BSHR 17）；"每一个事件都在这个生命过程的整体中被确定"（BSHR 18），而主人公则被带入与他或她的环境的真实具体的互动及其时间坐标之中。但是，传记时间本身是有限的，它不能成就"任何成长或发展的真实过程"；这是因为被描述的生活事件被包含在那种生活的时间框架中，它"还尚不知晓真实的历史时间"（BSHR 18）。被描述的那种生活以外的世界是触手可及的，它不只是作为那种生活的背景在活动；无论如何，小说的事件并不能影响超出它之外的世界。

传记"小说"之外，存在着一系列巴赫金明确称之为"成长小说"（novels of becoming）的东西，其中，18 世纪晚期最早的教育小说是其开山之作。这些小说的时空体是由"它们与真实历史时间的同化程度"（BSHR 21）所决定的；然而，关键之处并不在于，这种同化的程度即使在教育小说中也是有限的——"作为一种经验和一所学校，它的世界一直是相同的，从根本上说是一成不变的，是现成的、既定的"（BSHR 23）——而在于："与真实历史的同化"成了小说的首要目标，它代表着这种或那种小说类型在多大程度上

118   适合于全面表现这个世界及其中的人类存在。巴赫金公然寻找一
种小说类型,其中

> 人的成长最终在真实的历史时间中完成,伴随着它的所
> 有必然性和丰富性,伴随着它的未来和它的深远的时空性。
>
> (BSHR 23)

狄更斯的《大卫·科波菲尔》(1850)被认定为是对教育小说本身更
进一步的推进,它仍然由传记时间主导,但在其中,"人类生活命运
的展露和人本身的出现融合在了一起"(BSHR 22)。然而,正是歌
德的《威廉·迈斯特》(1795—1796)最为完美地实现了小说作为一
种同化历史时间的手段的作用,同时把成长小说推向其发展的更
高阶段。在这里,世界再也不是"一个对于成长的人来说一成不变
的定向点"了(BSHR 23)。人物的出现,他或她的发展,他或她之
变为别人

> 再也不是人们自己的私事了。他**伴随着世界**一同成长,
> 他反映了世界本身的历史生成。他再也不是处于一个时代内
> 部,而是处于两个时代的交界处,处于一个向另一个转换的节
> 点上[……]仿佛世界的真正的根基在变,人也必须随着它而
> 改变。
>
> (BSHR 23-24)

这些并不是被巴赫金确定为对于西方文学,尤其是对于西方小说
至关重要的唯一的时空体。他对田园诗的时空体(idyllic
chronotope)投入了大量的关注,这种时空体是以"民间文学的时

间"（folkloric time）为标志的，而且和"自成一体的微小空间世界"
中的事件具有紧密联系（FTC 225；224-236），他甚至把更多的注意
力都投入到独特的，但对于巴赫金而言却极为重要的拉伯雷时空
体（Rabelaisiam chronotope），它在某种程度上和田园诗的时空体有
联系，但它的定义被扩展为"人类生活完全自由的、普遍的时空体"
（FTC 242；167-206）——这甚至诱使我们把它重新命名为乌托邦
时空体（utopian chronotope），如果不是因为这个名称所隐含的术语
上的矛盾（乌托邦，字面意思就是"没有这么一个地方"）的话。在
时空体一文发表（我们将有理由回到它发表的时间）前的 1973 年，
巴赫金还在为该文增补的一系列出色的段落中列举了一连串"较
小的"时空体，它们源自于他业已构建的传奇时间、传记时间，最终
还有成长和真实的历史时间这些大范畴，并对这些大范畴进行了
补充。这些时空体包括道路时空体（chronotope of road），即相会时
空体（chronotope of encounter）的一个变体，其中，"时间可以说和
空间融为一体并在空间中流动（形成了道路）"；[……]它的基本
要点是时间的流动"（FTC 243-244）；城堡时空体（chronotope of the
castle），它是哥特式小说的特征，而且对于历史小说的发展也很重
要（FTC 245-246）；省城时空体（chronotope of the provincial town），
它是田园诗时空体的一个变体，其中，空间被严格限制，时间则是
周期性时间和日常性时间的混合（FTC 247-248）；还有门槛时空体
（chronotope of the threshold），它强调的是事件过程中的危机和错
位，并且以突然的或瞬间的行动为特征（FTC 248）。这些独特的时
空体并不必然以单一的时间形式为标志，而是在不同的，有时甚至
具有潜在矛盾的形式中发展着，正如我们一开始在融合了传奇时
间和日常时间的阿普列乌斯的《金驴记》这个例子中看到的那样。

　　类似的，如果我们回到巴赫金的分析中的一个观点——19 世

119

纪的所谓"现实主义"小说平稳地出现并最大限度地"完成"了"与真实的历史时间同化"的过程——那么,就很有必要强调小说并不必然,甚至并不经常决定于一种时空体的影响。不同的小说将由不止一种时空体来规定,每一种都不同程度地影响着整体。每一部单独的小说,都是作为文学史上代代相传的诸时空体的载体而起着作用的,而且,实际上,那些时空体在小说中的组织方式将规定它的叙述的形成方式。正如巴赫金所写的:

> 在单独一部作品的限度内和在单独一位作者的全部文学作品内,我们可以注意到大量不同的时空体以及它们当中的复杂互动,它对于特定的作品或作者来说是独一无二的;此外还经常见到这些时空体中的某一个时空体覆盖或支配其他时空体[……]。时空体是互相包含的,它们同生共长,它们可能会彼此交织,彼此代替或对立,会互相矛盾或者在更为复杂的互动关系中发现它们自身。
>
> (FTC 252)

这种共同生存的模式将决定一部特定作品的叙述和风格形象,而不只是决定,比如说它之于"现实主义"或"象征主义"这类范畴的关系。

有一个用来证明这一重要观点的具体例子。可以说,夏洛蒂·勃朗特的《简·爱》(1847)原则上是以传记时间为框架的,而且在很大程度上符合教育小说的形象(特别是在盖茨黑德和罗沃德的那些较早的章节中)。但是,这种主导框架被小说中存在的哥特式因素和"城堡时空体"搞复杂了,这种时空体建构了在桑菲尔德发生的诸事件,并且通过一种——比方说——和田园诗时空体完全不同的角度,编排了把简和罗切斯特卷入其中的浪漫叙事,其中,核心的浪漫情节的解决从来是毋庸置疑的(周期性的、民间文学时间的需要)。然而,在桑菲尔德发生的诸事件也围绕着同一个中心,被包含在我们可以称之为殖民时空体(colonial chronotope)的东西当中,这种时空体在伯莎·梅森这个人物身上和哥特式风格融为一体,产生出独特而强大的叙事矛盾。整个叙事是由小说的诸时空体的互动关系建构起来的。此外,田园诗时空体并未从小说中退场,而且,当简获救于沼泽山庄[1]的时候,最终,当在枫丹庄园[2]重新恢复田园诗时空体的时候,也就是叙事矛盾得以明显解决的时候,这出融入了简的精神(社会)探索的、或恢复或放弃田园诗时空体的戏剧——巴赫金认为这对于小说的发展十分重要——才落下了帷幕。田园诗时空体——它被融合在教育小说所隐含的传记成长过程中——最终把哥特式风格(即被有意预示的衰败破坏了的桑菲尔德的城堡时空体)和殖民时空体推向叙事的看不见的边缘。与此相平行,在巴赫金对歌德的《威廉·迈斯特》的总结中,"一个[女人的!]再教育过程和社会的败落与重建过程,也就是与历史的过程相互交织"(FTC 234)。隐含或反映在《简·爱》中的"社会败落与重建"的程度,完全与其时空体的协奏相关。

121

在他对时空体的历史影响的确认中,巴赫金没有进一步超越19世纪,但他明显暗示出,小说的一切子类型都是由构建其叙事的特定时空体基质所决定的,而且也能通过它而加以辨认。不难看出,侦探小说、战争小说或校园小说——这只是举几个例子——本质上都是以时空体方式建构起来的。把现代主义小说——巴赫金

1　指简·爱从罗切斯特的庄园中出走后,在一个风雨交加的夜晚,被深居于沼屋的牧师圣约翰收留这一情节。——译注

2　指简·爱最终在枫丹庄园和罗切斯特重逢的情节(罗切斯特原先居住的桑菲尔德庄园此时已被阁楼上的疯女人烧毁)。——译注

在别的地方通过"内部无限性"（RW 44）这个说法触及过它，尽管只是尝试性的——设想为时间形式的终端处理器，设想为它本身的某种时空体的创造者，这可能会更为复杂，但并不算不合理。从巴赫金的分析中也可以推断出，他本可以把后现代小说的许多例子当作小说最终出现的一种逆转的征兆，当作一种不断增长的"同化历史时间"的能力——当作那通过某种反时空体来定义的小说。然而，一般而言，巴赫金十分清楚，时空体——特别是在他的讨论中起重要作用的主要时空体——"处于各种特定的小说体裁的核心"（FTC 252）；小说的一切子类型都是以时空体来定义的，而且可以通过时空体来彼此区别。

时空体和历史

在文学的时空体中，时间或许是"第一性范畴"（the primary category），但这不应该导致这样的推论，即：在小说中出现的并且制约着小说的时间，无论如何都具有第一位的重要性。正如我们已经看到的，从一开始，巴赫金就把他的分析建构为对康德命题——即时间和空间是"从初级的知觉和表象开始的任何认知都必不可少的形式"（FTC 85）——的发展，他还坚持认为，这些形式也是"最直接的现实的形式"（FTC 85），以此使这个命题"物质化"并且把它和他自己的事件性概念结合在了一起。杂语这一概念通过某些方式推动了个别主体（像作者、人物和活生生的人）言语活动的社会化和历史化，而并未使其事件性普遍化或者丧失这种事件性，同样，时空体也被设想为某种不只是——或许从根本上来说，压根不是——文学现象的事物。在文学时空体中，时间可能会变得"在艺术上可见"，而空间则应和着时间和情节的运动，但时间和空间也是历史的坐标。时空体理论不仅试图把文学时间具体化；它也试图通过具体而物质的方式来想象历史,而不抹除这种表面上的普遍化可能会隐含的特殊性价值和重要意义。

这一点在时空体一文的许多地方中都有所显示,或许,没有一处能像巴赫金提到的弗里德里希·恩格斯的《自然辩证法》(1883)及其宣言——即伴随着文艺复兴的出现,"旧的世界的界限被打破了"(Engels 1883;FTC 206)——那样生动清晰了。对于恩格斯来说,一个新世界被"发现了",一场意识中的革命已经开始了,它用一种全新的角度来铸就一切现象——从经济和社会关系直到文学——为科学革命的兴起铺平道路。对于巴赫金而言,时间本身已经改变了;它也是理解其他一切事物所必须依靠的那个架构的一部分——这是时空体一开始的论点——而人对时间的理解也服从于认知的"架构":对于古人而言,时间本身不是一成不变的,对于18世纪的资产阶级居民,甚至对于全球化的21世纪的居民来说,也是如此。在拉伯雷时代(和现代欧洲小说诞生)之前,

> 很有必要找到一种新的时间形式和新的时空关系[⋯⋯]。需要一种新的时空体,它将让人把真实的生活(历史)和真实的物质欲望联系在一起[⋯⋯]这是一种生产性的和创造性的时间,一种由创造,由生长而不是由死亡来衡量的时间。
>
> (FTC 206)

巴赫金在其文学语境中确认的这种"新时空体",它本身就是文艺复兴和紧随其后的那段时间里,文学的外部环境的产物。正如多语——多种语言意识的诞生——永久地改变了语言的性质和我们对它的理解,时间也在文艺复兴中被"改造"到了这样一种地步,在

123 此,我们更有理由把文艺复兴当成一个时空体,而不是一个"时期"或一场"文化革命"。巴赫金暗示到,时空体是分析文学文本内部的一种十分有效的方式,因为那些文本是从一个本身就具有深远的时空性的环境,即它们那个时代活跃着的社会和意识形态力量的总和中产生的。因此,时空体就不仅是(甚至不主要是)理解文学文本的方式;它们也是理解历史的方式——回到我们在第 3 章遇到的说法,历史之被理解,不是通过纯粹抽象的(理论主义的)方式,而是通过它的开放的、未完成的事件性而展开的。只有这样,也正因为这样,它们才能作为在历史中理解文学文本的方式而被完全意识到。因此,时空体不仅超越了无疑十分肤浅的"文学史"——巴赫金在别的地方曾对此嗤之以鼻——也显示出它越过了历史唯物主义理论容易掉入的决定论和(抽象的)普遍化的陷阱(从巴赫金的观点出发,恩格斯很有可能被确定为关于这个陷阱的十分重要的例子)。

正如存在着"道路"和"城堡"的时空体——它们的时间坐标决定了特定的文学情节的性质、那个世界中可能的事件序列,以及人物所经历的成长和变化的范围——从历史的角度观之,我们也可以设想文艺复兴的时空体、维多利亚时期的英国的时空体、殖民主义的时空体或晚期资本主义的时空体。正如我们可以确定一种文学文本内部世界的"时间形式",即那个世界中的特定事件的可能性的条件,同样,在文艺复兴这个例子之后,我们也可以推测出某种以历史时期为特征的"形式"或者对时间的理解——也就是说,那种时间(或我们对时间的理解)无疑是一种可变的时间。在一切特定的时期中"运转",或者以这一时期为特征的特定的时间形式,将强有力地制约我们对属于那一时期的物质对象、事件、社会关系等的理解;对它们进行理解的可能性条件不是(或不应该

是)我们自己的时空体,不是观察者的时空体,而是我们所沉思的
世俗中的他者的时空体——或者说,把巴赫金的自我—他者关系
模式转换成一把时间的钥匙,即以建构的方式组织起来的人与他
者之间的关系。

如果像上面所说,文艺复兴是通过时间的"创造",通过一个恰 124
当的时间意识的开展和对现代开端的启动来定义的话,那么维多
利亚时代英国的时空体就可以被视为"文艺复兴时代"之终结的
(局部性)开端。维多利亚时代英国的时空体是由一种矛盾的时间
重负、一种对由科学技术所推动的进步观念的集中关注所定义的,
这种进步达到了这样一种程度,即一种新的、虚幻的封闭和"永恒"
再次开始成为主导,一种无所不在的、武断的"进步"观念产生了一
种封闭而静止的世界观。维多利亚时代英国的时空体可以说是作
为更广泛的殖民主义时空体的一个特定的亚时空体而发挥着作
用,帝国主义扩张的现实恰好就是被这个亚时空体的内部时间所
"抵消"的东西;殖民主义意识形态的时空限定起到了(时空体)框
架的作用,它搭建起了这种意识形态效果的时空中立化在"当地"
环境中得以完成的那些方式。晚期资本主义的时空体将被定义为
这个过程中的一个后续阶段,其中,维多利亚时代英国的时空体和
殖民主义时空体之间的张力被普遍化了,静止冒充成运动,时间本
身也似乎停止了;晚期资本主义被描述(不是被它的诋毁者描述)
为"历史的终结"并不是无缘无故的。

这些以时空体定义的一连串时期中的文学作品,因而具有双
重的时空体特性:一方面,它们是对限定了它们创作环境的特定时
空关系的表现,另一方面,它们本身创造了自己的文学时空体的全
套功能,它表现了特定"时间形式"的各个方面,而正是这种时间形
式决定了它们那个时代的首要的时空体。正如他在对话化杂语这

个广阔领域中，对作为一种特定观点的文学表述所作的初步讨论一样，巴赫金再次暗地里废除了被人们所想象的文学和"生活"、"世界"或"社会"之间那坚实而牢固的界限；也就是说，他把文学置于历史之中——但却并不暗示它们之间的任何决定论的或者化约性的关系。

时空体和语言

　　无论时空体是一种文学的现象还是一种"现实世界"的意识形态现象，巴赫金对时空体理论的建构都是以时间与空间——它们是"最直接的现实的形式"——的内在关联性为基础的，这一建构似乎把语言（话语）从它在 1920 和 1930 年代早期所占据的核心位置上移走了，而这种占据曾产生了十分强大的影响力。时空体在通过其空间维度，更重要的是通过其时间维度来决定叙述框架的时空体的时候，似乎在逐渐削弱叙述者或者人物形象所说的那些内容的"第一位的"重要性：时空体是一个复杂的叙事和情节理论——至少在特定的文学语境中如此——从而把巴赫金从《小说的话语》中开创的"风格学"降级到了一个具有次要意义的位置。

　　在 1973 年附在时空体一文后面的"结语"（它大约写于初稿之后的第三十五个年头）中，巴赫金本人似乎被语言时空体的这些纠缠所困扰，并力图及时地"纠正"它们。通过让读者参考恩斯特·卡西尔（1874—1934）的《象征形式的哲学》，特别是他对"语言中的时间映像的分析"（Cassirer 1965；FTC 251），巴赫金邀请我们在时空体的把"空间中的时间物质化"的能力和语言——语言是一种现象，时间已经而且总是在语言中被刻写着——那本质上的时空体特性之间画上一道平行线。正如叙事和体裁已经"以时空体的方式形成并发展了许多个世纪"一样，"任何的、所有的文学形象也具

有时空体的特性":

> 作为一个形象宝库,语言从根本上来说具有时空体的特性。话语的内部形式——即中介符号,主要的空间意义通过它被转换为时间关系(最广义的)——也是时空体的。
>
> (FTC 252)

像文学形式/内容或社会生活的其他任何领域一样,语言也不能免于时空体对它的决定,从某种意义上来说,这就是它的发展历程(我们或许可以被容许想象一种,比方说,"多语的时空体"[chronotope of polyglossia])。巴赫金认为,语言像文学体裁一样,根本上具有时空体特性,因为也有可能在语言中"看到"时间;不只如此,如果没有对语言的时空体特性的敏感,就不可能在宏观和微观层面上去设想巴赫金早先所说的"活语言"。

126

这种类似性的现实的"文学"根据,可以在巴赫金就歌德对艾恩贝克镇历史的"观看"能力[1](BSHR 32)和奥诺雷·德·巴尔扎克(1799—1850)对"空间中的时间的'观看'"能力(FTC 247)所作的评论中找到。顺便说一下,弗洛伊德在记忆与罗马城的演变之

---

[1] 巴赫金在《教育小说及其在现实主义历史中的意义》一文中说:"歌德沿着大路经过小城艾恩贝克到皮尔蒙特去,一眼便发现这座小城大约三十年前有过一位出色的市长(《编年史》,第 76 页)。

"他看到什么特别的情况呢? 他看到大片的绿地、树木,看到这不是偶然天生而成的。而是出自人的统一意志的、有计划地行动的结果;又根据目测得出树木的年龄,当这一有计划的行动意志得以实现之时,他看出了时间。"(见《巴赫金全集》第 3 卷,石家庄:河北教育出版社,1998 年,第 244 页)——译注

间作了一个类比（Freud 2004；正如弗洛伊德所说，"没有一个消失掉"）[1]，与这个类比产生了引人联想的类似性的是，歌德也对过去的"幽灵"，也就是说，对"那虽然别致但却毫无生机的废墟——它和当前环绕在它周围的现实没有任何本质联系，也不对它产生任何影响"（BSHR 32）——毫无兴趣，相反，他感兴趣的是那"残存于现在的重要而生动的历史遗迹"（BSHR 32）。同样，对于巴赫金来说，巴尔扎克的"伟大现实主义者"的地位依靠的也是他的这样一种特征，也就是他把房屋描绘成"物质化的历史"的能力，以及他"在时代和历史影响的层面上描绘街道、城市、乡村风景"的能力（FTC 247）。巴赫金现在认为，语言本质上是一样的：在使用语言的每时每刻，我们都能够"看到"几个世纪以来在语言身上产生作用的历史进程；文学形象越复杂，刻写在语言中的历史进程就会变得越"明显"。

语言本身"具有根本的时空体特性"这一命题，唤起了巴赫金思想中的两个重要方面——如果明确讨论起来的话，它们在时空体一文中是不在场的——首先是居于核心的他对被具体化的主体的理论化，这个主体位于他或她的存在的事件性中，从他或她本人

1　在《文明及其缺憾》一书中，弗洛伊德认为："……任何东西一旦在心理上形成就不会消失——一切都以或此或彼的形式存在着，并且能在一定条件下（例如，当退行到足够远的时候）又表现出来"，弗洛伊德接下来以罗马城的兴衰史为类比来证明这一观点，他说："几乎没有必要提到，人们发现所有这些古罗马的遗迹竟然编织成一个自文艺复兴以来最近几个世纪里出现的大都市的结构。肯定还有许多古代的东西被埋藏在地下或者城市的现代化建筑之下。这就是我们据以发现留存在像罗马这样的历史名城里的古迹的方法……现在，让我们做一个幻想的假设，罗马并不是一个人类居住的地方，而是一个有着同样悠久、多变历史的心理实体（psychical entity）——就是说，在这个实体中曾经建立起来东西没有一个消失掉，一切早期的发展阶段都和最近发展阶段一起保存下来了。"（见《文明及其缺憾》中译本，收于车文博主编的《弗洛伊德文集》第8卷，第169-170页）——译注

在存在中那独特的、非重复性的位置(或时刻)出发来行动或讲话；
其次是他对那个核心观念的必要补充，而这个补充是通过我们在
前面几章看到的作为一种社会杂语现象的成熟的语言理论而完成
的。关于第一个思想，时空体是一种方式，它重申了个体永远只能
占据这个空间和这个时间，因而就强调他或她的表述的独特的、不
可重复的特性。关于第二个思想，时空体提供了一个理解阶级话
语、社会群体话语、代际话语等话语特性的框架，正是通过这些话
语并且在与之对话的过程中，个体表述才得以制造或形成它的风
格和语义形象。这种关系现在恰恰可以通过同一种方式——即巴
赫金把(文学)时空体描述为"互相包含"、"互生共存"和"彼此交
织"的那种方式——来理解；它们"彼此代替或彼此对立，会互相矛
盾或者在更为复杂的互动关系种发现它们自身"(FTC 252)。巴
赫金的话语理论实际上通过时空体而得到了重申：

> [诸时空体之间的]互动关系[……]的一般特性在于，它
> 们是**对话性**的(就广义的话语而言)。
>
> (FTC 252)

我们或许可以把这看作巴赫金思想整体的确信无疑的证据，或者
可以看作是它的一个被延误的意图，即：消除两个无法比较的观点
之间的矛盾。在后一种情况下，问题在于，已经在其早期著作中放
弃了"形象"理论的巴赫金，现在又重申了形象，这对于语言和时空
体的和解是必要的；或者，换句话说，他假定——或坚持认为——
在语言中"观看"时间和在空间中"观看"时间本质上没有任何不
同。然而，在这两种情况下，无论我们倾向于把巴赫金对时空体和
语言的调解解读成统一的证据还是矛盾的证据，时空体作为一个

分析范畴的价值和效用都是无法被缩减的。

小　结

一方面，时空体是对文学文本中出现的不同时空关系进行描述或分类的一种方式，而且，对于巴赫金而言，它也决定了一部作品所隶属的体裁。在文学史发展的不同阶段——从古希腊小说的"传奇时间"直到现代的现实主义小说的"真实的历史时间"——各个不同的"时间形式"占据着主导地位；实际上，正是与真实历史同化的能力决定了现实主义小说的威力和卓越的地位。情节、性格发展甚至语言本身都具有深厚的时空体的特性；某一部小说的特定的时空体决定了它之于事件的表现、观念及意识形态的限度和可能性。教育小说是时空体的通行定义的最直接的例子，但巴赫金强调在单独一部作品中，一系列时空体——从田园诗的时空体直到道路的时空体——的同时存在与互动。另一方面，时空体是作为一种对文学文本和文学史之外的历史叙述——但却不脱离文学文本与文学史——进行想象的方式。因此，它是对巴赫金的核心命题的重申，即文学与其社会及意识形态环境的不可分离性，正如杂语的概念一样，这同时确保了它们无论如何都不能彼此化约。时空体也和未完成性这个关键概念有同源关系，又一次和杂语概念相似的是，未完成性从其特殊的层面直到一般的甚至"普遍的"层面，一直都在整个时空体中腾挪变化，但并未变得抽象，并未在这个过程中丧失它的事件性的力量。

128

狂欢节

狂欢节(carnival)以及相关的狂欢化(carnivalization)思想,是通过巴赫金对中世纪民间大众文化及其在文艺复兴时期的传播的解读而产生的——这就是他的《拉伯雷和他的世界》一书的主题(这本书主要写于1930年代晚期和1940年代,以俄文发表于1965年,英文发表于1968年)。从某种重要的意义上来说,狂欢节深刻地反映了巴赫金的思想整体,它把具体化和未完成性这一重要思想发展到了一个近乎诗性的极端(巴赫金经常因此而遭到批判)。拉伯雷一书因此和时空体一文的联系最为明显,它详细阐释了巴赫金对生成(becoming)的强调,阐释了他对没有什么比抵抗终结,比人类主体的未完成性更为重要这一观点以及"人如何变成他人"(FTC 115)这一问题和过程的坚持。甚至可以认为,凡是在论时空体一文把时间作为首要范畴予以关注的地方,拉伯雷一书就通过优先考虑"物质性的身体原则"(RW 19)而重新思考同一系列的问题,探求作为明确的"物质性存在概念"(RW 52)之基础的、具体的参与性生活的一切内涵。时间没有从狂欢节中退场——否则它不可能产生发展,不可能产生要求复苏和重生(未完成性)的生成——而是作为一个现实化的"仪式展览"存在于狂欢节之内,它被悬置起来了;时间把它的头号角色转让给了狂欢空间里的身体的栖居,这是我们随后在本章中将要回到的一个主题。

然而,从一个不同的层面来看,狂欢节和时空体又分享了另一个特征,这个特征确保了它在巴赫金思想中多少有些奇特的地位。虽然,像时空体一样,狂欢节这个无疑很重要的巴赫金式概念——甚至可能在所有概念中是最容易识别且最具有影响的——是在推动了1920年代末巴赫金思想的根本性转变的语言学转向之后出现的;然而,像时空体一样,狂欢节却并不起源于或依赖于某种语言理论。在狂欢节和时空体这两者当中,尽管程度各异,但拉伯雷这一形象却都通过他准备展示的性格和历史(历史中的性格)的时空形象的丰富性,来体现并证明欧洲文学的质的转变。然而,正如我们已经看到的,在巴赫金的时空体理论中,语言最终被重新刻写在它的概念系统里;而在狂欢节理论中,这至少颇有争议,语言对于"物质的身体原则"和笑——它是作为身体(物质存在)和思维(语言的具体实现)之间的一种独特的中介形式而产生的——来说似乎仍然是次要的。

像时空体一样,狂欢节可能最终被视为巴赫金的核心计划的一种转变和主题上的变形;它可能同样被视为远离了巴赫金著作的整体。尽管和巴赫金著作的其余部分具有潜在关系,狂欢节仍是巴赫金的概念中最自足或最"便捷"的概念,能够独自立起来(或者倒下去),这大概是因为,它也是巴赫金所有思想中最具有彻底的时事性(topical),甚至临时性(occasional)的思想。狂欢节属于并决定于那个时代和环境,它可以在其中得到详细的阐释,其范围要比巴赫金所生产的其他任何内容还要广阔。

在考察狂欢节如何变成狂欢化、变成居于其核心的笑的原则以及一种"狂欢"文学的主导模式——即怪诞的现实主义——之前，本章将在勾勒其基本坐标的过程中，简单讨论一下狂欢节的直接背景；为了更详细地思考身体在狂欢节中的意义，结尾将回到前面勾勒出来的这个背景。

狂欢节的背景

"狂欢节"这个术语最开始指的是现实的"仪式展览"实践，中世纪的人们积极参与其中（这和那种他们在其中纯粹充当观众的仪式是对立的），巴赫金告诉我们，在某些中世纪的城市里，这种狂欢节要占去一年中的三个月（RW 13）。这些狂欢节是"非官方的，超教会的和超政治的[……]这是官场之外的第二个世界和第二种生活"（RW 6）；它们的目的在于对抗官方真理，"一种已经被确立的、占据统治地位的真理，它是作为永恒的、无可置疑的东西而被提出的"（RW 9）。在狂欢节中，"现实的"生活被悬置了或者被颠覆了；狂欢节是人们的"第二种生活"，它"在笑的基础上被组织起来"并且呈献给"世界的更新与重生"（RW 8,7）。

狂欢节的实践在文艺复兴时期逐步被取消，逐渐为国家权威所许可，并最终在17和18世纪"变成了一种单纯的节日氛围"（RW 33）。然而，狂欢节的"精神"并未在这一过程中丧失；巴赫金坚持认为，它是"坚不可摧的"（RW 33）。相反，它逐渐在文学中找到了对它的表达。文学，以及围绕着文学的整个文化，换句话说都是被狂欢化的。几个世纪以来，狂欢精神从市集广场上奔涌而出，又在那儿逐渐被拒绝加以表现。中世纪的狂欢不仅存在于从文艺复兴直到20世纪的欧洲文学中，它还成了文学和文学体裁的变化与重生的重要的——但很少为人所注意的——代表（巴赫金甚至期望围绕着狂欢原则构建一版欧洲文学史）。这部替代性的文学史的支点，就是巴赫金对拉伯雷的分析，拉伯雷代表了一个重要思想，即文艺复兴不是和已经过去的中世纪的断然决裂，而是一个"转折点"，在此，"［较早的］民间幽默文化"遇到并制衡着"完全原子化的个人这种后来的资产阶级观念"的各个方面（ＲＷ 24），并且。狂欢和狂欢化是由一个核心信念所推动的，即中世纪文化——"民间的"、集体的和混沌的——已经被偷偷地（通过文学）过渡到了现代性的文化——巴赫金把这种文化定义为（主要是）官方的、个人主义的和理性的文化。

132　　　　所提及的这种"理性的"、"官方的文化"，直接反映出我们上面提到的狂欢节的时事性。从 1930 年代晚期直到 1950 年代（且不考虑后来的一段短暂的光阴），狂欢节始终占据着巴赫金的思想，其中经历了 1937 年那荒唐的斯大林肃反的高峰、第二次世界大战的灾难岁月，以及"二战"之后，斯大林主义末期那暗无天日的镇压时代。只有当战争中的死亡人数增长到成百万的时候，才能凸显出"二战"之前和之后的"和平年代"中的成千上万生命的丧失。在整个这一时期中，巴赫金在莫斯科和各个省城之间体验着一种漂泊不定的生存状态，日复一日地投入于他自己的生计这一当务之急，其中就包括在战前和战后试图依靠后来的《拉伯雷和他的世界》一书来谋取更高的学位。这本书的某些方面——大概还有它的整个主题——因而必须在这一时期的背景中加以阅读。

　　例如，通过各种形式的官方"景观"而设计的对意识形态信仰的展示，不难把斯大林主义的官方文化视为这种一体化的直接背景，这显然指涉的是 17 和 18 世纪，因为"国家侵犯了节日生活并把它变成了一种游行展览"（ＲＷ 33），或者说它明显地和中世纪有

关,因为

　　官方的节日追忆过去并用过去神化现在[……]它宣称,
一切都是固定的、不变的、永恒的:现存的等级制度、现存的宗
教、政治和道德价值。这是已经被确立的真理的胜利[……]。

(RW 9)

巴赫金所提到的狂欢节,并不同于"政治的崇拜形式和仪式"(RW
5,强调部分为我所加),这正是狂欢节和斯大林的个人崇拜相对立
的鲜明特征,这种个人崇拜是那个时代"官方仪式"的核心目标,但
它在斯大林1953年去世之后被揭露出来,并得到了(部分地)抵
制。在这本书于1965年出版之前,苏联教科书毫无疑问可以成为
这样一种评论的靶子。

社会主义现实主义

133

　　在斯大林治下,国家对苏联文化生活的控制不仅通过联合
直接的国家管理机关和原始的审查机制而采取控制出版、广播、
教育和文学艺术的形式,还通过对文学艺术、人文科学和自然科
学的许多分支中的官方教条的宣传的形式。**社会主义现实主义**
的教条在1934年被采用为文学艺术的官方国家政策,它要求作
家和艺术家不只描绘"现实",还要对"革命发展过程中的现实
予以一种历史的具体的表现"。部分由于现实主义本身的不固
定性和不一致性——即便没有混合什么"历史的具体的"和"革
命发展过程",现实主义这个概念也早已产生了足够多的矛
盾——部分还由于它成了一个便于使用的手段(国家通过它便能

够把文学艺术描述为和国家当前的政治急务保持一致），社会主
义现实主义制造了大量僵化的和完成化的艺术。朝着"光明未
来"前进的乐观进程这种单一的形象，实际上和闭塞的、压迫的、
独裁的苏联生活及文化现实形成了对比。1930 年代和 1940 年
代末的文学、批评、文化和社会环境和巴赫金归功于拉伯雷和
"他的世界"的那种属于生长和繁殖的开放、发展的文化形成了
鲜明的对比。

　　同样，不难把巴赫金的怪诞现实主义这个概念——我们后面
将会用更大的篇幅来讨论它——解释为是对所谓"社会主义现实
主义"这个斯大林时代苏联"官方"艺术教条的有意反击，这个教条
中的"苏联人"的单一形象，恰恰是"被决定的、被预先注定的、过去
的和完成的，即本质上不是活的"（TPA 9）——而是完成化的。当
巴赫金把狂欢原则写成是"坚不可摧的"的时候，当他写"民间的
笑"的救赎力量，写民间文化在面对世界的恐怖时的"无所畏惧"
（RW 39），写集体的"人类祖先的身体"（RW 29）的时候，不难听
到一种祈祷，即祈祷集体性的身体——人类——能够幸免于威胁
134 着它的毁灭。正如巴赫金明确承认的那样，《拉伯雷和他的世界》
在它决意要反抗"已经确立的真理的胜利"的过程中，充满着一种
乌托邦主义（utopianism），虽然它肯定也存在于巴赫金著作中的其
他部分，但从未在格调上或在观念内容上占据主导地位。狂欢节
那显著的、明确的乌托邦维度源自于苏联的——和巴赫金自己
的——斯大林主义经验。

狂欢节、狂欢化和笑

作为中世纪的"仪式展览"的狂欢节首先是"非官方的",是一段生活之外的被许可的时间,是"从流行的真理和已经确立的秩序中的暂时解脱"(RW 10)。在狂欢节中,"所有等级次序、特权、规范和禁忌"都被悬置起来了(RW 10);生活被"以翻转的方式"来体验,这是一个以滑稽的加冕(crownings)和脱冕(uncrownings)这种非凡角色(即狂欢节中的国王/傻瓜)为象征的事实。狂欢节的作用是(至少在短时间内):

> [反对]一切预制的和完成的事物,[⋯⋯]从流行的世界观中,从传统和已经确立的真理中,从陈词滥调中,从一切乏味的和被普遍接受的东西中解放出来。
>
> (RW 11,34)

狂欢节和未完成性这个概念以及和与之相关的意义的事件性这个核心思想,还有它在对话互动过程中的鲜活创造之间的共鸣显然是很清楚的。官方的(独白的)文化坚持"假装"真理和知识是"固定的、不变的、永恒的[⋯⋯]不朽的和无可置疑的"(RW 9);狂欢节不是通过以某种方式颠覆官方文化或它所倚靠的(政治)权威而获得了"解放",相反,是通过坚持——或实施、实现——了一条原则而获得了"解放",这条原则就是:没有什么东西是"固定的、不变的、永恒的[⋯⋯]不朽的和无可置疑的",没有什么东西是完成化的,万事万物都始终处于一个变化的状态中:正如巴赫金在他的论陀思妥耶斯基一书中所表达的,"世界上从未发生过什么定论性的事[⋯⋯]世界是开放而自由的,一切事物依旧在未来之中而且总是在未来之中"(PDP 166)。因为只要狂欢节(或"狂欢精神")
存在于官方文化和政治权威之外并与之相抗,那么它就会提醒权
威:权威并不是永恒的或不变化的——权威以及存在于权威以外
并独立于权威的其他力量也必定会消逝。这就是为什么那些批
判——批判狂欢节缺乏政治代理,批判它提供了一种最终巩固了
它的对手的临时的发泄——之所以不着调的原因。这种类型的批
判类似于(而且很可能源于)赫伯特·马尔库塞(1898—1979)的批
判,即表面上激进的艺术作品,通过它特有的存在,最终不是削弱
了生产它的那个环境的政治经济结构,而是把它合法化了(Marcuse
1968)。狂欢节不是作为一种代理的形式存在的,而是作为一种提
示而存在的,使人想起这种代理是可能的。

随着狂欢节逐渐被许可,被整合到"官方的"历法当中,巴赫金
承认,它逐渐"变成了一种单纯的节日氛围[……]和展览"(RW
33)。然而,这种力量丧失的后果和意义从一开始就在巴赫金的论
断中被预料到了,这一论断即:狂欢节,即便它作为一种仪式展览
的最初的形式,都"从属于艺术和生活之间的边界线"。它是一种
"现实生活"的现象,但却是"根据某种确定的模型来塑造的",就像
教会仪式一样,它期望着自己以后转换成艺术的形式(RW 7)。当
狂欢节停止在公共广场上狂欢的时候,它就通过在各种各样的文
学形式中找到一个媒介而更新它自身——并在这个过程中转变并
更新那些形式。坚不可摧的狂欢精神在文艺复兴时期找到了生存的
新途径并且"被转换成了一种当前的纯粹的文学传统"(RW 34)。

巴赫金最先确认为可以容纳狂欢精神,或者说被狂欢精神所
决定的形式(正如和杂语、多语以及小说之间的关系)就是戏拟
(parody),这是和现实狂欢节中"滑稽的加冕和脱冕"最接近的形
式对等物。但是狂欢化的戏拟

　　　　和现代那否定的、形式上的戏拟大相径庭。民间的笑话
　　虽在否定，但它同时也在重生并更新。赤裸裸的否定完全不
　　符合民间文化。

　　　　　　　　　　　　　　　　　　　　　　　　　　（RW 11）

节日或狂欢的笑是混沌的，"它同时针对那些取笑者"（RW 12）。
"民间的"东西，在拒斥定型化，拒斥官方文化的"胜利的"真理的过
程中，不会假装成一个完成化的、属于它们自己的无可置疑的真
理；要不是这种混沌的狂欢之笑本质上拥有一种非言语的属性，我
们或许也可以说它是双声性的——也就是说，狂欢中的笑是对话
性的。

　　类似的，只要讽刺作家不沉溺于单一的否定的笑声——"这种
笑声使他凌驾于他的嘲弄对象之上"（RW 12）——讽刺作品也可
能是狂欢精神的一个载体。我们回想起，狂欢节是某种必须要参
与进去的事物，而不是要被观看的事物（巴赫金在富于暗示性地驳
斥一种确定的戏剧类型时说到："狂欢节没有什么舞台脚灯"（RW
7））。无论何种文学形式，都潜在地接受了狂欢精神和狂欢中的笑
声的这种模糊的影响；但是，正如我们在关于陀思妥耶夫斯基（第6
章）和一般的小说（第7章）的章节中所看到的，它们的形式——它
们表面上的结构形式——并不是决定性因素。在深层次上，文学
作品中彼此交织的意识之间的关系所决定的建构形式、一部戏拟
作品或讽刺诗却可能具有深厚的狂欢性（或对话性），而其他的只
具有深重的独白性——它们是在"赤裸裸的否定"基础上被建构起
来的。

　　讽刺和戏拟，这种文学狂欢化的重要手段当然也是我们在第6
章讨论的"戏拟的滑稽文学"的主要例证，它暴露出独白式话语的

136

"片面性、局限性,以及它不可能把它的对象全部囊括在内"(PND 55),而且它只有在"彻底的多语条件下"(PND 61)才能繁殖。特别是由多语的整体性力量所推动的戏拟,有助于"把事物从语言的权力下解放出来[……]使意识从直接话语的权力中摆脱出来"(PND 60);但极为特殊的是,它是通过把"笑声的永恒的校正"(PND 55)带入其中而做到了这一点的。换句话说,和杂语所启动的语言内部的激荡相类似,笑在语言表现的组织中也是一个关键因素。笑是对双声性话语的可能性条件的另一种命名。对笑的否认就等于对话语双声性的(虚幻的)否认。

因此,在文学中,笑并不等同于滑稽喜剧,而是说无论什么地方,只要任何话语的单一的严肃性被暴露在另一种质疑的意识光芒之下,就都被认定为笑;通过文学中的笑,外部性被带入了内部;它成为文本自身的内在之物。例如,在《小说的时间形式和时空体形式》中,最早的回忆录文学"对单一的自我意识的自传式表现"让位给了"在讽刺与谩骂中对个人及其生活的讥刺——反讽或者幽默的表现"(FTC 143,293);或者说,出现在文学中的小丑、无赖、傻子那些典型的狂欢形象,不仅是为了娱乐,还是为了帮助把"散文式比喻"引入文学之中,对于巴赫金而言,它囊括了各种形式的"戏拟"、"笑话"、"幽默"、"反讽"、"荒诞"和"稀奇古怪的念头"(FTC 166)。散文式比喻尽管不是拉伯雷一书中明确的语言关注中心,但它本质上却是由笑组织起来的话语——不管给它起什么名字,它都是一种双声性话语。(表面的)"形式"维度再次丧失了它第一位的重要性。当巴赫金回到拉伯雷,探索一个关于文学形式如何既接受了狂欢节的"混沌"本质,又被这一本质改变并更新的"转折点"原型时,他依靠的不是对诸如戏拟——甚或小说——的孤立的形式描述,而依靠的是将它们全部包括在内的、特定的表现模式或美学原

则,它起源于中世纪的民间狂欢文化并且在很大程度上决定了欧洲
文学史的"非官方"进程——即怪诞现实主义(grotesque realism)。

怪诞现实主义

在狂欢节变成一种最大的免费仪式展览而寿终正寝之后,怪
诞现实主义就从本质上成了狂欢精神在文学和文化中的主要表现
形式。对于巴赫金来说,拉伯雷是这样一个作家,他在欧洲文学的
发展过程中把怪诞现实主义确立为一种活跃的力量,确立为欧洲
文学史的"最纯粹和最一贯的代表"(RW 30)。和狂欢节中的"脱
冕"一样,它对生活的礼赞经历了颠倒和翻转:

> 怪诞现实主义的本质原则是降格,也就是说,把所有那些
> 高尚的、精神的、理想的、抽象的东西给它矮化;这是朝着物质
> 层面,朝着尘世与身体不可分割的整体这一领域的转变。
>
> (RW 18-19)

然而,狂欢节中的降格不完全是一种否定的行为;它是重生与更新　138
的必要的前提条件。死亡与腐朽恰恰是通过"不可分割的整体"而
与诞生和成长联系在一起的,因为一个总是不可分割地存在于另
一个当中:

> 降格为新生掘开了一个肉体的坟墓;它不仅有破坏的、否
> 定的一面,也有再造的一面。把一个对象降级并不只是暗示
> 着把它猛抛到非存在的虚空中,抛到绝对的毁灭中,而是把它
> 往下抛,抛到能够再生的较低的层面,抛到产生观念和新生的
> 区域。怪诞的现实主义并不懂得什么底线;它是丰饶的土壤

和孕育的大地。它总是在孕育着生命。

(RW 21)

拉伯雷之后,巴赫金举的文学中的狂欢怪诞形象的第一个例子是桑丘·潘沙和堂吉诃德这对形象。桑丘的

> 大肚皮、食欲,他的大量排泄,对堂吉诃德那抽象而僵化的理想主义来说,就是为其挖掘快乐的肉体坟墓(肚子、肠子、大地)的绝对低下的怪诞现实主义。

(RW 22)

但是,这本身已经是一个相对被"降格"的狂欢怪诞形象了。为了寻找一种对狂欢怪诞的纯粹的表现,巴赫金回到了在克里米亚半岛的刻赤发现的公元前 14 世纪——这个时代远远早于拉伯雷——的赤土陶器图案,它描绘的是"怀孕的老丑妇",而且她们一直在"笑"(RW 25):

> 它们把一个衰老的、腐朽的和变形的身体和一个受孕的但尚未长成的新生命结合在了一起。在这里,生命被展现为一个混沌的、具有内在矛盾的过程。没有什么是完成的;这是未完成性的最纯粹的形式。

(RW 25-26)

刻赤的图案,桑丘·潘沙和堂吉诃德,还有高康大和庞大固埃,都是戏拟性的,但并非狭义的戏拟:这一切都有助于表现

处于变化——一种到目前为止尚未完成的变化——状态 139
中的现象，处于其死亡与诞生、成长与形成诸阶段中的现象。

(RW 24)

拉伯雷（一个"转折点"的形象）确保了这类表现不仅将在文艺复
兴时期存在，而且在他之后，

现实主义文学的整个领域[……]将充满怪诞现实主义的
残片，有的时候，它们不仅是过去的残余，也显示出一种被更
新了的活力。

(RW 24)

现代欧洲文学在怪诞现实主义的持续影响下已经被彻底狂欢化
了，有时是偷偷摸摸的，有时则更为光明正大。

为探寻这个过程的终点及其与巴赫金早期著作的关联方式提
供线索的，是巴赫金的这一论断："怪诞的形象从来没有[……]经
典。它是非经典性的"（RW 30）；在追求"存在本身的内部运动
[……]即存在的永恒的未完成性"时（RW 32），它打破了它所遇
到的现象，包括"形式"之间的"界限"。这同样也唤起了巴赫金的
一个著名论断："文化领域没有任何内部的领地：它完全位于诸界
限之间，这些界限使文化的每一个因素都彼此交织[……]"
（PCMF 274），这同样也指向那将要占据主导地位并最终"完成"这
一过程的文学形式，即欧洲文学中最终是非经典性的、消除了界限
的现象——小说。巴赫金在《史诗与小说》一文中一开始就宣称：
"小说是唯一还处于形成阶段，还尚未完成的[……]唯一比文字和
书籍还要年轻的体裁"（EN 3），它并没有"明确的一般的外形结

构",因而它独独能够通过戏拟和风格化把自身分裂并被吸收到其他所有体裁当中,作为一种已经被固定的形式进入现代(EN 4)。小说和"史诗"相对立,史诗是一种"绝对完成化和完善化的一般形式",它是通过"绝对的过去"这种时空体的形式来规定的,"缺乏任何相对性"(EN 15);它与后续时代的分离是"内在于史诗自身形式之中的[……]一条界限"(EN 16)。换句话说,小说接受了狂欢怪诞并成为了它的载体——或许可以说狂欢怪诞"内在于"小说自身的形式之中——而史诗(或许还有一切非小说的文学形式)是一种完成化的体裁和对一切界限的神圣化,它厌恶僭越、混沌、自由而随意的联系以及生成。就像官方节日一样,史诗"用过去神化现在"(RW 9);它"内在地"和狂欢的怪诞相抵触。

巴赫金不是用小说—史诗的对立,而是用对小说自身发展过程中的"两条风格线索"的讨论来结束《小说话语》这篇文章的。那种区别是由《小说话语》这篇文章的整体动力所推动的,而且我们较早以前就把它确认为《拉伯雷和他的世界》一书中所缺乏的东西,即语言的社会分化和对话化杂语。但是,与此相平行的是,它暗示狂欢节是巴赫金思想中一个一以贯之的内部因素,而不是生造出来的偏题之物,所以,巴赫金便可以根据对狂欢精神和怪诞现实主义的接受来重新讨论小说史上的风格分化,而不产生什么大的改变。小说,更确切地说是"小说性"(novelness),是狂欢性的;现代小说是欧洲文学史——它被重新讲述为怪诞现实主义的历史——的最后的终点。

狂欢中的身体

如果巴赫金的狂欢节——它重新上演了自文艺复兴(它已经堕落到了抽象并物化的独白主义之中了)以来,西方文化如何发展的故事,以及小说如何代理并表现这一过程的故事——能够在很大程度上脱离语言而起作用,那么我们就已经瞥见了在这一描述中,是何者将"代替"语言。虽然,他较早以前的关于存在的事件性和自我—他者关系的建构这些思想和一种语言(话语)理论相互碰撞,并产生出或许可以相当粗略地称之为"语言中的具体化"理论,但在《拉伯雷和他的世界》一书中,具体化却把它在文学上的地位转让给了某种总的来说更具象征性的东西。巴赫金在这里提供的,不是一种关于具体化的理论,因为它已经在他过去的思想中出现过了,而是一种关于狂欢中的身体的理论,从本质上说,这是一个象征性的身体。

从根本上讲,这个身体既是为(作为中世纪仪式展览的)狂欢节本身准备的,也是为狂欢节的象征,即转移到后世的文学与文化中的那些形象准备的。正如我们已经看到的,狂欢节涉及身体的参与,它是"那些通常被等级、财产、职业和年龄所隔阂"的人们之间"自由而随意的联系的一种特定形式";狂欢节首先是"被体验的"(RW 10)。在狂欢节中,个体以他或她的身体参与到某项活动当中,这项活动建立在这样一个原则之上,即:把身体纳入到比它本身更大的事物中去,纳入到人类"集体祖先的身体"中去。在拉伯雷那里,通过对此的直接反映,"物质的身体原则,即人类的身体及其食物、排泄和性生活起到了非凡的作用";这种"物质的身体原则"是"民间幽默文化的[……]遗产"(RW 18)。然而,在拉伯雷那里——他是民间幽默文化和便捷的狂欢象征之间关键的中介点——"身体的形象是以一种被极端夸大的形式[……]而提供的"(RW 18);一般的怪诞现实主义所谈论的身体并不只是"现代意义上的身体及其生理学",并不只是承载着"资产阶级自我"的"生物人"的"个人化身体",而是

141

　　　　那持续成长并更新着的人的身体。这就是为什么所有那
　　　　些身体性的东西都变得宏大、夸张和无法衡量的原因。这种
　　　　夸张有一种积极的、过于自信的特点。这些肉体生活的形象，
　　　　其首要的主题是丰产、生长和过量的盈溢。对这种生活的展
　　　　现指的不是孤立的生物性个体，不是自私的、自我本位的"经
　　　　济人"，而是集体的人类祖先的身体。

（RW 19）

夸张和过度强调是价值的标志；身体的吸收和结合范围越大，它的
价值也就越大。正如时间是时空体中首要的范围尺度，身体的尺
寸和身体的活力则是狂欢象征中价值的首要标志。

　　狂欢象征中的身体实际上和作为整体的任何一种身体相一
致，但正如我们开始看到的，它集中于巴赫金所说的"层次较为低
下的身体"——肚子、肠子和生殖器官。这是因为，从最实在的层
142 面上讲，正是在层次较为低下的身体那里，更新和再生才可能发
生；但也正是因为这些器官——比如鼻子和嘴——在阐述上面的
关于怪诞偏爱僭越和抹除界限的观点的过程中才强调：

　　　　怪诞的身体并不脱离世界的其他部分；它不是封闭的，而
　　　　是未完成的、未定型的，它长得比它自己还要快，越过了它自
　　　　己的界限。身体中面向外部世界开放的那些部分，也就是世
　　　　界通过它们而出入身体的那些部分，得到了突出［……］身体
　　　　只有在交配、怀孕、生产、死亡的挣扎、吃、喝或排泄这类活动
　　　　中，才公布它那超越了自身限制、作为成长原则的本质［……］
　　　　未完成的开放的身体（垂死的、赋予生命的、即将出生的）并没
　　　　有通过明确划定的界限而和世界隔绝开来；它和世界混为一

体[……]这种身体把物质的身体世界展示并体现为一个绝对
低下的层次。

（RW 26-27）

这就解释了现代的"粗俗"与民间幽默中谩骂和侮辱的含混性甚至
双声性之间的巨大差距：虽然"现代那粗俗的侮辱和咒骂"——它
非常像"现代的否定的、形式上的讽刺"——"保留了怪诞的身体观
念那已死的、纯然否定性的残余"，但狂欢节的谩骂却不仅把它的
对象送到"绝对下等的身体之下，送到生殖器官的区域，送到肉体
的墓穴"，它这么做是为了对身体进行再生与更新（RW 28）。在现
代"孤立的个体的私人领域中"，这种下层的身体保留了"否定的因
素，而几乎全部丧失了[它的]积极的再生力量"（RW 23）。

　　下层身体的"积极的再生力量"虽然是一般的狂欢象征的一个
组成部分，但它也具有直接的意义：这里，笑（实际上，是肉体的笑）
把它自身和言语区分开来。狂欢中的笑并不把太多的时间花费在
说话上，在狂欢象征中，嘴的作用更多是和吃与骂人联系在一起，
而非说话；但是笑，它作为一种具体化的生理动作，促成了身体内
部及身体本身的意义。对于巴赫金来说，笑在一般的中世纪民间
文化中可能是无所不在的，但它在狂欢节中却是明确地以生理方
式存在着。笑显然被认为等同于"物质—身体的根源"（RW 80）；
就像吐唾沫、谩骂、吃饭喝水、放屁还有排泄一样，笑也是一种明显
具有表现力的作用，这种作用是狂欢中的身体在对抗权威并赞颂
身体的开放性和成长潜力的具体过程中发挥出来的。狂欢中的笑
的这种表现性，从其实际的、完整的意义上来说，可以通过回想伏
罗希洛夫对符号的核心概念化来理解。尤其是，言语符号不同于
其他符号，因为它的存在恰恰是为了意指某物（MPL 14）；其他视

143

觉符号(例如,锤头与镰刀,面包和果酒)首先指的是物质性客体——它们已经存在并发挥着其他的非意指性作用——然后被"转化"或被重新使用为符号(MPL 9)。尽管吃和喝在拉伯雷那里也是有所意指的,但是,比方说,比起吐唾沫而言——吐唾沫的生理作用几乎完全被用于意指的目的——它们仍然和维持生命的"首要的"生理作用更为紧密地联系在一起。谩骂更接近于言语符号的属性,尽管也(在它的表现和它的内容中)强烈地强调其基本的生理作用。在这一分析中,笑是作为身体和意指作用的几近完美的结合体而出现的:它是一种具体化,同时又是对"物质—身体根源"的表现,强调它的活力、它的生命力及其存活与再生的能力——它的大无畏(RW 39)。因此,它是对巴赫金意义上的具体化的完美表现,而且通过它与"一切完成而又完美的事物"的对立,它重申了那个类似的不言自明的观点,即未完成性决不是和具体化针锋相对。

小　结

　　起源于中世纪仪式展览的狂欢节,是巴赫金对"非官方的"精神、"人类的第二种生活"的提炼,它反对任何永恒而无可置疑的真理观念。狂欢节以象征方式迅速记录了那反对封闭与物化,反对一切"预制的和完成的"事物的开放性、成长以及潜力,因此它和未完成性这一概念紧密相连。在文艺复兴之后的欧洲文化中,狂欢精神在文学中存活了下来,文学在这一过程中被狂欢化了。对于这个转变时期,巴赫金举的一个重要例子就是拉伯雷,特别是他笔下的**高康大**和**庞大固埃**。狂欢化文学的重要模式就是**怪诞现实主义**,它力图吸收并重新思考已经成为**对话化杂语**和**时空体**之核心的戏拟滑稽形式;怪诞现实主义的形象把降格和更新、死亡与重生结合在一起——这是一种积极的否定。狂欢节通过某些方式和巴赫金著作的其他部分联系在一起，那些方式反映了这种核心的矛盾性：一方面，它表现了一种背离，把语言从它在 1920 年代末就已经占据的核心地位上替换下来，并支持一种更为突出的、对笑和身体的物质性的关注（即没有语言的具体化）；另一方面，它再次记录了对话的双声性，而正是这种对话在狂欢性和怪诞现实主义的层面上重新塑造了小说和小说性的独特属性。

10

体　裁

　　在巴赫金那里,体裁既是最难以理解的概念,同时,正如这一
概念所完整描绘的那样,也是在他的重要思想中最富创造性的一
个方面,尽管它们有时也会陷入相互冲突的关系当中。这种难以
理解性和创造性的结合肇始于这样的观念:在巴赫金手中,体裁既
是一个明确的文学范畴,同时也表现了他在整个工作中所追求的
文学和非文学那天衣无缝般的整体。现实中存在的另一个困难
是,在不同的时间点上,巴赫金(和梅德韦杰夫)提供了不止五种彼
此相异又相关的体裁理论,从梅德韦杰夫 1920 年代最初的理论化,
经过和小说这一范畴相关的那些理论,直到巴赫金在 1950 年代围
绕言语体裁思想建立起来的"最后的"体裁理论。本章将依次概述
(在某些情况下还将重新回顾)这五种体裁理论中的每一种,从梅
德韦杰夫开始并岔开主题去理解:在体裁所要求的理论工作的重
负下,那些出现在确定的时间点上的体裁概念将在何种意义上陷
入崩溃的危险。本章结尾将考察对于"文学"思想本身而言的言语
体裁的内涵。

表现和感知的条件

146　　梅德韦杰夫在《文艺学中的形式主义方法:社会学诗学批判导论》中提出的体裁理论,目的在于再次修正俄国形式主义者对体裁的理解,这种理解被轻率地(而且不公正地)打发为"技巧的机械组合"(FM 129)。相反,梅德韦杰夫坚持认为,一部特定的文学作品,其体裁决定于两个因素,它们的联系如此紧密以至于实际上是不可分割的:第一,每一部文学作品都面向一个读者,面向"表现和感知的确定条件"(FM 131);第二,"作品从内部面向生活,也可以说,是通过其主题内容而面向生活"(FM 131)。梅德韦杰夫对"表现和感知的条件"的描述似乎是很熟悉的:

> 作品进入真实的时间和空间,它或喧哗或沉默,或与教堂相连,或与舞台相连,或与音乐厅相连;它有可能是节庆的一部分,或有可能只是闲暇时光的一部分。作品事先假定了听或读的特定的观众,假定了他们特定的反应方式,假定了观众和作者之间特定的相互关系。[……]作品进入生活,并且在它于特定的时间、地点、环境中作为某种被表现、被听、被读的东西而现实化的过程中,和周遭现实的各个方面产生联系。[……]戏剧的、抒情诗的和史诗的一切体裁的变体都是由这个未经中介的话语指向——它是一种现实,更确切地说,是某种在它周遭现实的背景中被历史地完成的东西——所决定的。
>
> (FM 131)

因此,作品类似于表述:它的意义不管怎样都不能脱离产生它的时间与地点,都不能脱离它所传达的听者/观众。

另一方面,主题和由作品本身所唤起的一切都是相关的,其范围从人类和无生命的物体,直到它所表达的思想(即狭义的或传统意义上的作品的主题)和它所表现的事件;但是,正如表述只有作为一个具体主体——这个主体属于表述所阐释的那个特定的、唯一存在的事件——的表述才能获得其完整的意义一样,作品的主题若脱离了它的表现与感知的条件,就不能说它"意味着"任何事物:

> 作品的主题,是一个被明确规定的、对社会历史行为的整体表述的主题。因此,结果就是,主题不能脱离表述的整个情境,正如它不能脱离表述的语言要素一样。[……]作品主题的统一及其在生活中的现实地位在体裁这个整体中以有机的方式共同生长着。[……]体裁是主题及其以外的事物的有机统一。
>
> (FM 132-133)

不同的体裁——更确切地说是不同的艺术形式——有不同的方式给产生这些体裁的物质材料定型,正如取决于它们所使用的形式手段一样,这也取决于它们在世界中的实际位置——实际上,尤其是这样。

梅德韦杰夫在此似乎预料到了后来由加拿大批评家诺思洛普·弗莱(1912—1991)提出的思想,弗莱通过"表现的基本原理"对体裁加以区分,而正是这种表现最初产生了体裁:例如,史诗是通过它对一个在场听众的歌咏或吟诵来定义的(Frye 1957:246)。区别在于,弗莱感兴趣的是体裁的原型基础,据此,体裁本身成了决定体裁的首要因素——后世的那些与基本模型或(在较大的程度上)一致,或(在较小的程度上)偏离的"史诗",其形式已经在它"最初的"时刻确立了(尽管这个时刻必须经常被加以想象或猜测),其经典的例证就是荷马的《伊利亚特》(公元前 760—前 710)。对于梅德韦杰夫(和巴赫金及伏罗希洛夫)来说,直接的"表现与感知的条件"不仅是最重要的,同时也无疑是可知的。随着时间的推进,一般的惯例和"预期"的确变成了这些条件的一部分,但它们不能凌驾于特定作品中对事件的直接建构。作品仍然是一个表述:关于作品和其他表述(作品)的(一般)关系,我们的观点必须以作品本身的表现和感知条件为起点。

梅德韦杰夫的理论和巴赫金整体思想的许多方面都是紧密相联的。它和我们在第 6 章遇到的对对话的核心定义相类似,在这个意义上,话语是在双重的相遇过程中"形成"的,首先,是与它的客体相遇;其次,是与预期的回应相遇(这个回应干净利落地反映了"主题"和"表现及感知的条件")。它还为我们在第 5 章考察的某些思想提供了实践模式,这些思想和伏罗希洛夫关于话语的明确的社会维度的论断是有关系的,这个论断就是:被设想为"言语表现的整体表述"的作品导致了一个结论——体裁同样是由"社会评价"所深刻决定的,在主题和表象及感知条件的"有机统一"中,它是一个深刻的社会历史现象。它在很大程度上符合于对话性理解的要求,而且,就像伏罗希洛夫的表述理论一样,它是在与话语世界的紧密关系中来思考文学的,而这个世界超出了具体的文学世界之外。

小说(附篇)[1]

尽管大体上和对话主义的概念相一致,但梅德韦杰夫的体裁理论的问题在于,它和巴赫金本人在其著作中选择运用体裁概念时所做的工作几乎没有什么关系。从它在后来论陀思妥耶夫斯基——"他是一位本质上新的小说体裁[……]即复调小说的创始人"(PDP 7)——一书中出现的那个时刻开始,在巴赫金整个著作的语境中,体裁至少也是一种分离性力量,就像它是一种统一性力量一样。正如我们在第7章看到的,巴赫金后来会坚持认为,传统的风格学不可能"把小说的唯一确定的、稳固的性质独立出来"(EN 8),而不直接破坏那种作为普遍性标志的性质。但他自己对小说的定义——它把小说重塑为一种能够独特地吸收杂语语言并使之对话化的体裁,"一种由语言形象[……]风格及意识构成的对话系统"——却只是和小说的"表现及感知条件"具有附带性的联系。在他本人那宏大的历史叙述中,巴赫金认为,小说是"唯一比文字和书籍还要年轻的体裁"(EN 3),正是这一事实使小说能够接受必然会以某种方式摆脱那些体裁——抒情诗、史诗和戏剧,它们在那个封闭的独白世界的文学系统内部,获得了它们"完成化的"(物化的)形象——的诸种力量。就像我们在第7章看到的,正是小说对杂语的接受能力,使得小说成为唯一"处于生成状态中的体裁"(EN 11),唯一"能够理解这一生成过程"(EN 7)的体裁。小说上升到主导地位——这里,巴赫金很乐意对更为传统的关于18世纪小说兴起的叙述表示认同——将逐渐对其他大范围体裁的表现与感知条件产生强烈的影响,它们将注定被逐渐"小说化";但

149

1 　由于作者在第7章已经讨论过小说的相关问题,所以这里的讨论是对第7章的一个补充,故名之为"附篇"。——译注

很难用梅德韦杰夫的理论来检验小说的独特能力及其杰出的历史地位在后世的意义,这种理论意欲把体裁解释为一个整体的(历史的)系统。实际上,在巴赫金的小说和小说化理论中,从梅德韦杰夫那里"继承"下来的是这样一种观念,即不同的体裁有将产生它的物质材料定型化的不同的方式;这些不同的定型方式——观察,或把现实观念化——是由它们在世界中的现实位置所决定的,但这一明确的观念却消失了。

因此,巴赫金似乎并不设想一种体裁的系统,而是设想一种一般性原则,随着从事件性发展到对话化杂语,这一原则和巴赫金的核心计划是相互一致的,但是毫不夸张地说,它也威胁着要整个地毁坏体裁。所有的"小说"多多少少都会被理解为"小说性的"(novelistic),这是和"对话性"关系日益紧密的一个同义词(实际上,在《小说话语》的最后一部分,巴赫金通过把欧洲小说史组织为根据与对话化杂语的关系而区分出的"两条风格线"(DN 366-415),已经使这个简单的概念十分明了了)。最终,我们可以推断,由于"小说化"影响了其他所有文学体裁——例如,当"浪漫主义诗歌"变成了"小说化诗歌"的时候(EN 7)——所有文学作品,不管它们之间在形式或主题上的差别有多大,都会被化约成多多少少具有"小说性",或多多少少具有深厚的"对话性"的体裁。巴赫金认为,"面对小说的问题,体裁理论必须听从彻底的改组"(EN 8),这个论点保持了史诗—抒情诗—戏剧三者表面上的统一体,其中找不到任何为混合或混杂的小说形式留下的位置。然而,巴赫金的小说观念本身也威胁着要废除在任何意义上作为一种体裁的小说:"小说性"的观念——它建立在对"生成"和对话化杂语的接受的基础上——不仅威胁着要代替那既支持特有的小说观念,又与之相斗争的体裁系统,还威胁着要代替"小说"本身。

时空体、狂欢节和体裁

当我们回想一下,我们已经遇到的两个关键概念——时空体和狂欢节——也能够被明确地视为"小说性"这一主题的属类范畴和变体时,这个问题就获得了更为敏锐的关注。比起狂欢节,巴赫金更坚持体裁之于时空体的意义——"甚至可以说,恰恰是时空体定义了体裁及其属类差别"(FTC 84-85)——但是,在不首先考虑它们表面上的形式特征或主题的情况下,两者都能够被看作定义体裁的方式,无论对它的思考是否脱离了表现和感知条件,是否脱离了作品在世界中的地位。一般通过其时空体或通过其借以体现"不可磨灭"的狂欢精神的方式来定义的那些作品(RW 33),会根据它们将物质材料——作品正是由这些材料制成的——定型化的手法的不同而产生明显的区别。

就时空体而言,这是特别显著的,而且可以通过用时空体来理解体裁中的一种而加以证明——巴赫金认为这种体裁就是"封闭的独白世界"的不讨人喜欢的残余物,即同样"封闭而独白"的史诗,弗莱曾在歌咏和吟唱中追溯其根源——而不必像我们在第8章做的那样,用时空体来理解"各种特定的小说体裁"(FTC 252)。巴赫金现在没有明确地从"表现"的角度,而是从一个以不同方式想象的"感知"的观念来理解史诗。他没有对史诗的典型的形式外观——一种由扬抑抑格六音步诗行和无韵的或押头韵的诗行构成的叙述——予以任何关注,而是承认主题的重要性:史诗首先是通过面对"民族传统"和"民族的史诗般的过去"(EN 13)而被定义的。但是,"史诗般的过去"不仅描述了史诗的主题:它也指向了它的时空体。史诗并不关心过去本身,而是通过一种把史诗世界和当代现实分离开的"绝对的史诗距离"(EN 13)来想象过去;史诗般的过去是一种"绝对的过去","它被绝对地隔绝于一切后续的时代"（EN 15）。因而，"史诗"这个词能够在从荷马的《伊利亚特》到英语方言叙事诗的奠基之作《贝奥武甫》（约700—1100），或者从约翰·弥尔顿（1608—1674）的《失乐园》（1667）到沃尔特·司各特（1771—1832）早期的传奇故事《玛米恩》（1808）这一转变过程中保留下来。这并不是说史诗不会变化，正如这些简例所证实的那样——史诗的表现和感知条件一直在变化着，包括这样的现实，即伴随着每一个新的变体，史诗把自身嵌入其中的那个文学环境也在变化。然而，虽然它仍是史诗，但却破坏了讲述（以及倾听/阅读）的当前时刻和绝对过去之间的界限，这"内在于史诗本身的形式［即它的建构形式］之中，并且在他的每一个词汇中都能被感觉到和倾听到"（EN 16）：

> 在同样的时间—价值平面上把某个事件描绘成本人及其同时代人的事件（因而这是以个人经验与思想为基础的事件），就是要从史诗的世界走出去，进入小说的世界。
>
> （EN 14）

巴赫金认为，史诗不能在小说时代存活下去，除了把它作为一种古风（archaicism），一种戏拟——或者说，作为一种时空体，这有益于任何一种体裁的形象，但总之绝不是史诗。

同样的情况也可以用来谈论狂欢节，正如我们在第9章看到的，它在"封闭而又无声的独白时代"——在那个时代中，史诗、抒情诗和戏剧仍然对于它们的影响具有自足的抵抗力——使自己依附于那少数的、"无家可归的"戏拟滑稽的形式（EN 12）。最终，象征狂欢节的"怪诞的形象"在非经典的、磨灭了界限的现象中找到了它的表现形式，这一现象将从拉伯雷的高康大和庞大固埃这个具有决定性的"转折"时刻开始,把欧洲文学变成某种渐次接受了狂欢性和怪诞性的文学,就像我们在前一章所注意到的,它几乎变成了"小说"的同义词。在确定作品与其体裁的一般性联系时,特定作品的(表面)形式外貌再一次与此近乎无关。这样一来,米哈伊尔·布尔加科夫(1891—1940)的《大师和玛格丽特》(1940/1973)就被认为是"狂欢性"的,而安吉拉·卡特(1940—1992)的《马戏团之夜》(1984)、埃文·威尔士的《猜火车》(1993)或杰兹·巴特沃斯(生于1969年)的戏剧《耶路撒冷》(2009),也是如此。正如对这些作品的形式比较在定义它们的怪诞性时几乎不起作用一样,对它们单独的主题的任何重构也是徒劳的——除非在梅德韦杰夫所谓"主题和主题以外的事物的有机统一"(FM 133)这个意义上,"狂欢精神"本身被分析为一个"主题"。

巴赫金的"小说"体裁理论——就像梅德韦杰夫的体裁理论,就像时空体和狂欢节一样,几乎在带着我们绕圈子——冒着风险把体裁本身牺牲为对一个核心原则的另类表现形式;它也没能实现在梅德韦杰夫(和伏罗希洛夫)那里十分明确地存在着的东西。毕竟,杂语首先是一个社会的而不是一个明确的文学事实,而且巴赫金计划着,他的小说(以及其他逐渐被小说化的体裁)观念将会完成梅德韦杰夫对作品的定义——把作品定义为一个"被具体规定的社会历史行为"(FM 132)——中所隐含的任务,这个任务在伏罗希洛夫早先对体裁的定义中被体现得更为清楚:

> 体裁是**未被言说的社会评价的强大的聚合器**:[文学作品中的]每一个词都被它们所渗透。这些相同的**社会评价把艺术形式组织成**它们的**未经中介的表达**。
>
> (DLDP 76)

152

换句话说,巴赫金的"对话性"或"小说性"体裁理论被设计出来,是为了把一种小说体裁理论嫁接到一个关于活语言的超语言学观念上——是为了把文学和文学以外的语言公平地看作本质上的对话现象。但是,这一计划不能只在"小说"的基础上完成,这是巴赫金在他职业生涯相对较晚的时期,通过最后一次回到体裁问题这一行为而承认的一个事实。

言语体裁和文学体裁

伏罗希洛夫把他的思想总结为:社会评价(或心理学)存在于活生生的言语中,他坚持认为这是可以理解的,尤其是

> 在最多样的"表述"形式中,在内部和外部的小型的**言语体裁**中,它们直到现在都还根本未被研究过。

(MPL 20)

巴赫金本人只是在他的著作中轻描淡写地提到了"言语体裁"——在《从小说话语的前史谈起》一文的结尾处(PND 83)——直到1952、1953年间,那时,关于语言的非正统的研究和观点在苏联又变得可能了,此时,他又回到了这些研究,回到了隐蔽的超语言学计划,去探寻一种不同的体裁观念。

在最简单的层面上讲,关键的差别在于,体裁在这里被明确地认为不是一种局限于文学的现象,而是某种在一切言语互动范围内都存在并且有意义的事物。文学体裁——它们已经得到了研究,主要是在它们如何不同于其他文学体裁这一方面——实际上和非文学的言语体裁,比如命令或私信分享了一个"共同的言语(语言)特性"(PSG 61)。比它们的文学对应物更明显的是,这些

言语体裁从针对其对象的主题方向和它们当下的形成环境的统一体（"有机统一"——梅德韦杰夫）那里，获得了它们的风格形象。所有文学和非文学的言语创作，虽然它具有"极端的多样性"（PSG 61），但还是能在一个单一的概念和方法论框架内加以研究。巴赫金在这里用稍微有些不同的说法表现了我们在第 7 章遇到的同一组对立，即"一门统一语言的规范集中化系统"（即普遍性）和"鲜活的杂语"（即多样性）各要求之间的对立（DN 272）。《言语体裁问题》提出要通过区分话语类型来调解这种对立，而不是把一个和另一个绝对地分别开来——也就是把它们安排在一个连续不断的光谱上，而不是在它们之间树立不可逾越的界限。

　　为了保留这一方法论的整体，并拒绝本身建立在特定的作品/表述的"小说性或时空体之上的区分，巴赫金根据它们在社会、形式以及功能上的复杂性来区分言语体裁：例如，家庭谈话或军事命令被称作简单的或"第一类"言语体裁，而小说、戏剧、所有类型的科学话语、政论体裁等，是复杂的或"第二类"言语体裁。我们应该立即注意到，第一类和第二类言语体裁之间的区别并没有准确地反映文学和非文学话语之间的任何差异：大量的非文学话语——例如科学话语——都被归到了第二类。实际上，这差异显出了第 ₁₅₄ 一类和第二类言语体裁产生的实际条件：

　　　第二类（复杂的）言语体裁［……］是在更为复杂、相对高度发达和有组织的文化互动条件下产生的，主要具有一种书面性：它是艺术的、科学的、社会政治的，等等。

　　　　　　　　　　　　　　　　　　　　　（PSG 62）

因此，言语（话语）体裁是通过它们特定的表现和感知条件来定义的,这也在很大程度上决定了它们在某些情况中的主题方向:例如,军事命令就在很大程度上局限于它当下的功能、训练的环境及发令者和受令者之间的关系;而那个环境也在很大程度上决定了它可能和什么"相关"——"向后转!"被识别和理解为一条口令,而"轻轻地唱!"则不会:它完全破坏了"体裁"的语境—语义形象(尽管我们应当再次注意,它的表面形式被改变了)。换句话说,在诸如军事命令这样一个简单的言语体裁中,没有任何"个人风格"的空间;在文学史诗中则会较多一些——尽管仍然受到体裁惯例的很大的限制,正如我们已经看到的那样;而大概可以预见的是,正是小说再次矗立于这个光谱的最顶端,它虽然不能确保,但也准许了最大限度的自由——小说可以从根本上和任何事物相关并用于把各种各样的言语类型结合起来,使之对话化。我们可以说,小说是杰出的第二类言语体裁。

然而,言语体裁的复杂性不只是个人风格的事,甚至也不只是直接的表现与感知条件的事。这是因为:

> 在其形成过程中[第二类言语体裁]把各种第一类(简单的)体裁——它们是在直接的言语互动条件下产生的——吸收进它们自身当中并对之进行加工。这些第一类体裁在进入这一复杂结构的过程中,得到了转换并获得一种特殊的性质:它们丧失了和现实以及和他人的现实表述的直接联系。例如,小说中的家庭对话或信件,只有在小说的内容层面上才保留了它的形式和日常意义,只有通过小说整体才能进入现实,它是文学艺术的事件而非日常生活之一种。

(PSG 62)

155

复杂的第二类体裁确实是由简单的第一类体裁——私信、军事命令、各种类型的日常对话——构成的。这些体裁在文学作品——比如一部小说——的语境中被再次语境化,在一个直接的层面上保留了它们的风格形象,但也成了一个更大的风格形象,即作品整体的(对话性)因素。在对体裁的一切思考中,基本关系都变成了第二类体裁和第一类或简单体裁——它们以变形的方式被整合到第二类复杂的体裁当中——之间的关系。第一类体裁确实是在跨越了所有人类联系的、人和社会群体之间的直接的现实互动过程中形成的,并且在第二类体裁的构成中被"重新使用";第二类体裁是在一个不同的、更高级的、更复杂的社会互动中形成的,它或许涉及商贸企业(出版业)、批评机构,甚至整个社会、文化及经济环境——文学派别、思潮,甚至体裁正是在这个环境中形成了它自身——之间的互动。巴赫金在 1930 年代已经写到,体裁完全就是文学史上的主角,这表现出体裁概念进入他的著作所携带的那股力量:

> 在文学进程表面的忙乱和匆促之下[是]文学和语言那重大的、关键的命运,它们的伟大的主角首先就是体裁,而它的"思潮"和"派别",只能算是第二等或第三等的角色。
>
> (EN 8)

1950 年代,在巴赫金想把他和同事的早期著作进行扩展性综合这个唯一的意图中,体裁扮演了一个更为"主要"的角色:首先,言语体裁提供了一种方式,把"什么是文学"和"什么不是文学"理论化了——把"文学如何不能超越其他言语活动类型,而实际上只能和其他言语类型紧密相关并导源于此"这一问题理论化了。其次,第

156　二类体裁不仅利用了第一类体裁的"现成"形式,对它们加以整合与变形以生产更为"复杂"的体裁,而且,通过这种做法,它们也揭示了社会诗学发展的整个过程。体裁不只是文学史的"主角",也是文学和社会之间的历史关系。通过特定的体裁结构,文学史的变迁和社会关系的变迁被联结在了一起。回到我们在第3、4章思考早期的"哲学"巴赫金时遇到的说法,在其一切微观细节和宏观范围内,"艺术"和"生活"之间的关系不仅变得可以感知,而且是在体裁、文学等的变化("生成")状态中变得可以感知:

> 为了理解[文学和非文学语言风格系统的]复杂的历史动力,为了从对风格——它们是现时的,并互相替代——的简单(而且在大多数情况下是表面的)描述前进到对这些变化的历史解释,有必要完成一项方向特殊的、对言语体裁历史的考察(不只是第二类体裁,还有第一类体裁)。言语体裁更为直接、清晰、灵活地反映了社会生活中发生的一切变化。表述及其类型,即言语体裁是社会史和语言史之间的传送带。
>
> (PSG 65)

小　结

　　梅德韦杰夫在《文艺学中的形式主义方法:社会学诗学的批判导论》(这部著作驳斥了围绕着手法这个形式主义概念而构建起来的关于体裁的机械理论)一书中对体裁进行理论化之后,体裁这个乍看之下明确的文学范畴就开始影响巴赫金的著作了。巴赫金的许多观念——小说性、时空体、狂欢节——都可以被看作体裁这一主题的变体;但是,在巴赫金晚年试图把体裁和伏罗希洛夫的超语言学综合起来的时候,体裁才获得了它在巴赫金著作整体中的核心重要性。言语体裁提供了一个框架，其中，文学作为"社会评价的聚合器"这种思想可以在实践层面，可以在把文学形式确立为言语创作这一连续不断的光谱的一部分这个过程中加以探索，它和说与写的其他类型同根同源，但又与它们有所区别。因此，体裁是这样一个范畴，巴赫金著作中的各种(超)语言学的、文学的和社会的部分都凝聚成了一种近乎"统一"理论的东西，而这正是巴赫金在他生命的一切阶段中创造的。体裁是作为一个既是"文学的"又是"超文学的"范畴而出现的，而且正如我们在后面一章将要看到的，它对于巴赫金的人文科学观念同样具有特殊的意义。

巴赫金之后

从本质上说,很难理解任何一个思想家的影响。要反思在某人的生活和写作的事实"之后"留下了什么,这个任务招致了一个危险,那就是把那个人投射为某种可识别的效果的单纯"原因"。这些说法以及它们之间隐含的关系,总是应该谨慎地加以对待,对于巴赫金来说尤其如此。正如我们从一开始就看到的,巴赫金的一生是断断续续的一生,其著作的出版和翻译过程也极为碎片化。这就意味着,有时候,巴赫金从某些著作的写作年代和出版年代之间的批评环境的变动中得到了好处,而且他有时甚至间接地影响了对他本人的接受环境。当我们同时反思在巴赫金全部著作里持续存在(尽管也必然会变化)着的思想观念时——作为"一种普遍现象,散布在一切人类言语和人类生活的一切关系和表现形式当中,散布在拥有意涵和意义的一切事物当中"(PDP 40)的对话——那么,对"影响"的讨论也会变得极其成问题,尽管这种讨论实际上并非毫无意义。"影响"本身的问题可以被纳入对话的普遍性中:

159   属于不同的人——他们彼此一无所知,只是在同一个话
      题(观念)上略微有所交集——的两个并置的表述,不可避免
      地进入了彼此之间的对话关系。他们在一个有着共同主题、
      共同思想观念的领域中产生了彼此的联系。

                                                    (PT 114-115)

从同意到彻底的拒绝,在所有的点之间,关于某个主题的说出来
(或写出来)的话语——"与其客体相遇的话语"(DN 276)——总
是进入对话关系之中。因此,巴赫金的著作就要求在与它的每一
个潜在的交汇点的对话中来阅读,这个点将随这本书的每一个读
者而变化。本章并不是过于盲目地关注一般认定的"遗产",而是
将提示一些它本身的"交汇点",并去理解巴赫金如何能够被动员
为一股与它们相关的富有创造性的力量。

    把影响和亲缘关系相混淆,这种危险的一个突出的例子是社
会语言学在 20 世纪后半叶的产生及发展道路,这种发展达到了这
样一种程度,即,在巴赫金和伏罗希洛夫的话语理论找到它们在俄
国之外的听众以前,社会语言学似乎已经被"驯化"了,已经和作为
一种社会性、述行性现象并且被各种社会语言学分支所追求的现
代意义上的语言达成了广泛的一致。巴赫金的表述理论和以言语
行为理论而著名的那种理论之间的明显的相似性或许就是一个具
体的例子。约翰·L.奥斯汀(1911—1960)的《如何以言行事》
(1962)在介绍这一思想时说,言语通常也是对某物的表现,是一个
行为,也是作为身体行为的一种"动作":比如,你所承诺的将要做
的事情就是你后来所要表现的那个"行为"。言语行为理论是人们
所熟知的语用学[1] 这个更大的语言学领域中的一个元素,语用学较

----

1   pragmatics,语言学的一个分支,是专门研究语言在具体的语境中的意义和使用
     的一门学科。——译注

晚地探讨了索绪尔承认过但却大大忽视了的语言的社会能量,同时研究语境(大概就是"表现与感知的条件")是如何构成了所说的内容的意义——所有这些都和"抽象的"语法规则或词语结构一样重要。一般的语用学和特殊的言语行为理论似乎都和巴赫金及伏罗希洛夫的超语言学产生了共鸣;甚至可以说,它们推动了对巴赫金及伏罗希洛夫那迟来的接受——尽管与此同时也抹去了巴赫金思想中的某些特殊性。对于巴赫金而言,言语总是一种行为,不管它的——比如说——意向性或正在被表现的言语"类型"是什么;而且一个"行为"(act)——在伦理学上,它被署上了表现这个行为的人的名字——并不同于"行动"(action)这一纯粹中性的描述性范畴;同样,正如我们已经看到的,"语境"不能被想象为独立于在那个语境中存在的诸主体之间的建构关系。

从一个不同的角度来看,现代诗歌的发展,它对言语多样性(speech diversity)和——准确地说——语音中心性(centrality of voice)的接受,使得巴赫金更爱小说而不是诗歌,这看上去似乎有些教条,甚至近乎粗暴——尽管巴赫金很有可能反驳到,这只是诗歌和其他所有非小说模式持续"小说化"的进一步佐证,它们已经被注入了小说的"生成精神和未完成性"(DN 271),最终被带入了"杂语的现实"(EN 7)这个富有吸引力的领域之中。巴赫金之后,甚至文学本身都开始看上去更为巴赫金化,但这再次没有暗含任何原因和结果的简单关系。那些赶上或超过巴赫金,损害他或为他辩护的人和事,把"接受"和"影响"这种已经变得很困难的问题进一步问题化了。

尽管有这些告诫,但毫无疑问的是,巴赫金仍然保有大量的潜力,不仅对文学研究而言,也对一般意义上的人文科学而言。他对文学及人文科学之外更大的世界所产生的影响的问题,以及他在那个环境中的潜力的问题,是更为复杂的——实际上,它和巴赫金

160

对艺术与生活之关系的观念一样复杂,我们在第 3、4 章中考察过这种观念,而它在巴赫金整个后期著作中仍然是一股活跃的但却不怎么明确的力量。在对文学和人文科学"之外"的世界说"最后的话"之前,本章将在前后相继的两个题目下——也就是文学研究和人文科学——来理解巴赫金的影响及其效用。

巴赫金之后的文学研究

迈克尔·霍奎斯特(Michael Holquist)认为,巴赫金为公认的对知识史的理解投去了一束"奇异的光芒"(Bakhtin 1981:17);甚

161　　至可以加大力度,用同样的话来谈论他在文学研究上的影响。这里,"奇异"(weird)一词的意思接近于"诡异"(uncanny)的意思,表面上很熟悉的文学属性——例如,形式、讽刺、互文性和现实主义——似乎保持了那些使得它们可以识别的特征,但同时也在不断地变化。陌生被抛给了熟悉,但是陌生变成搅扰者并不是因为它陌生,而是因为它披上了不稳定的熟悉的外装。巴赫金并不否认或毁灭熟悉的文学范畴,这至少保留了它们的公开的外观,但同时也获得更深层的价值和意义。1

例如,当在双声性话语和对话的语境中思考反讽时,它既被削

1　　此处,作者借用了弗洛伊德的思想。弗洛伊德在 1919 年写了一篇题为 Das Un-
heimlich 的文章,中译为"论'令人害怕的'东西"(译文见《弗洛伊德论创造力
与无意识》,孙凯祥译,罗达仁校,中国展望出版社,1986 年)。Unheimlich 一词
对应的英文单词为 uncanny。但是,此处若仍翻译为"令人害怕的",上下文意
则不通,因此翻译为"诡异的"(也可翻译为"神秘的")。弗洛伊德在这篇文章
中认为,我们通常所认为的"令人害怕的"(或"诡异的")事物,并不是陌生的事
物,相反,"令人害怕的不是别的,正是隐蔽着的熟悉的东西,这些东西经历了被
约束的过程,然后从约束中显现出来"(《弗洛伊德论创造力与无意识》,第 154
页)。在本书作者看来,巴赫金对后世文学研究的影响正呈现了这种"陌生的
熟悉"的效果。它之所以诡异,之所以有时让人感到惊讶和捉摸不透,正是因为
他并未废除文学研究中惯常使用的那些范畴,但这些熟悉的事物却又总是以新
的姿态和面貌出现在我们眼前。——译注

弱了,也被更新了。按照传统,讽刺的各个种类都是通过被说出、被看到、被猜想的内容和邀请读者或观众去理解的内容之间的距离或矛盾来定义的。无论是在戏剧讽刺(在那里,观众会懂得,一个特定角色的动作和他或她的最大利益是相左的,而且总的来说,观众比角色知道的要多),还是在言语讽刺中(在那里,打算说的和实际说的并不一致,强调的并非情境或意义本身,而是它们中间的那个空间,强调的是讽刺及其非一致性的构成这个事实)。在巴赫金看来,讽刺仍然是一个空的、"抽象的"范畴,直到这种非一致性被明确地"个人化"为止:角色针对其对象所说、所理解的内容和读者所理解的内容之间的关系,必须通过对具体主体之间的相遇事件的具体建构来看待。距离或非一致性本身无关紧要,起作用的是那些跨越了距离而彼此相遇的"人们"之间具体的关系结构——和"形成"过程中的外部性这一构成性力量一样,这种距离和非一致性是任何"讽刺"的前提条件,但却不是它的决定性本质。正如我们从第 7 章的《小杜丽》和《荒凉山庄》这两个例子中看到的,在作者和读者之间建立的关系(这种关系是以主人公为代价的)中所反映的略有些滑稽的讽刺,当它被覆盖到许多意识之间的相遇事件的建构性结构中时,就变成多维度的了——而它在其他方面仍然是一个没什么深度的现象——那个时候它就被具体化而且变成了事件结构的一部分。巴赫金晚年甚至认为,没有什么脱离了讽刺的言语或写作,因为一切话语,无论是有意为之还是通过别的什么方式,都是由双重声音的距离所决定的:"讽刺无处不在[⋯⋯]。现代人并不宣讲,而是说话,即有附加条件地说话"(N70 132)。同样,讽刺作为双声性话语的一种表现形式,几乎成为了对话的同义词。

　　类似的话也可以用来评论"形式"这一基本的文学范畴,就像

162

我们在第 4 章讨论建构时开始看到的那样。形式对于巴赫金来说，首先不是一个他所认为的表面的结构特征问题——从五音步抑扬格到无韵诗再到第三人称叙述。这些在文学作品中都很重要，但重要的不是它们本身，而是它们相对于特定的文学世界内部的事件建构，相对于对文学作品本身的"事件"的连锁（及首要的）建构，所发挥的功能。形式是作者、主人公和读者之间的对话关系的一种功能。两部表面结构形式类似的作品，很可能在深层的建构形式上有天壤之别。正如我们早先（第 7 章）坚持认为的那样，在任何形式或风格的基础上来比较雨果的《悲惨世界》和加缪的《局外人》都是很荒谬的（尽管它们都是"小说"），这同样会误导我们宣称，《悲惨世界》和大仲马的《基督山伯爵》（1844—1845）在形式和风格上的显著的相似性，和两者在深层建构（及时空体）上的区别一样重要。

甚至像"互文性"这么个术语——按照传统，它指的是文学文本之间的明确的联系性，换句话说，它和任何把文学文本视为自我封闭的观念都是针锋相对的——在巴赫金那里似乎也同时得到了肯定和破坏。对任何特定文本的互文阅读，都力图确定在这个文本中"存在"的其他文本，因而确定意义的生产所依靠的不是对这个文本中的作者意图的单向度刻写，而是依靠许多文本的相互激荡，它们并非全部明显地处于一个单一作者的"掌控"之下。因此，互文性似乎隐含着一种文本间的对话关系，隐含着某个（潜在地）存在于文学生产之前的整个历史中的特定文本的必然重叠。举一个非常基本的例子——我们在第 8 章谈及时空体时曾乞灵于勃朗特的《简·爱》，这个例子将为之投去别样的光芒——简·里斯的《藻海无边》（1966）重构了罗切斯特和伯莎两人的一部分历史，其意义和效果内在地依赖于和早先那部作品之间的互文关系（更有力的是,《简·爱》的意义也被自身与后来这部作品之间的互文关系潜在地改变了)。然而,对于巴赫金来说,这又是一种"表面"关系,无论它对于阅读《简·爱》和/或《藻海无边》来说是多么引人入胜,甚至必不可少。巴赫金对普遍的对话结构的描述(我们在第6章遇到了它,在本章开头讨论巴赫金的"影响"时又遇到了它)坚持认为,任何表述(包括文学作品)

> 都发现,在某种程度上,它所指向的对象总是已经被限制着,被反对着,被评价着,被一层晦暗不明的迷雾,或者相反,被已经说出的关于这个对象的其他言语包裹着。

> (DN 276)

因此,对话关系的"普遍性"便普及了互文(或互言[inter-speech])关系的可能性。重要的不仅是在以独立的主题为基础的特定文本之间建立关系,而且要明白,所有活的话语,无论是文学的还是其他的,都进入了"属于他人的话语、评价和腔调的充满了对话式争论和张力的环境中"(DN 276),还要明白,决定这一环境的隐含的主体位置或社会评价因此以某种方式"存在"于被讨论的文本中,同时也决定了文本的语义和风格形象。对于巴赫金来说,所有文本性都是互文性;但是,若是没有对潜在的对话关系的确切关注,那么,对互文性的确认就像它试图取代的任何一种自闭而自足的文本理论一样,是虚无的。

在另一个层面上,如果我们回想一下更为传统、范围更广的文学史范畴,比如感伤主义或现实主义,也可以观察到相关的效果。巴赫金并不试图解构现实主义,比如说,通过公然削弱居于其核心的模仿原则或者通过揭露传统惯例等方式——这一传统已然发展到维护文本和"现实"之间的平等幻象。相反,他认为,模仿所隐含的这种平等,必须也被理解为对话的平等,如果脱离了小说世界内外的具体主体来思考,那么,支持那样一种平等的传统惯例就像"作品形式"一样,是近乎无意义的。因此,陀思妥耶夫斯基的现实主义存在于它和"活生生的主体"之间的相遇的复杂状态中:这是"最高意义上的"现实主义,这和令巴赫金满意的对陀思妥耶夫斯基的自我评价的引用相一致:"'他们叫我心理学家。这不对;我是[……]一个最高意义上的现实主义者[……]'"(PDP 60)。这种巴赫金式(陀思妥耶夫斯基式)现实主义不仅适合于极其复杂的表面的形式外观,也适合于处于其全部对话的、未完成的事件性中的一切言语化人类互动;就像巴赫金那里的一切事物一样,它是围绕着身体、个人和人类主体的言语——围绕着"表达和言说的存在"——建构起来的首要的、明确的伦理美学的一个象征或组成部分。

正如我们已经看到的,小说或"小说性"已经开始代表这种美学,超过了其他任何现象——这样,就给小说本身投去了"奇异的光芒",这种光芒实际上改变并保留了一切文学范畴。就像我们还看到的,小说变成了一切传统体裁理论可持续性的一个极限——同时,矛盾的是,对于巴赫金及其同事想重铸并再次振兴体裁所做的反复尝试而言,小说也成了一个极限。然而,在这里,不仅是体裁以一种奇异的光芒开始出现;前面的章节中所勾勒的巴赫金对体裁的最终理论化,也使一个富有创意的理论关怀变得明晰了,从他的作品一开始,这个关怀就暗地里存在着——即对文学本身从何处开始,又在何处结束的关怀。

巴赫金之后的人文学科:体裁和学科

跨过特定的领域来理解巴赫金和人文科学的问题是很诱人

的,文学研究在巴赫金开始如日中天的时期,通过这个领域和其他
人文科学产生互动——文学和批判理论之间的互动。宽广的知识
史中的这个特殊领域,的确是在巴赫金之后以一种"奇异的光芒"
出现的,他把理论和人文主义之间的持续对立当成了一个深刻的
问题。然而,从文学到广义上认定的人文学科之间,有一条更直接
的道路,上面提到的"表达和言说的存在",以及现在再也不具排他
性的体裁这一文学范畴就是它的起点。

　　"表达和言说的存在"恰恰是巴赫金定义的"人文科学的对
象"。其目的首先在于区分人文科学和自然科学:在晚年的《语言
学、语文学和人文科学中的文本问题:哲学分析中一项实验》一文,
以及我们在第3章遇到的对理论主义批判的重复中,巴赫金赋予
了自然科学对象以给定性(givenness)的特征:"它是作为一个物而
被给定的"(PT 106)。它不像人文科学的对象那样,有声音,它不
会回过头去和观察者或研究者说话。在人文学科中,理解是对"反
思的反思"(PT 113),其中,"研究成了询问和谈话,也就是对话",
但在自然科学中,"我们并不向自然问话,它也不回答我们"(PT
114)。和自然科学的对象不存在任何对话关系,但在人文学科中,
"理解总在某种程度上是对话性的"(PT 111)。人文学科中的相关
准则是"理解的深入"(PT 127),它和巴赫金用来强调精密(自然)
科学的"精确性"(exactness)的一系列略具贬义的词语相对立:即
"复写"(transcription)、"复制"(duplication)、"精准"(precision)等:

　　　精密科学是知识的一种独白形式[……]这里只有一个主
体,一个认识(沉思)和言说(表述)的主体。[这个主体]面前
只站立着一个**无声的物**。任何客体都可以被作为一个物来接
受和认识。但是主体本身却不能够作为一个物来被接受或研

究,因为,作为一个主体,它不能变成无声的而仍然做一个主体;结果,对[主体]的认识只能是**对话性**的。

(TMHS 161)

166　这又一次和我们在第3章讨论的"存在的唯一事件"这一核心思想互相一致了,人文学科中的理解"从来不是同义反复或者复制"(PT 115),因为理解实际上在理解的主体的意识中创造了某些新东西。人文学科中有某些"特定"的因素——例如,被设想为一个抽象系统的语言——但是对这个特定因素的关注,是以它所创造的东西为代价的,这就也使人文学科沦落成了知识的独白形式。

在另一个层面上,"表达和言说的存在"允许巴赫金为诸人文学科自身确立一个共同的基础:

在人文科学的一切学科和一切思想中,文本(书面的和口头的)是首先被提供的[……]。文本是未经中介的现实(思想和经验的现实),从这里出发,这些学科和这种思想才能产生。哪里没有文本,哪里就没有任何研究或思考的对象。

(PT 103)

如果人文学科中的思想明确地"指向其他思想、观念、意义"且这些"只有通过文本的形式才能对研究者变得现实化或可以理解",那么,文本本身"就是唯一可能的出发点[……]而不管研究的目的是什么"(PT 104)。

在这个联系中值得注意的是,尽管他在人文学科内部进行了一系列区分,但巴赫金确实提出了我们在前面的章节中遇到的同样的问题,即"文本的功能问题"和他现在称之为"文本的体裁"问题(PT 104,强调部分为笔者所加)。实际上,"言语体裁"和"文本体裁"之间没有任何区别,因为"文本"明确包括了说的和写的。所以,作为人文学科对象的"文本"才有可能,比方说,在社会语言学中采取言语样本的形式,在历史学中采取口头证明的形式,在文学研究中采取诗和小说的形式,在政治学中采取政治写作的形式;正如我们已经看到的,这些文本可以从巴赫金的言语体裁模式的角度来理解,它所采用的方式承认这些文本现象——在它们之间存在着对话关系——的共同性,同时把它们在功能及风格上的特性确认为表述"类型"——带有自己的语境(或"表现与感知的的条件")和独特的主题关切的表述"类型"。它们的"共同的言语性质"建立在重要的一般性基础之上;它们那各不相同但却可以辨认出的类型和功能却建立在同等重要的特殊性基础之上。

我们已经看到,小说这样的"第二类"体裁如何吸收、改造了在跨越所有人类联系的、人和社会群体之间的直接的现实互动过程中所形成的第一类体裁——其实,在最基本的层面上,它可能十分近似于我们确定为社会语言学潜在对象的"言语样本"。这种言语的"形式和日常意义"(PSG 62)是同一的,它的风格和语义形象没有改变;但是它的功能和进入"现实"的方式在每一种情况下都是完全不同的——它通过它的属类定位而被建构性地决定。进而,有些小说,比如君特·格拉斯(生于 1927 年)[1] 的《铁皮鼓》(1959)可能吸收了一种风格和功能更加成熟、与被我们认定为历史学对象的口头证明相类似的言语体裁。在所有的这三种情况中,不同体裁用"同样的"材料做了不同的事情,由于它被吸收进新的属类定位,它也就被改变了。言语体裁模式提供了一种方式,它在相当实际的层面上启动了对文学体裁和"非文学"体裁之间的属类关系

167

---

1   君特·格拉斯已于 2015 年逝世,享年 87 岁。——译注

的确认。

　　然而,除了作为日常体裁的"非文学"之外,"非文学"还拥有一个非常特殊的领域。当我们考虑到,"文本体裁"在社会语言学、文学研究、历史学和政治科学中也有可能采取短文、论文、书籍等形式时,言语体裁模式也就变成了确认人文科学内部和外部诸学科之间"属类"关系——至少是潜在的社会历史关系——的一种方式。把学科或多或少地思考为体裁——通过其自身的表现与感知条件和自身面对"主题"的方式——使得巴赫金对学科之间相似性与差异性的反思超越了那个简单的论点,即:对话的"方法"——尽管它经常不只是一种"方法"——不仅和一切学科相关,而且对一切学科都很必要,对于这些学科来说,文本和言语是"首先给定的"(primary given)东西——从社会语言学到哲学,从文学研究到历史,从人类学到政治科学。正如体裁一样,它们的"共同特性"建立在重要的一般性基础之上;它们那各不相同但却可以辨认出的类型和功能却建立在同等重要的特殊性基础之上。

　　正如我们已经看到的,对于人文学科来说,文本在两个或更多的意义上——"第一类"体裁(日常言语、口头证明等)和"第二类"体裁的不同变体(小说、小说的批评文章、历史编纂等)——是首先给定的东西。但是,为了修正这个术语,文本对于自然科学学科来说也是"其次给定的"(secondary given)东西;即便自然科学学科——它的对象"不说话",因此在它们之间不可能有对话关系——本身也要通过文本来"讲话"。"科学话语"也是一大堆第二类言语体裁,它在一个次要的层面上容易受到"杂语现实"和对话主义普遍影响的感染;但是,这些力量不会通过日常言语或小说,在不同的端点以同样深远的方式影响并决定这种话语的形象。这就使得巴赫金一方面坚持"科学研究和理解之间严格的界限",而另一方面坚持认为人文与自然科学之间不存在任何"不可逾越的障碍"（N70 145）。它们表现了知识的不同形式，在通过它们产生的"文本体裁"而对它们加以区分之前，只能根据这一条"严格界限"而让它们彼此关联。正如人文学科可能会沦落成一种独白的知识形式，科学这种必要的独白型知识形式也能够——而且必须——被对话化，这与它的首要对象（严格的主客体关系）无关，而是因为，从一个次要的层面上来说，它产生了关于其主题范围的表述及表述类型——因为它被（其他）主体所表达而且面向（其他）主体表达。

语言——或其他话语——被证明是我们一开始所说的那条十分具有包容性的"跨学科的康庄大道"，巴赫金提议在这里采取某些方式把人文学科理论化，搞清楚（因而捍卫）它们的基本条件和不同特性。也是在这里，他提出人文学科和其他知识形式"划清界限"，使它们之间的"对话"——这种对话将不会被建立在科学话语头号独白主义基础之上——成为可能。巴赫金暗示，跨学科的实践将保持一种法国文学和文化理论家罗兰·巴特（1915—1980）所说的"虔诚的愿望"（Barthes 1977：155），直到出现我们所说的"学科的多语状态"，这是对多语——巴赫金认为它改变了语言意识本身（第7章）——的一个不甚恰当的类比；然而，不同于那相互激荡并在这个过程中变得面目全非的语言和文化，学科本身必须进入一个多学科"互相促进"的、类似的"开放的伽利略世界"（PND 61）。巴赫金之后的人文学科将成为一种"在有限范围内运动，也就是说，在上述一切学科的界限上，在它们的接合点与交汇点上运动"（PT 103）的研究形式，"这是一个友善划分的世界。没有边界上的争端。而是充满了合作"（N70 137）。巴赫金感到需要强调"严格的界限"，但他显然更偏爱"友善的划分，然后去合作"（N70

136,强调部分为笔者所加）。没有什么样的表达能比这更好地总结他的观点了。

最后的话：人文学科以外的世界

对学科的这种讨论——它们在人文学科中的地位和人文学科之于其他知识形式的关系——再次表明了"世界"（worlds）及它们之间或想象或真实的"界限"问题在巴赫金思想中的持续存在。独白话语是"片面的、有局限的，而且它不可能把它的对象全部囊括在内"（PND 55）；史诗作为一种体裁，被"史诗的形式本身所固有的界限"（EN 16）把它和读者现在的时刻隔绝开来。但这种对界限的关注再次成为一种证据，证明了巴赫金是多么喜欢使用一个术语，而同时又抹除或改变它的含义。界限，就其本身而论，只是为了削弱它自己的地位才存在于巴赫金的思想中："文化领域没有任何内部的领地：它完全位于诸界限之间，这些界限使文化的每一个因素都彼此交织［……］"（PCMF 274）。对于巴赫金来说，在"各自的语境和另类的、异质的语境间的界限上"（DN 284），一切事物都具有对话的活力。正如我们在前面看到的，即便科学也需要（友善地）划分界限，而不存在于远处某些"不可逾越的障碍"那一边。如我们所看到的，最令人吃惊的是，这也和人类的身体有关，特别是"开放的未完成的身体"，它"并未被清晰划定的界限把它和世界分离开来；它是和世界浑然一体的"（RW 26-27）。当我们通过对话性的越界来思考的时候，当言语、文学作品、文学体裁、学术学科，甚至身体揭示出，有助于建构关于它们的思想观念的那些界限实际上只是虚幻的时候，它们就是最富有生机，最富有创造力的事物。对话思想从根本上说是一项扬弃的工作。

这直接关系到，在巴赫金那里，哪一条界限是所有"界限"中最为持久的,在早期作品中,这是通过"艺术"与"生活"之间的界限来表现的,而在他职业生涯结束之前则设定为更具包容性甚至彻底性的"文化"与"生活"之间的界限:首先,"文学是文化的一个不可分割的部分且不能够在特定年代的整个文化语境之外来理解"(RQ 2);其次,而且具有决定性的是,"文化和文学的世界本质上像宇宙一样无边无际"(N70 140)——"无边无际",伏罗希洛夫早先描述"内心言语的汪洋大海"时就是这么说的(MPL 85)。巴赫金那意欲从我们在第7章所观察到的"文学研究固有的小圈子"中突围出来的决心,那想把文学和"其他世界"联系在一起的愿望,最终是作为对他理论计划的一个陈述而出现的,这个陈述相对"薄弱",它暴露出一个"世界"和另一个"世界"之间任何硬性的、稳固的界限实际上是完全虚幻的。文学/文化和生活、"世界"或社会,我们可以说,是共同存在,互相交叠的,孤立起来就"不可想象"——但同时,它们又不是单纯地"一模一样":它们并不彼此"复制"或"抄袭",它们不能彼此化约。

这不只是一个纯粹的"理论"观点;实际上,它具有深远的"实践"意义(这当然就假定了,一般所认定的"理论"和"实践"之间的界限在巴赫金的视角下消失了)。一面是文学、文化(及学术思想)和"生活世界"——这个世界从未"超越"文学和文化,而是实际上把它们包含在内——的不可分离性;另一面则是以某种方式被英语世界所忽视的巴赫金所面临的处境。这就是巴赫金,对于他来说,人文学科中"真实的"研究对象是"社会(公共)人"(PT 113),对话思想的目的和作用是揭示用话语编制的那些界限,正是这些界限成就了对性别、种族和社会阶级的建构。对话思想及其产生的范畴,正如我们已经看到的,尽管它们与文学紧密相关,但无论如何都不会像惯例那样局限于文学或文化。在巴赫金看来,"文化"完全是广大而"无边的",就像对话关系一样,"它散布在一切人类言语和人类生活的一切关系和表现形式,散布在拥有意涵和意义的一切事物当中"(PDP 40)。在巴赫金那里,"文化"和"话语"(言语)合起来就相当于一种和意识形态十分类似的东西,卸下了它所背负的一切"抽象的"、"理论主义的"、"非个人化的"包袱,它不是社会学或"哲学"考察的恰当对象,而是名曰对话理论的美学与伦理学的特有的混合。

在对话关系中"研究"文化/话语/意识形态的过程,就像对话过程本身一样,也是"无边界的";它没有尽头,因为

> 言语渴望被听到、被理解、被回应,并且再对回应作出回应,等等,一直**无穷无尽**。它进入了一种对话,并且没有语义上的终点[……]。
>
> (PT 127)

对话思想暗含了一种方向,不是指向"必然性",而是指向"可能性"(N70 139),指向和现在一样具体的直接的未来语境:

> 被预感到的未来语境:即感觉到我正在迈出新的一步(即向前前进)。**理解**的对话运动中的阶段:出发点是特定的文本;向后的运动是往昔的语境;向前的运动是对未来语境的预感(和开端)。
>
> (TMHS 161-162)

巴赫金本人最后强调,最重要的是,"对话运动"没有"尽头",它既表现了又构成了未完成性:

对于对话的语境而言,它既无开端也无结束,而且没有任何限制(它伸展到了无边界的过去和无边界的未来)。即使过去的意义,也就是那些诞生在过去几个世纪的对话的意义,也从来不可能是静止不变的(即一劳永逸地被定型、被终止)——它们总是会在对话随后的未来发展过程中变化(或更新)。在对话发展的任何时刻,都存在着无穷无尽的、被遗忘的语境意义,但在对话随后发展的某些时候,它们又以被更新的形式(或者说在新的语境中)而被召回并焕发出生机。没有什么是绝对要死亡的:任何意义都会有它自己返乡的节日。

(TMHS 170)

返乡的节日? 无穷无尽的弥赛亚 [1]……

---

[1] 作者在这里运用了一个宗教上的术语。在基督教中,"弥赛亚"指的是一个特殊的时间点,在这个时间点上,整个世界都会得到拯救与救赎。作者这里用"弥赛亚"也包含着这样的意味,也就是说,"意义"的"返乡"本来就是种救赎的力量,因为意义再也不是被封闭起来的存在,而是在人与人之间形成了一个庞大的网络,有效地把"原子人"彼此联结起来,同时也摧毁了占据统治地位的"独白意识形态",更新了整个世界的话语构造并使之焕发出新的活力。——译注

进阶阅读书目

这一章由三部分构成，每一部分都提供了进一步了解本书中所包含的观点的不同途径：

第一部分涵盖了巴赫金（和伏罗希洛夫及梅德韦杰夫）著作的英文版本，并附有对出版详情及内容的简要评论（这些版本中包含的许多单篇文章的详情已经在本书开头的"书（篇）名缩写"中给出了）。

第二部分给出了被引用的其他作品的详细参考书目，既包括了文学上的例证，也包括专门的理论或哲学文本。

第三部分关注的是用英语写作（或被翻译成英语）的巴赫金研究专著选和被编辑在一起的论文集。由于过去三十年间出版的关于巴赫金的材料浩如烟海，而且也由于巴赫金本人的著作相对容易获得，所以这部分有意简略。它也无意暗示一种关于巴赫金的"经典性"视角，而是把读者带向一系列范围更广的具有代表性的资源，它们或许可以形成一个对第一部分所处理那些材料有用的解释语境。

1.基本资源

巴赫金

Rabelais and His World, trans. Hélène Iswolsky（Bloomington：Indiana University Press, 1968）.

《拉伯雷和他的世界》（*Rabelais and His World*）。通过这部著作,巴赫金被首次介绍到英语世界,因此就把狂欢节、怪诞和民间的笑确立为西方理解巴赫金的核心,这正是后续翻译的作品那变化多端的侧重点中持续存在的联系。原稿一开始是作为巴赫金的博士论文而作的,1965 年在苏联出版前,经过了 25 年的写作与修改。译本的独创性现在看起来似乎被大量的疏忽和遗漏给削弱了;部分由于这个原因,曾经是巴赫金最广为人知的著作却可能使他受到了最大的误解。

The Dialogic Imagination：Four Essays by M. M. Bakhtin, ed. Michael Holquist, trans. Caryl Emerson and Michael Holquist（University of Texas Press Slavic Series No. 1）（Austin：University of Texas Press, 1981）.

《对话的想象：M. M. 巴赫金的四篇文章》（*The Dialogic Imagination：Four Essays by M. M. Bakhtin*）。其中包括重要的长文《小说话语》,还有《史诗和小说》、《从小说话语的前史谈起》和《小说中的时间形式和时空体形式》,所有这些都写于 1930 年代,但到 1975 年才以俄文发表。就各篇目——尽管它们表面上都和小说有关,但在它们所呈现的小说观念上有许多不同——的相对地位的意义而言,这本选集整体上是有些靠不住的。《小说话语》是巴赫金最重要的作品之一,是他对文学中的对话主义最集中的论述。

Problems of Dostoevsky's Poetics, ed. and trans. Caryl Emerson (Minneapolis and London: University of Minnesota Press, 1984).

《陀思妥耶夫斯基诗学问题》(*Problems of Dostoevsky's Poetics*)。本书在巴赫金的全部著作中很是独特,最初的版本是在它将近完成的时候,以巴赫金本人的名义用俄文发表的(1929),尽管那时它的作者被软禁在家。这本书是在那个十年间的较早时候开始写作的,其第二部分写得很晚,受到了俄国形式主义者模模糊糊的影响,并对它提出了对话性批判;因此,本书在早期的"哲学"巴赫金和后来更明确地关注文学的巴赫金之间搭建了一座有益的桥梁。1929 年版的题目是"陀思妥耶夫斯基的艺术问题",而在 1963 年版中——其特征是增加了关于狂欢性和梅尼普斯式讽刺的全新的一章——则变成了"陀思妥耶夫斯基诗学问题"——甚至变得比 1929 年版更为混杂。

Speech Genres and other Late Essays, ed. Caryl Emerson and Michael Holquist, trans. Vern W. McGee (University of Texas Press Slavic Series No. 8) (Austin: University of Texas Press, 1986).

《言语体裁及其他晚期文选》(*Speech Genres and other Late Essays*)。本书是巴赫金的英文选集中内容最多样的一部;它包括《言语体裁问题》(写于 1952—1953 年),关于教育小说的幸存的残篇——它要上溯到 1930 年代末而且很大程度上和时空体问题有关——还有大量晚期文章和片段,包括《文本问题》和《人文科学方法论》,它们对于理解巴赫金之于人文学科的重要性来说都是不可或缺的。然而,材料的多样性导致了大量翻译问题,比起早期和后来的德克萨斯斯拉夫语系列丛书来说,它显得略微有些粗疏。

Art and Answerability: Early Philosophical Essays by M. M. Bakhtin, ed. Michael Holquist and Vadim Liapunov, trans. Vadim Liapunov and Kenneth Brostrom (University of Texas Press Slavic Series No. 9) (Austin：University of Texas Press, 1990）.

《艺术与责任：M.M.巴赫金的早期哲学随笔》（*Art and Answerability*：*Early Philosophical Essays by M. M. Bakhtin*）。根据那篇从 1920 年代早期开始写作并构成巴赫金美学计划的主体与核心的（未完成的）长文，很容易把本书命名为"审美活动中的作者和主人公"。它还包括了早期关于"艺术与责任"（1919）的短论以及巴赫金对形式主义的"哲学"回应：《言语艺术中的内容、材料和形式问题》（写于 1924 年，发表于 1979 年）。

Toward a Philosophy of the Act, ed. Vadim Liapunov and Michael Holquist, trans. Vadim Liapunov（University of Texas Press Slavic Series No. 10）（Austin：University of Texas Press, 1993）.

《论行为哲学》（*Toward a Philosophy of the Act*）。巴赫金的第一部长篇作品，大约写于 1921 年，发表于 1986 年，其中包含了对构成巴赫金基本思想结构的事件性、责任、外部性和未完成性等概念的首次阐释。正如《审美活动中的作者和主人公》一样，这部著作是不完整的；它也是运用了一部分科学技术和哲学用语写作的唯一一部作品，对于当代读者来说，这提供了一些困难。

伏罗希洛夫

Freudianism：*A Marxist Critique*, ed. and trans. I. R. Titunik（with Neal H. Bruss）（New York：Academic Press, 1976）.［Reprinted in Verso's 'Radical Thinkers' series in 2013］.

《弗洛伊德主义：一项马克思主义的批判》（*Freudianism*：*A Marxist Critique*）。以俄文发表于 1927 年，这是对弗洛伊德基本思想的论争式驳斥，它在表面上是为一个"普通"听众所写的。后来，这本书的论争主题超越了对它的作者身份的争论，它的主要靶子是弗洛伊德的无意识概念，它被驳斥为是一种"虚构"。伏罗希洛夫的替代性选择是开启一种作为深厚且基本的社会现象的语言理论。本书中也包括了《生活话语和诗歌话语》的译文。

Marxism and the Philosophy of Language, trans. Ladislav Matejka and I. R. Titunik（Cambridge and London：Harvard University Press, 1986 [1973]）.

《马克思主义和语言哲学》（*Marxism and the Philosophy of Language*）。1929 年出版，这是后来归功于巴赫金的那些争议性作品中最重要的一部。这个题目多少有些误导，但却并未以巴赫金的名字发表。伏罗希洛夫的表述和符号理论、意识和社会理论试图勾勒一种复杂的唯物主义"语言哲学"，它不是那种被狭义地描述为"马克思主义的"东西。这本书和巴赫金早期思想结构紧密相关，同时引入了一项重大变化——对语言（话语）工作的关注，正是这种工作形成了巴赫金的"超语言学"的基础，并且限定了巴赫金后来许多的思想方向。

梅德韦杰夫

The Formal Method in Literary Scholarship：A Critical Introduction to Sociological Poetics, trans. Albert J. Wehrle（Baltimore：Johns Hopkins University Press, 1978）.

《文艺学中的形式主义方法：社会学诗学批判导论》（*The Formal Method in Literary Scholarship：A Critical Introduction to Sociological Poetics*）。初版于 1928 年，正如其题目所暗示的，这显然是对俄国形式主义的批判，它以论争的方式集中关注形式主义者早期的作品。它还介绍了进入巴赫金作品的体裁概念，还考察了巴赫金的立场是如何影响了文学研究的一系列中心议题——语言、形式和历史。

2.其他征引作品

Anon.*Beowulf* (University of Exeter, 1988). [c. 700-1100 A.D.]

Apuleius.*The Golden Ass* (Penguin, 1998). [c. 125-180 A.D.]

Austin, John L.*How to do Things with Words* (Clarendon Press, 1962).

Barthes, Roland. *Image-Music-Text*, trans. Stephen Heath (Fontana, 1977).

Brontë, Charlotte.*Jane Eyre* (Penguin, 2006). [1847]

Bulgakov, Mikhail.*Master and Margarita*, trans. Michael Glenny (Vintage, 2010). [1940/1973]

Butterworth, Jez.*Jerusalem* (NHB, 2009).

Camus, Albert.*L' Étranger* (Gallimard, 1957). [1942]

Capote, Truman. In Cold Blood (Penguin, 2000). [1965]

Carter, Angela.*Nights at the Circus* (Vintage, 1994). [1984]

Cassirer, Ernst. *The Philosophy of Symbolic Forms*, 4 vols, trans. Ralph Manheim (Yale University Press, 1953-1996).

Cervantes, Miguel de.*Don Quixote* (Penguin, 2003). [1605]

Derrida, Jacques. ' Plato ' s Pharmacy ', in *Dissemination*, trans. Barbara Johnson (London: Athlone Press, 1981), pp. 61-171.

Dickens, Charles. *David Copperfield* (Wordsworth Classics, 1992). [1849-1850]

Dickens, Charles.*Bleak House* (Penguin, 1996). [1852-1853]

Dickens, Charles. *Little Dorrit* (Wordsworth Classics, 1992). [1855-1857]

Dumas, Alexandre.*Le Comte de Monte-Cristo* (Pocket, 1995). [1844-1845]

Eikhenbaum, Boris. 'Leskov i sovremennaia proza' ['Leskov and Contemporary Prose'] in *Eikhenbaum, Literatura: teoriia, kritika, polemika* (Priboi, 1927), pp. 210-225.

Engels, Friedrich. *Dialectics of Nature*, trans. Clemens Dutt (Lawrence and Wishart, 1940). [1883]

Freud, Sigmund. *Civilization and its Discontents* (Penguin, 2004). [1930]

Frye, Northrop. *Anatomy of Criticism: Four Essays* (Princeton University Press, 1957).

Goethe, Johann Wolfgang von. *Wilhelm Meister*, trans. H. M. Waidson (Alma Classics, 2013). [1795-1796/1821]

Gogol, Nikolai. 'The Overcoat' [1842], in *The Diary of a Madman, The Government Inspector and other Stories*, trans. Ronald Wilks (Penguin, 2005), pp. 140-173.

Grass, Günter. *The Tin Drum* (Vintage, 2010). [1959]

Heliodorus of Emesa. *Aethiopica*, trans. Walter Lamb (Dent, 1997). [c.220-250 A.D.]

Homer, *The Iliad*, trans. Alexander Pope (Penguin, 1996). [760-710 B.C.]

Hugo, Victor. *Les Misérables* (Garnier, 1963). [1862]

Jakobson, Roman. 'Noveishaia russkaia poeziia' ['Recent Russian Poetry'], in *Jakobson, Selected Writings*, vol. 5 (Mouton, 1979), pp. 299-354.

Keats, John. *The Complete Poems* (Penguin, 1988).

Kelman, James. *How Late it Was, How Late* (Secker & Warburg, 1994).

Lenin, Vladimir. *Materialism and Empirio-criticism* (Martin Lawrence,

1927). [1909]

Marcuse, Herbert. 'The Affirmative Character of Culture', in *Negations*: *Essays in Critical Theory* (Boston: Beacon Press, 1968), pp. 88-133.

Marx, Karl. 'Theses on Feuerbach'. [1845/1924]

Milton, John. *Paradise Lost* (Penguin, 2003). [1667]

Peace, David. *GB*84 (Faber & Faber 2014). [2004]

Petronius. *Satyricon* (Oxford University Press, 1997). [c. 27-66 A.D.]

Pushkin, Alexander. *Eugene Onegin*, trans. Stanley Mitchell (Penguin, 2008). [1825-1832]

Rabelais, François. *Gargantua and Pantagruel*, trans. M.A. Screech (Penguin, 2006). [c. 1532-1564]

Rhys, Jean. *Wide Sargasso Sea* (Penguin, 2000). [1966]

Saussure, Ferdinand de. *Course in General Linguistics* (Fontana/Collins, 1974). [1916]

Scott, Walter. *Marmion* (Clarendon Press, 1889). [1808]

Stalin, Joseph. *Concerning Marxism in Linguistics* (Soviet News, 1950).

Turgenev, Ivan. 'Andrei Kolosov', trans. Constance Garnett, in *The Diary of a Superfluous Man*: *And Other Stories* (Tark, 2009), pp. 117-143. [1844]

Welsh, Irvine. *Trainspotting* (Minerva, 1993).

3.所选择的关于巴赫金的评论著作

Brandist, Craig. *The Bakhtin Circle*: *Philosophy*, Culture, Politics (Pluto Press, 2002).

Clark, Katerina and Michael Holquist. *Mikhail Bakhtin* (Harvard University Press, 1984).

Emerson, Caryl. *The First Hundred Years of Mikhail Bakhtin* (Princeton U-
niversity Press, 1997).

Falconer, R achel, Carol Adlam, Vitalii Makhlin and Alastair R enfrew
(eds). *Face to Face: Bakhtin in Russia and the West* (Sheffield Academic
Press, 1997).

Hirschkop, Ken. *Mikhail Bakhtin: An Aesthetic for Democracy* (Oxford U-
niversity Press, 1999).

Hirschkop, Ken and David Shepherd (eds). *Bakhtin and Cultural Theory*
(Manchester University Press, 1989). [2nd edn, 2001]

Mayerfeld Bell, Michael and Michael Gardiner (eds). *Bakhtin and the
Human Sciences: No Last Words* (Sage, 1998).

Morson, Gary Saul and Caryl Emerson. *Mikhail Bakhtin: Creation of a
Prosaics* (Stanford University Press, 1990).

Pechey, Graham. *Mikhail Bakhtin: The Word in the World* (R outledge,
2007).

R enfrew, Alastair. *Towards a New Material Aesthetics: Bakhtin,* Genre and
the Fates of Literary Theory (Legenda, 2006).

Tihanov, Galin. *The Master and the Slave: Lukács,* Bakhtin, and the Ideas
of their Time (Oxford University Press, 2000).

Todorov, Tzvetan. *Mikhail Bakhtin: The Dialogical Principle,* trans. W lad
Godzich (University of Minnesota Press, 1984).

索　引

阿普列乌斯　Apuleius　115, 119

埃梅萨的赫利奥多罗斯　Heliodorus of Emesa　115

艾亨鲍姆,鲍里斯　Eikhenbaum, Boris　59, 83-86

奥哈拉,弗兰克　O'Hara, Frank　109

奥斯汀,约翰·L.　Austin, John L. 159

巴尔扎克,奥诺雷　Balzac, Honoré　126

巴赫金,米哈伊尔　Bakhtin, Mikhail:《艺术与责任》 Art and
　　Answerability 12, 39;《审美活动中的作者和主人公》
　　Author and Hero in Aesthetics Activity　12, 21, 23, 33,
　　35-37, 39, 43-45, 47-56, 57, 60, 67, 76, 80;《教育小说
　　及其在现实主义历史中的意义(论一种小说的历史类型
　　学)》 The *Bildungsroman* and its Significance in the History
　　of Realism(Toward a Historical Typology of the Novel)
　　115-118, 126;《小说话语》 Discourse in the Novel 4,
　　17, 64, 84-85, 87-92, 93, 98-106, 109-111, 125, 140,

148-149，153，159-160，163，169；《史诗和小说》 Epic and Novel 18，96，98，101-103，108-110，139，148-151，155，160，169；《小说的时间形式和时空体形式》 Forms of Time and of the Chronotope in the Novel 18，112-122，125-129，137，150；《从小说话语的前史谈起》 From the Prehistory of Novelistic Discourse 18，94-98，102-105，110，136，148，152-153，169；《1970—1971 年笔记》 Notes in 1970-71 37，55，95，162，168-171；《内容、材料和形式问题》 Problem of Content，Material and Form 5，13，25，60，70，84，139，169；《言语体裁问题》 The Problem of Speech Genres 19，21，153-156；《语言学、语文学和其他人文科学中的文本问题》 The Problem of the Text in Linguistics，Philosophy and the other Human Sciences 19，165-166，169-171；《陀思妥耶夫斯基诗学/艺术问题》 Dostoevsky's Poetics / Art 4，8，12，14-15，16-17，19-20，38，76-89，91，93-94，101，104，108-109，112，134，148，158，164，171；《拉伯雷和他的世界》 Rabelais and His World 7，9，18，20，121，129-144，150，170；《答〈新世界〉编辑部问》 Response to a Question from the Editorial Staff of Novyi mir 170；《人文科学方法论》 Towards a Methodology for the Human Sciences 83，165，171-172；《论行为哲学》 Towards a Philosophy of the Act 12，21，23-34，36-38，41，43，46-47，50，52-54，57，60，77，80，126，133

巴赫金，尼古拉 Bakhtin, Nikolai 9

巴赫金，叶莲娜 Bakhtin, Elena 15，21

巴特,罗兰　Barthes, Roland　169

巴特沃斯,杰兹　Butterworth, Jez　151

柏格森,亨利　Bergson, Henri　27, 41, 44

柏拉图　Plato　28

悲剧　tragedy　49, 51, 94

本雅明,瓦尔特　Benjamin, Walter　10

彼特拉克　Petrarch　80

表述　utterance　3, 4, 26, 39, 63-68, 70, 73-74, 126, 158-159, 168；和意识　and consciousness　72-73；和对话主义（理论）　and dialogism　80, 83, 89, 91-92；和杂语　and heteroglossia　99-100, 103, 110-111；作为表述的文学作品　the literary work as utterance　124, 146-148, 163；和言语体裁　and speech genres　152-154, 156, 166

别尔嘉耶夫,尼古拉　Berdiaev, Nikolai　42

勃朗特,夏洛蒂　Brontë, Charlotte　120-121, 163

博杜安·德·考特尼,扬　Baudouin de Courtenay, Jan　59

布尔加科夫,米哈伊尔　Bulgakov, Mikhail　151

布尔加科夫,谢尔盖　Bulgakov, Sergei　42

布尔什维主义　Bolshevism　10-11, 41

布里克,奥西普　Brik, Osip　84

超语言学　translinguistics　4, 31, 58-63, 66-68, 73-75, 152-153, 156, 159；和意识 and consciousness　70-73；符号的 of the sign　68-70；表述的 of utterance　63-66

成长(生成)　becoming　73, 80, 82, 128；和狂欢节　and carnival　129, 139-140；和时空体　and the chronotope

115-118；和体裁　and genre　102-103, 109, 139-140, 149, 156, 160；和语言　and language　63, 99

存在的不在场　alibi in being　30, 32, 38

存在事件,参见事件性　event of Being *see* eventness

存在主义　existentialism　30, 41

大仲马,亚历山大　Dumas, Alexandre　162

但丁,阿利盖利　Dante, Aligheri　38, 80, 109

德里达,雅克　Derrida, Jacques　10, 59, 83

狄尔泰,威廉　Dilthey, Wilhelm　27

狄更斯,查尔斯　Dikens, Charles　105-107, 118

笛卡尔,勒内　Descartes, René　31

独白(主义)　monologism　66, 79-80, 91-92, 136, 150, 165-169；意识形态独白(主义)　ideological monologism　86-87, 95-97, 109-110, 114, 134, 140；和小说　and the novel　76-80；和科学　and science　165, 168

对话主义(理论)　dialogism　1, 3-4, 15, 17, 23-34, 37, 61, 75-76, 112, 114, 147-148, 158-171；和狂欢节　and carnival　128, 136；和时空体　and chronotope　127；对话化杂语　dialogized heteroglossia　99-104, 108-111, 124, 140, 144, 148-149；和学科　and discipline　165-169；陀思妥耶夫斯基的　in Dostoevsky　76-83, 85-89, 91；和形式　and form　152；和互文性　and intertextuality　152-153；和讽刺　and irony　161-162；和小说　and the novel　87-91, 148-149, 152；和现实主义　and realism　164；和科学　and science　165

多语　polyglossia　93-98，102，108，110，122，125，135-136，169

俄国形式主义　Russian formalism　13，15，20-21，58-60，83-87，146，156

《俄罗斯现代人》　*Russkii sovremennik*　13

恩格斯，弗里德里希　Engels，Friedrich　122-123

讽刺　irony　50，105-106，137，161-162

讽刺　satire　50，136-137

弗莱，诺思洛普　Frye，Northrop　147

弗兰克，谢苗　Frank，Semen　42

弗洛伊德，西格蒙德　Freud，Sigmund　13-14，34-36，126

伏罗希洛夫，瓦连京　Voloshinov，Valentin　5，8，12-14，18，20-21，58，60，82，91，98，147-148，152，156，169；《生活话语和诗歌话语》　Discourse in Life and Discourse in Poetry　61，63-68，75，102，152；《弗洛伊德主义》　*Freudianism*　9，13，34-36；《马克思主义和语言哲学》　*Marxism and the Philosophy of Language*　9，14，61-74，80-81，143，152，170

浮士勒，卡尔　Vossler，Karl　62

符号学　semiology　61-62，68-74，143

福尔图纳托夫，菲利普　Fortunatov，Filipp　59

福柯，米歇尔　Foucault，Michel　10

复调　polyphony　76-78，80，83，111-112，148

高尔基,马克西姆 Gorky, Maxim 8, 13, 16

歌德,约翰·沃尔夫冈·冯 Goethe, Johann Wolfgang von
    118, 120, 126

格拉斯,君特 Grass, Günter 167

怪诞现实主义 grotesque realism 130, 133, 137-141, 144

果戈里,尼古拉 Gogol, Nikolai 38, 84-85

海德格尔,马丁 Heidegger, Martin 41

海涅,海因里希 Heine, Heinrich 80

荷马 Homer 94, 147, 151

赫鲁晓夫,尼基塔 Khrushchev, Nikita 16, 20

洪堡,威廉·冯 Humboldt, Wilhelm von 62

互文性 intertextuality 161-163

华兹华斯,威廉 Wordsworth, William 48-49

混杂化 hybridization 17, 96, 105-108, 149

基督 Christ 27-28, 31

济慈,约翰 Keats, John 48-51

伽利略 Galileo 111, 169

加缪,阿尔贝 Camus, Albert 101, 162

建构 architectonics 24, 33-39, 40, 45, 46-48, 53-56, 61,
    63, 65-66, 73, 77-79, 82, 108, 123, 140, 147, 160-161;
    和形式 and form 49-52, 56, 68, 72, 86, 107, 110,
    136, 151, 162, 167

教育小说 *Bildungsroman* 9, 18, 116-118, 120, 128

结构主义 structuralism 2, 10, 20-21

解构　deconstruction　2，10，59

精神分析　psychoanalysis　2，13，34-36

具体化　embodiment　24，27-28，31，38-40，51，91；和狂欢
节　and carnival　129，140-144；和 时 空 体　and
chronotope　71-74；语言中的　in language　81-83，85，
100，104，130

卡波特,杜鲁门　Capote, Truman　101

卡甘,马特维　Kagan, Matvei　11-12，17-18，29

卡纳耶夫,伊万　Kanaev, Ivan　14

卡特,安吉拉　Carter, Angela　151

卡西尔,恩斯特　Cassirer, Ernst　9，29，125

康德,伊曼努尔　Kant, Immanuel　12，28-29，113，121

柯亨,赫尔曼　Cohen , Hermann　11，29

科学　science　25-26，31，41，45，53-55，111-112，133，165，
168-169

克尔曼,詹姆斯　Kelman, James　85，108

克里斯蒂娃,茱莉亚　Kristeva, Julia　35

刻赤的图案　Kerch figurines　138

狂欢节　carnival　1，4，5，7，21，57，76，129-134，143-145；
和体裁　and genre　150-152，156；和怪诞现实主义　and
grotesque realism　137-140；和笑　and laughter　134-137；
和身体　and the body　140-143

拉伯雷,弗朗索瓦　Rabelais, François　7，114，118，122，
130-131，133，137-139，141-144，151

拉康,雅克　Lacan, Jacques　35-36

里尔克,赖内·马利亚　Rilke, Rainer Maria　80, 109

里斯,简　Rhys, Jean　163

理论(主义)　theoreticism　24-29, 31, 34, 36, 38-39, 45, 53, 58, 60, 123, 165

列宁,弗拉迪米尔　Lenin, Vladimir　11-12, 16, 18, 42

列斯科夫,尼古拉　Leskov, Nikolai　84

卢那察尔斯基,阿纳托利　Lunacharskii, Anatolii　8, 15

洛斯基,尼古拉　Lossky, Nikolai　42

马尔,尼古拉　Marr, Nikolai　19

马克思,卡尔　Marx, Karl　41

马克思主义　Marxism　2, 10, 19, 21, 35, 42, 59

马列维奇,卡西米尔　Malevich, Kazimir　12

梅德韦杰夫,帕维尔　Medvedev, Pavel　5, 8, 12-14, 17-18, 21, 145-149, 152-153;《学术中的萨里埃利主义》 Academic Salierism　13;《文艺学中的形式主义方法》 *The Formal Method in Literary Scholarship*　9, 13, 84, 146-148, 152

梅尼普斯式讽刺　mennipean satire　94

弥尔顿,约翰　Milton, John　151

莫斯科语言学小组　Moscow linguistic circle　59

纳托普,保罗　Natorp, Paul　11-12

内在性　immanence　2-3, 66, 68, 93, 137, 139-140, 151, 169-170

尼采,弗里德里希　Nietzsche, Friedrich　27

尼古拉二世　Nikolai Ⅱ　11

佩特洛尼乌斯　Petronius　115

蓬皮扬斯基,列夫　Pumpianskii, Lev　11-12

皮斯,大卫　Peace, David　101

普希金,亚历山大　Pushkin, Alexander　46-48, 50-51, 53-54,
　　80, 101, 103, 109

齐美尔,格奥尔格　Simmel, Georg　27, 41

日尔蒙斯基,维克多　Zhirmunskii, Viktor　60

萨特,让-保罗　Sartre, Jean-Paul　30

社会评价　social evaluation　67-68, 74, 102, 148, 152,
　　157, 163

社会主义现实主义　socialist realism　133

什克洛夫斯基,维克多　Shklovsky, Viktor　21, 59, 83-84

生命哲学　*Lebensphilosophie*　27

声音　voice　76-78, 81-83, 85-86, 101, 104-108, 160, 165

诗语研究会　*Opoiaz*　59, 83

十月革命　October revolution　10-11

时空体　chronotope　1, 4, 5, 112-121, 127-128, 163；和狂
　　欢节　and carnival　129-130, 136-137；和体裁　and
　　genre　135, 150-152；和历史　and history　122-124；和
　　语言　and language　125-127

史诗 epic 51, 97, 108, 139-140, 146-151, 154, 169

事件性 eventness 23-40, 43, 45-46, 57, 65, 73, 80-81, 91, 99-100, 149, 164；的建构 architectics of 46-55, 66, 77-79, 107-108, 147, 161-162；和狂欢节 and carnival 134, 140；和时空体 and chronotope 113, 121, 123, 126, 128

抒情诗 lyric 46-52, 54, 77, 97, 146, 148-149, 151

双声话语 double-voiced discourse 47, 86, 89, 96, 106, 109-110, 136, 142, 144, 161-162

司各特,瓦尔特 Scott, Walter 151

斯大林,约瑟夫 Stalin, Joseph 8, 14, 16-17, 19-20, 42, 132-134

斯卡兹 *skaz* 83-86, 88

斯特拉达,维托里奥 Strada, Vittorio 20

索绪尔,费迪南德·德 Saussure, Ferdinand de 13-14, 58-59, 61-63, 69, 73, 159

《堂吉诃德》 *Don Quixote* 138

特尼亚诺夫,尤里 Tynianov, Iurii 59, 83-84

体裁 genre 51, 76, 89, 91, 95, 97, 101-103, 108-111, 145-157, 164, 170；和狂欢节 and carnival 131, 139-140, 151-152；和时空体 and chronotope 112-114, 116-117, 121, 125-127, 150-151；和学科 and discipline 164-169

屠格涅夫,伊万 Turgenev, Ivan 85

托尔斯泰,阿列克赛 Tolstoy, Aleksei 16

托勒密　Ptolemy　111

陀思妥耶夫斯基,费多尔　Dostoevsky, Fedor　7, 14-15, 75,
　104, 136, 164;与对话主义(理论)　and dialogism　78-
　83, 85-89, 91;和具体化　and embodiment　81-83;的复
　调　polyphony in　76-78, 148;和声音　and voice
　81-83

外部性　outsideness　24, 33, 39-40, 47-48, 50, 52, 91, 96,
　137, 161

完成化,参见未完成性　finalization see unfinalizability

威尔士,埃文　Welsh, Irvine　107, 151

维诺格拉多夫,维克多　Vinogradov, Viktor　60

维特根斯坦,路德维希　Wittgenstein, Ludwig　58

未完成性　unfinalizability　24, 36-40, 44-45, 47, 50, 52-53,
　55, 57;和狂欢节　and carnival　129, 133-136, 138-140,
　142-144;和时空体　and chronotope　113, 116, 123,
　128;和体裁　and genre　97, 147-150;和小说　and the
　novel　80, 91, 102, 109, 160, 164

文艺复兴　Renaissance　122-124, 129, 131, 135, 138-139

戏拟　parody　86, 88, 103, 110;和狂欢节　and carnival
　135-139, 142;戏拟的风格化　parodic stylization　105-
　106;戏拟的滑稽形式　parodic-travestying forms　94-97,
　105, 136, 144, 151

夏加尔,马克　Chagall, Marc　12

小说　novel　1, 3, 10, 17, 52, 148-150, 152, 156, 160,

162，164；古代　of antiquity 114-115，117，119，127；成长　of becoming 117-119；和狂欢节　and carnival 135-140，144，151-152；和时空体　and chronotope 112-121，127-128，150-151；和对话主义（理论）　and dialogism 76-82，85-91；和杂语　and heteroglossia 93-94，97-98，101-108，110-111；和小说化　and novelization 108-110，149，160；作为言语体裁的　as speech genre 153-155，166-168

笑　laughter 95，130-131，133，135-137，142-144

新康德主义　neo-Kantianism 12，29，41

《星》　*Zvezda* 13

雅各布森，罗曼　Jakobson, Roman 59，69，84

雅库宾斯基，列夫　Iakubinskii, Lev 84

言语体裁　speech genres 19，145，152-157，166-168

耶稣复活（组织）　*Resurrection* (organization) 15，20

叶若夫，尼古拉　Ezhov, Nikolai 16

移情　empathy 32-33，39，43，47，52

雨果，维克多　Hugo, Victor 101，162

语调　intonation 37，66-67

杂语　heteroglossia 1，4-5，17，57，91，114，121，124，128，135，139，152-153，160，168；和小说　and the novel 98-111，148-149；和多语　and polyglossia 93-98

责任　answerability 23，28-30，32，37-38，40，91

泽凡尼，本杰明　Zephaniah, Benjamin 109

米哈伊尔·巴赫金思想源流简图

田 延 绘

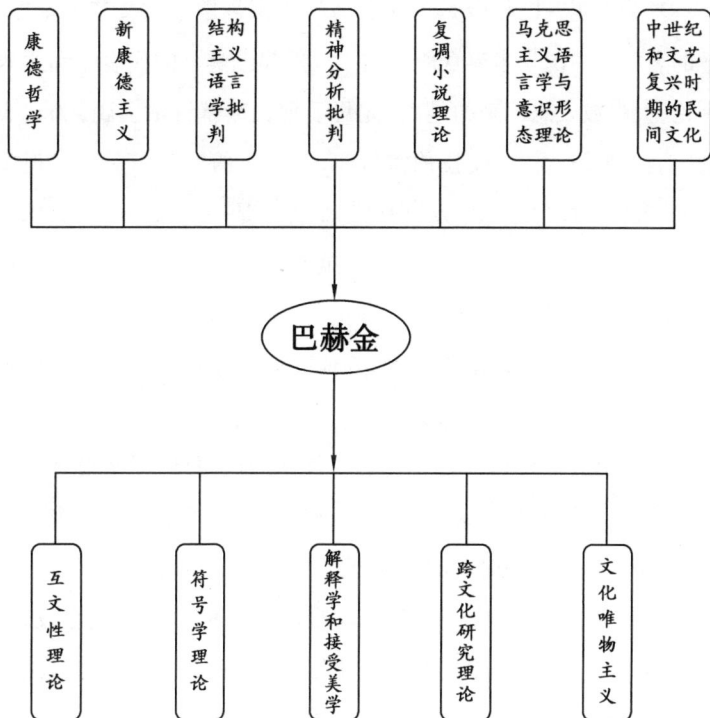

译后记

米哈伊尔·巴赫金是苏联著名的语言哲学家和文艺理论家，他的名字在中国学术界众所周知。一提起巴赫金的代表作和主要理论，大多数人想起来的是以《陀思妥耶夫斯基诗学问题》为代表的"对话理论"或者以《拉伯雷研究》为代表的"狂欢理论"。但实际上，人们往往忽略了一点，即巴赫金首先是一位伟大的马克思主义理论家，而他对马克思主义的贡献首先集中在他的语言哲学理论，而不是"对话理论"或"狂欢理论"。相反，正是由于有了他的马克思主义语言哲学理论作基础，其他的理论才获得了自己的成长空间。

为了更好地理解巴赫金的语言哲学理论，我们不妨设置另一个参照物，通过对比的方式来考察巴赫金的理论品格。这个参照物，就是与巴赫金同时代的俄国语言学家罗曼·雅各布森。

如果翻阅过巴赫金与雅各布森的语言学著作，就一定会发现，他们两人的语言学理论代表着两种迥然不同的研究方向。虽然他们都把各自的语言学观点放置在符号学的框架之内，但在巴赫金那里，语言作为符号，承载着各种各样的意义与价值，联结着人与人之间的交往，并"折射"着人类社会的历史现实，因此语言的形成与发展具有最直接与最根本的现实性和物质性，它是容纳形形色色意识形态的场所；而对于雅各布森来说，关注的则是语言作为符号本身的功能，在这里，对语言符号本身的关注远大于对符号所承载的意识形态的关注。这种差异在巴赫金和雅各布森的代表作，即《马克思主义与语言哲学》和《语言学与诗学》中体现得最为明显。

一、关于语言符号特性的分歧

毋庸置疑，无论巴赫金与雅各布森的语言理论有何种差异，有一点是他们共同的，即：他们都把语言看作一种符号，他们都把各自的语言学理论置于符号学的背景之下。但他们对语言符号特性的判断截然相反。

在巴赫金看来，语言符号的根本特性在于它的意识形态性，这是语言符号的"社会生命"之所在。这一点可以从以下两个方面来认识：

第一，语言符号与意识形态相互依存、彼此联结。一方面，意识形态离不开语言符号。巴赫金强调，"一切意识形态的东西都有意义：它代表、表现、替代着在它之外存在的某个东西，也就是说，它是一个符号（знак）。哪里没有符号，哪里就没有意识形态"、"意义是符号的功能，所以不能想象意义（是纯粹的关系、功能）是存在于符号之外作为某种特殊的、独立的东西"。[1] 这也就是说，意识形态不是某种纯粹的精神和超验的实体，它具有自己的现实基础。这一基础，从最基本的层面来说，必须通过现实的、物质的符号，尤其是语言符号，才能表现出来并获得自己的存在。这一点与马克思不谋而合。马克思在《德意志意识形态》中鲜明地指出："……但是这种意识并非一开始就是'纯粹的'意识。'精神'从一开始就很倒霉，受到物质的'纠缠'，物质在这里表现为震动着的空气层、声

---

[1] 巴赫金，《巴赫金全集》（第 2 卷），石家庄：河北教育出版社，1998 年，第 349、370 页。

音,简言之,即语言。"[1]巴赫金与马克思表达的是一个意思,即:意识形态从一开始就和语言符号联系在一起。意识形态一旦脱离了语言符号,将会变得不可理解。

另一方面,语言符号也离不开意识形态。巴赫金在《马克思主义与语言哲学》中区分了"符号"和"标记"这一组概念。在巴赫金看来,"符号"的意义并不在于它本身,而在于它与日常的话语实践紧密结合在一起所产生的诸多意识形态内容、效应及影响,简言之,"符号"的意义就在于它表达了"什么"以及它"折射"出了怎样的社会现实。因此,"符号"是活生生的"理解"的对象,它必然是变动不居、日新月异的。然而,"标记"则不然。"标记"只是"认识"的对象,"是内部不变动的统一体,确实它不能替代任何东西,不能反映任何东西,并且不能折射,而只是指示这一或那一对象的(一定的和不动的),或者指示这一或那一行为的(也是一定的和不动的)技术手段。标记无论如何不属于意识形态的领域,标记属于技术性物体的世界,属于广义上的话语生产工具"[2]。这一批评是针对索绪尔创立的结构主义语言学而提出的。索绪尔把语言事实区分为"能指"和"所指"两部分,并致力于对其进行脱离语言符号意义的共时层面的研究。这样就得到了一个语言运用法则的形式体系。如果说在巴赫金眼中,"符号"的意义在于表达了"什么",那么在索绪尔看来,这恰恰不是最重要的,重要的是探究"怎样"去表达,探究符号系统本身的内部逻辑。巴赫金区分这一组概念的目的在于表明,"符号"同样离不开意识形态,离不开现实的社会生活,脱离了意识形态内容,"符号"将变成空洞的"标记",变成只有

1　马克思、恩格斯,《德意志意识形态》,《马克思恩格斯选集》(第1卷),北京:人民出版社,1995年,第81页。

2　巴赫金,《巴赫金全集》(第2卷),同前,第414-415页。

语文学家才能破译的古老的魔咒和密码。总之,语言符号的意识形态性首先就表现在它与意识形态是一事之两面,两者互为表里、互相依存,不存在脱离语言符号的意识形态,也不存在脱离意识形态的语言符号。两者都不是彼此孤立的特殊存在。

　　第二,语言符号产生于一定的物质基础与建立在这个基础之上的社会交往。如果说语言符号与意识形态相互依存、彼此联结,那么意识形态产生的根源也必然是语言符号产生的根源。搞清楚"意识形态"这个概念的内涵,将会有助于理解语言符号的意识形态性。在这里,"意识形态"这一概念具体指什么并不重要,重要的是当我们一提起"意识形态"时,首先要注意到:"意识形态"不像青年黑格尔派想象的那样虚无缥缈,它具有最根本的客观现实性,也就是说,一切"意识形态"的产生都有它的现实基础。马克思在《德意志意识形态》中指出:"思想、观念、意识的生产最初是直接与人们的物质活动,与人们的物质交往,与现实生活的语言交织在一起的。人们的想象、思维、精神交往在这里还是人们物质行动的直接产物。表现在某一民族的政治、法律、道德、宗教、形而上学等的语言中的精神生产也是这样。人们是自己的观念、思想等的生产者,但这里所说的人们是现实的、从事活动的人们,他们受自己的生产力和与之相适应的交往的一定发展——直到交往的最遥远的形态——所制约"、"不是意识决定生活,而是生活决定意识"[1],因此,语言符号作为与意识形态相互依存的物质载体,也必然不是凭空产生的,而是在人类社会中现实地存在着。巴赫金对这一点认识得非常清楚,在他看来,语言符号与整个社会物质生活紧密相连。这可以从几个层面来理解:首先,语言符号不能脱离特定的物

1　马克思、恩格斯,《德意志意识形态》,《马克思恩格斯选集》(第 1 卷),同前,第 72-73 页。

质生产方式,只有那些多多少少触动了社会物质存在基础的语言符号才能够进入人们的视野并被人们使用;其次,语言符号不能脱离特定生产方式基础上的生产关系。巴赫金认为:"符号只产生于众多单个意识之间的相互作用的过程之中……意识,只有当它充满思想的、resp(相应的)符号内容,只有在社会的相互作用的过程之中,才能成为意识。"[1]也就是说,人类的思想意识及语言符号并不是一个自我封闭的内在领域,而是建立在主体与他者之间行为实践与话语交流基础上的一种关系,因此语言符号是社会性的,从而也是对话性的;再次,语言符号并不是自给自足的,它"直接地由生活本身补充并且不失去其自身涵义,不可能脱离生活"[2],不可能脱离特定生产关系下的人类活动过程。既然语言符号具有某种对话性,那么它就必然运用于各种各样的对话语境之中,而正是人类活动本身创造了这些语境。在这些语境中,语言符号获得了具体的意义和活跃的生命。总之,正如马克思说的那样,"语言是一种实践的、既为别人存在因而也为我自身而存在的、现实的意识。语言也和意识一样,只是由于需要,由于和他人交往的迫切需要才产生的"[3]。

我们可以看到,巴赫金对于语言符号特性的理解主要着眼于它的意识形态性。这种特性集中表现在:语言符号与意识形态互不脱离、彼此联结;语言符号与意识形态具有共同的物质基础和社会交往的表现形式,它是由特定的物质生产方式、建立于这种方式之上的生产关系及其产生的人类活动综合起来决定的。因此,"没有什么语言没有被各种确定的社会关系所卷入,而这些社会关系

1　巴赫金,《巴赫金全集》(第 2 卷),同前,第 351-352 页。

2　同上,第 83 页。

3　马克思、恩格斯,《德意志意识形态》,《马克思恩格斯选集》(第 1 卷),同前,第 25 页。

则又是种种更广阔的政治系统、意识形态系统和经济系统的一部分"，即整个社会生活的一部分。

　　与巴赫金不同，雅各布森在《语言学与诗学》这个文本中关注的不是语言的意识形态性，而是语言的功能性。雅各布森首先为我们概括出语言传达中的六个要素，即：发送者（addresser）、接收者（addressee）、语境（context）、信息（message）、接触（contact）、信码（code），紧接着雅各布森宣称："在这六个因素中，每一种因素都会形成语言的一种特殊的功能。这就是说，虽然我们可以区分语言的六个基本方面，但每一种语言信息都很难说仅具有一种功能。这种多样性并不取决于这许多功能中的某一种，而是取决于有关功能的另一种完全不同的等级序列，某种信息使用何种语言结构，首先要看占支配地位的功能是什么。"[1] 于是，当信息分别指向上述的六个因素时，就会产生下列不同的功能，即：情绪的（emotive）、意动的（conative）、指称的（referential）、诗的（poetic）、交际的（phatic）、元语言的（metalingual）。从这种理论中，我们可以得到如下几个要点：

　　第一，雅各布森主要的着眼点在于语言的诗性功能。他认为，"诗的功能并不是语言艺术的惟一功能，而是它主要的和关键的功能"[2]，当语言信息关注它自身的时候，诗性功能便呈现在我们眼前。这样说的言外之意是，不同类型的语言行为之间并没有本质上的差别，其性质的不同只不过是语言系统内部功能序列的改变所造成的。在这里，我们隐约又看到了什克洛夫斯基那些俄国形式主义者们的身影。雅各布森与他们一样，把语言的诗性功能理

1　罗曼·雅各布逊，《语言学与诗学》，《符号学文学论文集》，赵毅衡编选，天津：百花文艺出版社，2004 年，第 175 页。

2　同上，第 180 页。

解为语言对自身形式的关注，"这样一种功能，通过提高符号的具体性和可触知性（形象性）而加深了符号同客观物体之间基本的分裂。"[1] 这与什克洛夫斯基所提倡的"词语的复活"和"陌生化"理论是一致的，他们都把语言符号同社会现实隔绝起来，而对它进行封闭的、纯粹的直观。这样做的结果是，语言符号似乎成为了一种高度抽象的东西。而在巴赫金看来，语言符号并不能独立于客观现实，它只能作为物质现实的一部分而存在并被人们理解；

第二，在雅各布森那里，他所做的工作是一个不断抽象的过程。通过这种抽象，他得出了所谓的"六个要素"和"六个功能"。这给人造成了这样一种感觉，仿佛这"六个要素"和"六个功能"是彼此割裂、彼此独立的，从未结合成一个整体，仿佛它们一直在等待着那个由自身占据统治地位的语言行为的到来并借机对其他功能予以排斥。然而，如果从整个社会生活的角度去思考，就可以发现，在现实的语言行为中，并不存在哪种占据统治地位的功能。雅各布森对于这六种要素及功能的概括是十分准确的，但是在很多情况下，这些要素和功能并不单独存在和发生作用，而是综合在一起的。原因在于，现实的社会生活是复杂多样的，并不能被简单地化约成某种独立的东西。吟咏诗歌的时候，难道只是单独地表现出语言的诗性功能吗？如果这样断言的话，诗歌语言本身传递出的情绪的、指涉的信息难道都可以被我们忽略掉吗？雅各布森其实也意识到了这一点，即意识到了语言符号功能的综合性，但是他主要地还是着重强调诗学功能，在强调这一功能的时候，便对其他功能有所忽视了，尽管他也看到了它们的存在和作用。巴赫金对此也有论述。在《生活话语与艺术话语》中，他也谈到了语言的诗

1　罗曼·雅各布逊，《语言学与诗学》，《符号学文学论文集》，赵毅衡编选，同前，第 180 页。

性,但和雅各布森的立场完全不同:"艺术作品是未言说的社会评价的强大的电容器:艺术作品的每个话语都充满着这些评价。就是这些评价构成了有如其自身直接表现的艺术形式。"[1] 也就是说,巴赫金认为,艺术语言(诗的语言)不是单独存在的,而是和最广泛的话语实践结合在一起。既然如此,那么语言的诗性功能就绝不会高踞在语言殿堂之上。

第三,如上所述,雅各布森所做的工作是抽象的,他好像一位建筑工程师,只在纸上画出了分别以上述功能为名的六所房间的图样,但却没有使之成为现实。因为一旦这些图样成为现实的形态,就必然要与语言的质料、要与现实的物质生活发生关系,而这正是雅各布森所极力避免的。因此,对于雅各布森来说,似乎陷入了一种矛盾:他既想使其理论成为现实的,却又时时陷入抽象之中。巴赫金则不然,他的语言理论自始至终都不是纯粹的抽象,在巴赫金看来,将语言抽象为纯粹的形式法则,不过是一种唯理论和"外来语思维"的表现,其最大的错误在于"语言与其意识形态内容的分离"[2]。这一点批评同样可以用于解释雅各布森的矛盾。不得不承认,雅各布森的概括是精准的也是必要的,但他的概括只具有一种理论参考的意义。关键不在于只为人们提供一个语言功能的空壳,而在于思考语言功能在现实的社会生活中如何实现,在人与人的交际过程中如何产生作用;在于思考如何为这个语言功能的空壳填充现实的、社会的内容,而要解答这些问题,只能返回到巴赫金的语言的意识形态性这个思考范畴中去。

显然,巴赫金与雅各布森关于语言符号特性的观点是截然不同的。巴赫金注重语言符号的意识形态性,即把语言符号放置在

1　巴赫金,《巴赫金全集》(第2卷),同前,第94页。

2　同上,第417页。

社会生活的意识形态背景中去考察它产生的物质根源、包含的社会意义、蕴藏的价值诉求、发挥的现实作用,因此,"语言是意识形态斗争的战场,而不是铁板一块的系统"[1];雅各布森则注重语言符号的功能性,即通过抽象的方式概括语言表达的诸种要素及其所对应的各项功能,同时将这些要素与功能赖以产生并发挥作用的社会生活与语言符号本身隔离起来,进行纯形式的直观。

二、关于共时性和历时性的分歧

索绪尔在其语言学研究中区分了共时性分析和历时性分析。这一区分是与其关于语言符号的任意性特征结合在一起的。在索绪尔看来,能指和所指的结合是偶然的、任意的,因此能指并不存在一个在本质上必然属于它的"特定"所指。那么,语言符号如何确定它自身呢? 索绪尔给我们的答案是,这种确定只能通过一种否定的方式来获得。也就是说,不能指望通过某个能指"是什么"来确定它,而只能通过与其他能指相区别,通过该能指"不是什么"来确定它。索绪尔并非没有认识到语言符号变化的历时性特征,他也并不认为语言符号是一成不变的。但是正因为语言符号是随着历史变化的,才要对它进行"非历史性分析(ahistorical analysis)"[2]。因为上面说过,语言符号只有通过与其他符号的相互关系才能确定它自身,而这种相互关系只能在某个特定的历史时期才能获得,语言的价值"完全取决于各种成分的暂时组合状态"[3]。所以说,"要抓住特定共时状态的关系,对语言成分进行描

1　特里·伊格尔顿,《二十世纪文学理论》,北京:北京大学出版社,2007 年,第 117 页。

2　乔纳森·卡勒,《索绪尔》,北京:昆仑出版社,1999 年,第 25 页。

3　乔纳森·卡勒,《索绪尔》,同前,第 25-26 页。

写"[1]。倘若在此时考虑历时状态下的语言发展过程,只能得到一大堆混乱的语言事实。

巴赫金对于索绪尔的共时性分析进行了强烈的批判。在巴赫金看来,历时性地看待语言才是一条正确的道路。对语言符号进行共时性分析所得到的是一个封闭的形式法则体系,这个体系与意识形态现象毫无关联并且与历时性之间存在着完全无法克服的"二元论的断裂"[2]。而巴赫金认为:"语言的现实就是它的形成。在语言生命的现实及其历史之间,占主导的正是相互充分理解","语言形式重要的不是作为固定的和永恒的不变的标记,而是作为永远变化着的和灵活的符号"[3]。这表明,语言符号并不是僵死的,它在不同的历史时期、在不同的语境、在不同的语言集体之中都有不同的形式。语言学研究的任务也就在于用历史的、具体的眼光去研究这些形式及其蕴含的意识形态内容。

雅各布森关于语言功能的理论则与巴赫金的主张相反。从雅各布森的分析中可以看出,他概括的语言符号功能好比一个框架,仍然是形式的东西,没有获得具体的、现实的表现。而且,这些只具有单纯形式意义的功能构成了一个系统,并且形成了一种等级序列,它们如同索绪尔所说的能指那样,也是通过彼此之间的共时性关系来确定自身的。比如,语言符号的诗性功能并不是通过自身体现的,而是通过它对其余功能的主导关系而体现出来的。因此,在雅各布森这里,我们并不能看到对语言符号历时性发展过程的描述,相反,我们看到的只是一组具有共时性关系的功能不断变换、此消彼长的过程。

1　乔纳森·卡勒,《索绪尔》,同前,第 26 页。

2　巴赫金,《巴赫金全集》(第 2 卷),同前,第 398 页。

3　同上,第 401、414 页。

因此,巴赫金认为语言符号是一个历时性的发展变化过程,它随着时代、语境的变化而变化并因此而获得社会生命;雅各布森则是在共时层面上揭示出语言符号的不同功能,但他并没有联系社会现实去深究这些功能是如何产生的、如何实现的。

三、如何理解"人"?

巴赫金和雅各布森对语言符号的研究之所以呈现截然相反的方向,归根结底在于他们各自对于"人"的看法具有差异。

巴赫金对于人的看法是与马克思主义理论相一致的,即:"人的本质不是单个人所固有的抽象物,在其现实性上,它是一切社会关系的总和。"在《德意志意识形态》中,马克思又表述说:"这种考察方法不是没有前提的。它从现实的前提出发,它一刻也离不开这种前提。它的前提是人,但不是处在某种虚幻的离群索居和固定状态中的人,而是处在现实的、可以通过经验观察到的、在一定条件下进行的发展过程中的人。"[1] 这就是说,要考察"人"的本质,绝不能够把它作为一种抽象的概念,而要把它放在具体的、历史的社会环境中,放在与他者的交往关系中去理解。巴赫金对于人的本质也作如是观。1918 年至 1924 年,巴赫金写作了一组未完成的文章,统称为"应答的建筑术"。在这组文章中,巴赫金表达了与马克思不谋而合的关于"人"的思想。在他看来,首先,"自我"的展开,就是对所处环境的应答,"自我没有'自在的'意义,因为如果没有环境来保证和检验它的应对能力,自我就不会有生命的存

1　马克思、恩格斯,《德意志意识形态》,《马克思恩格斯选集》(第 1 卷),同前,第 73 页。

在"[1]。因此,任何人都不能脱离他所处的物质环境;其次,"自我"必须同"他人"相互依存才能获得意义,整个存在也必须建立在"自我"与"他人"之间永恒的张力之上,这样,"交流——不是趋同,而是双方的彼此依存——变成了当务之急"[2]。因此,任何人都不能脱离他参与其中的社会关系。这两点与马克思的观点虽然在表述上不尽相同(巴赫金的表述,哲学气息似乎更浓一些),但在精神实质上却是不谋而合的。巴赫金之后的语言哲学著作都带有这种理论的倾向,尤其是在《马克思主义与语言哲学》这一文本中。在这个文本中,巴赫金进一步将他对人的看法转移到对语言符号的看法上,从而得出语言符号的现实性、社会性、意识形态性等结论。所以说,隐藏在语言符号特性背后的,正是对人的社会性的考察。

　　而在雅各布森那里,对于人的看法则具有抽象的意味。雅各布森在《语言学与诗学》中所做的工作,是一种纯粹的抽象,是一种脱离了社会意识形态环境的对于语言表达机制的图式化。当他把语言对话双方分别设置为发送者和接收者时,也便在同一时刻将两人做了均质化的处理。于是,我们只能看到两个抽象的、彼此之间没有关系的原子人。他们并不处于社会现实之中,而且也没有受到形形色色的意识形态影响。我们并不能设想发送者和接收者脑海里存有什么思想,而只能看到他们好像两个机器一样在不断交换着信码。如果说巴赫金的语言哲学是以人为中心的,那么雅各布森则秉持的是一种科学主义的立场。这一立场,把语言当作一种科学考察的对象,努力追求语言的客观性、规律性和稳定性,努力从语言现象的"多"中求取那个"一"。巴赫金准确地看到,这

1　凯特琳娜·克拉克、迈克尔·霍奎斯特,《米哈伊尔·巴赫金》,北京:中国人民大学出版社,1992年,第86页。

2　同上,第84页。

是以莱布尼茨为代表的 18 世纪大陆理性派思想的余绪,它"感兴趣的只是符号系统本身的内部逻辑,就像代数体系那样,完全独立于充斥符号的意识形态意义"[1]。这样一种科学主义的抽象,不能说它是没有意义的,因为它至少帮助我们认识到了语言符号的某些稳定的方面。但是,这种抽象在语言学研究是不能够被夸大的,因为语言符号只能存在于活生生的社会现实中,只能结合特定的经济、政治、文化环境被具体地、历史地分析,企图超越现实对语言符号进行纯粹的抽象,即便得出了相应的结论,也不能够保证就是对语言现实所作的准确的概括。特里·伊格尔顿在《二十世纪文学理论》中尖锐地指出:"一言以蔽之,结构主义是令人毛骨悚然地非历史的(un historical)","尽管结构主义与现象学的核心方法不同,它们却都源于这样一种具有反讽意味的行为:为了更好地阐明我们对于物质世界的意义,却把这一世界关在我们的门外。对于任何相信意识在某种意义上是实践的,是与我们在现实中活动和作用于现实的种种方式不可分割的连在一起的人来说,任何这样的做法都注定是自我拆台"[2]。这一评价是十分准确的。

　　巴赫金的语言学理论是他其他理论的基础,只有理解了他的语言学理论的特点,才能够进入他的整个思想。他的思想也为我们思考文学艺术提供了有益的启示。这个启示就是,文学艺术作为"符号",它归根到底是在人类社会的相互交往和彼此关系中产生的,是在社会关系的不断再生产过程中产生的。正如我们无法像雅各布森那样抽象地理解符号一样,我们也无法抽象地寻找文学艺术的所谓"本质",而这正是目前仍然很流行的形式主义文学观最容易犯的错误。

1　巴赫金,《巴赫金全集》(第 2 卷),同前,第 402-403 页。
2　特里·伊格尔顿,《二十世纪文学理论》,同前,第 106-107 页。

　　这本《导读巴赫金》篇幅虽然不长,但却简明扼要地勾勒了巴赫金的生平和思想面貌,是一本较好的理解巴赫金的入门书,尤其是对作为巴赫金思想基础的语言学理论介绍得较为详细,可以为读者理解巴赫金提供参考。

　　本书的翻译得以完成,首先要感谢重庆大学出版社编辑邹荣先生和任绪军先生的策划、邀请,以及他们认真负责的工作。

　　我还要衷心感谢我一直敬重的两位导师:华东师范大学中文系的罗岗老师和陕西师范大学文学院的陈越老师。他们培养了我对理论问题的浓厚的兴趣并引导着我在探寻知识的道路上不断前行。如果没有他们的积极指导和帮助,这本书的翻译将是无法完成的。

　　我在西安和上海结识的诸位老师是我的良师益友,他们的名字这里无法一一列举,但他们对我的帮助我会永远铭记在心。

　　感谢我的家人、同学、朋友,在翻译过程中,他们给了我无私的关怀与帮助,使我能够顺利地完成这项工作。

　　感谢我的女友。我们虽然相隔两地,但空间的距离反倒增进了情感与精神的联系。她一直非常支持我的学习与工作,对此我感到十分幸运,也一直心存感激。因此,我想把这部译作献给她。

2016 年 11 月 24 日于上海

图书在版编目（CIP）数据

导读巴赫金/（英）阿拉斯泰尔·伦弗鲁（Alastair Renfrew）
著；田延译.—重庆：重庆大学出版社，2017.3（2020.5 重印）
（思想家和思想导读丛书）
ISBN 978-7-5689-0420-9

Ⅰ.①导… Ⅱ.①阿…②田… Ⅲ.①巴赫金（Bakhtin，Mikhail
Mikhailovich 1895—1975）—文学思想—研究 Ⅳ.①I512.065

中国版本图书馆 CIP 数据核字（2017）第 033939 号

导读巴赫金

阿拉斯泰尔·伦弗鲁 著
田 延 译
策划编辑：邹 荣 任绪军 雷少波
责任编辑：任绪军 版式设计：邹 荣
责任校对：邬小梅 责任印制：张 策
＊
重庆大学出版社出版发行
出版人：饶帮华
社址：重庆市沙坪坝区大学城西路 21 号
邮编：401331
电话：（023）88617190 88617185（中小学）
传真：（023）88617186 88617166
网址：http://www.cqup.com.cn
邮箱：fxk@ cqup.com.cn（营销中心）
全国新华书店经销
重庆市正前方彩色印刷有限公司印刷
＊
开本：890mm×1168mm 1/32 印张：8.5 字数：202 千 插页：32 开 2 页
2017 年 3 月第 1 版 2020 年 5 月第 2 次印刷
ISBN 978-7-5689-0420-9 定价：48.00 元

本书如有印刷、装订等质量问题，本社负责调换
版权所有，请勿擅自翻印和用本书
制作各类出版物及配套用书，违者必究

Mikhail Bakhtin, by Alastair Renfrew, ISBN: 978-0-415-31969-0

Copyright © 2015 by Routledge.
All Rights Reserved. Authorised translation from the English language edition
published by Routledge, a member of the Taylor & Francis Group.
本书原版由 Taylor & Francis 出版集团旗下 Routledge 出版公司出版,并经
其授权翻译出版。版权所有,侵权必究。

Chongqing University Press is authorized to publish and distribute exclusively
the Chinese (Simplified Characters) language edition. This edition is authorized
for sale throughout Mainland of China. No part of the publication may be
reproduced or distributed by any means, or stored in a database or retrieval
system, without the prior written permission of the publisher.
本书中文简体翻译版授权由重庆大学出版社独家出版并仅限在中国大陆
地区销售。未经出版者书面许可,不得以任何方式复制或发行本书的任
何部分。

版贸核渝字(2015)第 238 号

Copies of this book sold without a Taylor & Francis sticker on the cover are
unauthorized and illegal.
本书封面贴有 Taylor & Francis 公司防伪标签,无标签者不得销售。

封面设计:史英男　刘　骥
荒岛書店

gu∧de

思想家和思想导读丛书

★表示已出版

思想家导读

导读齐泽克★   导读德里达★

导读德勒兹★   导读弗洛伊德(原书第2版)★

导读尼采★   导读海德格尔(原书第2版)

导读阿尔都塞★   导读鲍德里亚(原书第2版)★

导读利奥塔★   导读阿多诺★

导读拉康★   导读福柯★

导读波伏瓦★   导读萨义德(原书第2版)

导读布朗肖★   导读阿伦特

导读葛兰西★   导读巴特勒

导读列维纳斯★   导读巴赫金★

导读德曼★   导读维利里奥

导读萨特★   导读利科

导读巴特★

思想家著作导读

导读尼采《悲剧的诞生》★   导读德勒兹《差异与重复》

导读巴迪欧《存在与事件》   (亨利·萨默斯-霍尔 著)

导读德里达《书写与差异》   导读德勒兹与加塔利《什么是哲学?》

导读德里达《声音与现象》   导读福柯《性史(第一卷):认知意志》★

导读德里达《论文字学》   导读福柯《规训与惩罚》

导读德勒兹与加塔利《千高原》★   导读萨特《存在与虚无》

导读德勒兹《差异与重复》   导读维特根斯坦《逻辑哲学论》

(乔·休斯 著)   导读维特根斯坦《哲学研究》

思想家关键词

福柯思想辞典★   朗西埃:关键概念

拉康派精神分析介绍性辞典   布迪厄:关键概念(原书第2版)

巴迪欧:关键概念★   福柯:关键概念

德勒兹:关键概念(原书第2版)   阿伦特:关键概念★

阿多诺:关键概念★   德里达:关键概念

哈贝马斯:关键概念★   维特根斯坦:关键概念